afgeschreven

Het gestolen hart

LAUREN KELLY

# Het gestolen hart

Uit het Engels vertaald door Lidy Pol

DE GEUS

Oorspronkelijke titel *The Stolen Heart*, verschenen bij HarperCollins
Oorspronkelijke tekst © The Ontario Review, Inc., 2005
Nederlandse vertaling © Lidy Pol en De Geus bv, Breda 2007
*Published by arrangement with Ecco, an imprint of HarperCollins Publishers*
Een fragment uit deel I is verschenen in *The Harvard Review*,
voorjaar 2005
De maaltijdbereidingen in een aantal hoofdstukken zijn ontleend aan
recepten uit *The Good Food* van Daniel Halpern en Julie Strand
Omslagontwerp Mijke Wondergem
Omslagillustratie © Kristin Gerbert/Zefa/Corbis
Drukkerij Haasbeek bv, Alphen a/d Rijn
ISBN 978 90 445 0784 3
NUR 332

*Voor Janet Hutchings*

I

# Meegenomen

Ze was meegenomen, werd er gezegd.

Niet hardop! Niet binnen onze gehoorsafstand.

Maar als je luisterde. Als je goed luisterde. Als je verder dan het bange geluid van je bonzende hart luisterde. Dat lage gerommel als van de donder. Mééégenomen!

Een meisje was meegenomen. Uit Highlands Park. Ik wist waar dat was. Ik wist wie het meisje was. We mochten het niet weten. We waren nog te jong om het te weten. We waren heel stil, we wilden niet ook meegenomen worden. Het meisje dat meegenomen was, was niet stil geweest maar giechelig en wiebelig en onvoorspelbaar in haar gedrag. Ik zag een reusachtige vogel uit de hemel neerdalen om haar te straffen. Ik zag de lucht donker worden door de gespreide vleugels en naakte klauwen van de enorme vogel en ik zag hoe Lilac Jimson gegrepen werd door die klauwen en schreeuwend de lucht in werd getrokken.

Meegenomen waarheen?

Het was mei 1988. Ik was tien jaar oud. Ik zat in groep zes van de Thomas Jeffersonschool. Ik was niet dik bevriend met Lilac Jimson. Ik zag Lilac na school rennen met haar broer Roosevelt. Roosevelt was ouder dan Lilac en groter. En Lilac was een jaar ouder dan ik, maar niet groter. We hadden in ons huis aan Lincoln Avenue verschillende werksters gehad en een van hen was Lilacs moeder geweest, die Alina heette en op een vreemde manier praatte, ze was moeilijk te verstaan. Als iemand zei 'dat kleine zigeunerachtige meisje', dan bedoelden ze Lilac Jimson. Dat kleine zigeunerachtige meisje met die tánd. Omdat Lilac een gouden tand had, die flikkerde als ze glimlachte. Lilac had donker haar in dikke vlechten, een chocolade-bruine huid en mooie, stralend zwarte ogen. Ik wilde Lilac Jimsons vriendin zijn, maar er was iets vreemds tussen ons, Lilac lachte en glimlachte naar iedereen maar niet naar mij. Lilacs stralende ogen sprongen gewoon over me heen alsof ik er niet was. Ik voelde me gekwetst, ik begreep het niet. Misschien had het met Lilacs moeder te maken, die vroeger ons huis had schoongemaakt; nu maakte een andere vrouw, een zwarte vrouw, ons huis schoon. Misschien had Lilacs moeder tegen Lilac gezegd dat ze me niet aardig mocht vinden omdat ik meneer Grafs dochter was en omdat ik in dat grote, keistenen huis aan Lincoln Avenue woonde met al die bomen. Ik wilde Lilac bij mij thuis uitnodigen, maar ik wist dat Lilac zou lachen en zich zonder me te horen zou afwenden. Lilac was zo mooi! – het enige meisje dat tijdens de gymles als een aapje in de touwen kon klimmen, tot aan het plafond. Lilac was het eerste meisje op de Thomas Jeffersonschool dat gaatjes in haar oren had gekregen toen ze tien was. Lilac was een meisje dat standjes kreeg omdat ze zat te 'wiebelen' in haar bank, maar onze onderwijzeres lachte als ze dat zei, je kon zien dat juf Hansen Lilac Jimson aardig vond. Maar nu was Lilac Jimson opeens 'dat arme meisje dat meegenomen was uit het park niemand weet waarheen misschien ligt ze in de rivier het laatste nieuws is dat de politie haar eigen vader verhoort is dat niet tragisch'.

## Het glazen hart

Het was een uit glas geslepen hart dat ik mijn vader gegeven had, en dat hem afgenomen was toen hij op sterven lag.

Het was een prachtig, uit glas geslepen hart, maar niet erg groot.

Ik had het glazen hart gekocht in een winkel aan Madison Avenue in New York. Een winkel vol glanzende glazen voorwerpen, meest geïmporteerd. Ik had zelf niet veel geld, maar dit was zo'n mooi stuk geslepen glas, dat nog vergrootte ook, dat ik het moest kopen. Ik dacht toen niet: waarom koop ik een glazen hart om aan mijn vader te geven, want het was vooral de schoonheid van het voorwerp die mijn aandacht trok, en de aandacht van mijn metgezel.

Het glazen hart was aan de onderkant voorzien van de naam 'Venezia'.

Het glazen hart lag lekker zwaar in mijn hand.

Het glazen hart absorbeerde de warmte van mijn hand,

het pulseren van mijn bloed, met een verrassende kracht. Ik glimlachte verrast. Want hoorde glas niet kóúd te zijn?

Mijn metgezel, met wie ik een korte, intense periode op reis was geweest, wat geen vervolg zou krijgen, wilde het glazen hart voor mij kopen maar ik zei snel nee, ik wilde het glazen hart voor mezelf kopen.

'Er is iemand aan wie ik het wil geven. Ik wil het alleen voor hem hebben.'

Geschenken die je geeft uit liefde. Geschenken die je geeft uit het bitterste schuldgevoel. Dit geschenk aan mijn vader, een uit glas geslepen hart, was beide.

'Nee maar, Merilee. Wat is dit?'

Mijn vader wantrouwde geschenken. Zelfs van familie. Hij had de ziel van een aristocraat en ergerde zich aan de opdringerige agressie van het geven van geschenken.

Papa kon vooral geen geschenken waarderen die een intieme boodschap bevatten.

In dit geval leek het uit glas geslepen hart bedoeld te zijn als hulpmiddel bij het lezen voor Dennis Grafs oude ogen. Ja, toch?

Papa vroeg het niet. Ik had het niet gezegd. Dat het glazen hart ook een vergrootglas was, was ondergeschikt aan de schoonheid ervan, had ik kunnen aanvoeren.

'"Venezia". Heb je het daar gekocht?'

Nee, zei ik tegen papa. Ik had het in New York gekocht.

(Alsof ik naar Venetië gereisd zou zijn zonder mijn vader daarover in te lichten. Alsof mijn leven zo geheim was geworden, zo buiten zijn radar was geraakt.)

Het contact tussen ons was al heel lang stroef, gespannen. Ik was voorgoed uit Mount Olive weggegaan. Ik had op een kleine, progressieve kunstacademie gezeten zonder daadwerkelijk af te studeren. Ik had erop gestaan elders 'mijn eigen' leven te leiden en het was mijn vader niet duidelijk wat voor soort leven dat was, wie mijn vrienden waren en waarom ik nooit een van hen meenam naar Mount Olive om aan hem voor te stellen. *Hij weet dat ik een seksleven heb. Toch kan hij het niet verkroppen dat hij zelf geen seksleven meer heeft.*

Mijn moeder was vijf jaar geleden gestorven. Sindsdien was mijn vader zichtbaar ouder geworden. Ook in zijn gedrag en zijn gewoonten. Hij had zijn succesvolle import-bedrijf verkocht en was nu min of meer met pensioen. Hij had zich teruggetrokken uit de plaatselijke politiek, waarin hij altijd een actieve rol had gespeeld. (Hij had twee ambts-termijnen in de gemeenteraad van Mount Olive gezeten en was burgemeester geweest van dit stadje met zijn vijfen-dertigduizend inwoners in de Chautauqua Valley, ten oos-ten van Port Oriskany.) Zijn interesses in het openbare leven waren nu voornamelijk filantropisch van aard, in de vorm van donaties en giften die door zijn advocaten werden afgehandeld. Ik had het onbehaaglijke gevoel toen ik met papa belde (onze telefoontjes waren altijd zeldzaam geweest en stroef verlopen) dat hij steeds meer tijd alleen doorbracht. Hij had een huishoudster, en hij had een 'trouwe assistent' die de geldzaken afwikkelde, maar een actief, sociaal leven leek hij niet meer te leiden. De laatste keer dat ik bij hem op bezoek was, had ik gezien hoe hij met een blik van machteloze woede door zijn bril met dubbel-focusglazen had getuurd, met een blik van machteloze woede, en de gedrukte tekst met tegenzin in het licht had gehouden om die beter te kunnen zien. Maar papa had, zoals altijd, alleen maar gelachen toen ik voorgesteld had dat hij naar de oogarts moest gaan om zich andere glazen te laten voorschrijven.

Alsof hij wilde zeggen: Waarom verdomme nog al die moeite doen? Ik ben een oude man.

Maar je bent geen oude man! Wilde ik protesteren. Papa was toen nog maar eenenzeventig.

Ik moest wel aannemen dat de dood van mijn moeder een schok voor hem was geweest. Hij had haar boven in de badkamer gevonden, ineengezakt. Ze was aan een beroerte overleden, nog maar net eenenvijftig jaar oud. Ik was toen-tertijd negentien en wat vervreemd geraakt van mijn beide ouders.

*Papa hoe kon dit gebeuren      hoe kon mama sterven*
*Ik bedoel, hoe kon mama die niet oud was      sterven*
*Was er geen waarschuwing      had ze vaak hoofdpijn*
*Wat waren mijn moeders laatste woorden*

Vragen die ik niet stelde. Toen niet en daarna niet.

'Dus! "Venezia". Met wie ben je naar die mooie, ten dode opgeschreven stad aan zee gereisd, Merilee?'

Ik vroeg me af of papa me op de proef stelde. Me plaagde. Hoopte me op een leugen te betrappen.

Ik glimlachte en herhaalde dat ik het glazen hart niet in Venetië had gekocht, maar in New York. Ik had het gezien, aan hem gedacht en het in een opwelling gekocht. Dat was alles.

Door de manier waarop mijn vader het uit glas geslepen hart in zijn handpalm hield, vroeg ik me af of hij aan mijn moeder dacht. Arme Edith! Misschien voelde papa een zweem van schuld, van spijt. Hij was niet wat je noemt een attente echtgenoot geweest. Een liefhebbende echtge-noot. (Een trouwe echtgenoot?) Maar het grote, oude kei-stenen huis aan Lincoln Avenue 299 was nu net een mau-soleum. Papa nodigde geen gasten meer uit, bewoonde nog maar een paar kamers van het huis en had de rest afge-sloten. Een huishoudster kwam een paar keer per week om het huis schoon te houden en maaltijden klaar te maken, als papa niet buitenshuis at.

Ouder worden maar nog niet oud zijn. Starend in het uit glas geslepen hart alsof hij in zijn eigen (ongewisse?) toekomst staarde.

We waren in papa's werkkamer. Waar ik jarenlang alleen op uitnodiging van papa had mogen komen.

Het was een prachtige kamer, die nu iets van vergane glorie uitstraalde. Het zware Chinese vloerkleed moest nodig met de hand gereinigd worden, de stoffige gordijnen van brokaat moesten nodig vervangen worden. De hoge glas-in-loodramen moesten nodig vanbinnen en vanbuiten schoongemaakt worden. Papa's meubels in deze kamer leken op die in een Victoriaanse herensociëteit: mahoniehout en leer, log, lomp en indrukwekkend. Die aparte geur van leer die ik altijd zou blijven associëren met mijn vaders werkkamer, en met hoe bevoorrecht ik me voelde wanneer hij me uitnodigde om binnen te komen.

Ik wilde Dennis Graf in gedachten houden als een energieke, knappe man. Hoewel zijn ogen net als bij een schildpad in losse huidplooien rustten en zijn huid gerimpeld was als een net van spinrag. Hoewel zijn gedrag verwarder was, verstrooider. Hij leek aangedaan te zijn, of misschien alleen geërgerd, door het woord 'Venezia', dat mogelijk een akelige herinnering bij hem wakker had geroepen. Ik wist dat papa jaren geleden meerdere keren in Venetië was geweest. Toen ik opgroeide was hij vaak weg op zakenreis naar Zuid-Europa, Noord-Afrika, Turkije, het Verre Oosten. Graf Imports Inc. was gespecialiseerd in het importeren van goederen van hoge kwaliteit: kunstwerken, handgeweven wandkleden, parfums, specerijen, allerlei soorten exclusieve geschenken. Papa nam op zijn reizen meestal een jonger lid van de familie Graf mee, die als hoofdaccountant, assistent en gezelschap diende. Hij nam nooit zijn gezin mee. Hij nam nooit mijn moeder mee, nooit.

Was dit vreemd? Ik vond van niet toen. Als opgroeiende dochter van Dennis Graf was het ondenkbaar dat ik een mening over hem had.

In zijn werkkamer en verspreid door het hele huis waren herinneringen te vinden aan papa's vele reizen. Stenen beeldjes, wandkleden, prachtig geverfde shawls die over de tafels gedrapeerd waren, handgeweven vloerkleden. In de boekenkast, die de hele wand van de werkkamer besloeg, stonden talloze reisboeken. Veel van deze boeken waren heel groot en bijna te zwaar om op te tillen. Dit waren boeken met exotische foto's en uitgebreide, zowel moderne als historische, landkaarten. Mijn vader was de enige die ik kende die zo'n grote, prachtig gedetailleerde wereldbol bezat, die je met je vingers kon laten draaien en op een mooi bewerkte mahoniehouten voet stond, zo een die je normaal alleen in de leeszaal van oude, weelderig ingerichte openbare bibliotheken ziet staan.

Deze globe stond naast papa's bureau, waar hij hem, al peinzend, vanuit zijn draaistoel argeloos kon laten ronddraaien. Ik zag dat de globe, na vijf decennia, nog steeds in een perfecte staat verkeerde. Toen ik nog een naïef meisje was, had ik me ingebeeld dat de aarde eruitzag zoals op papa's globe, dat elk land zijn eigen kleur had en zwart omlijnd was.

Papa had de globe gekocht in de jaren vijftig. Veel, misschien wel de meeste, landen die erop voorkwamen bestonden niet meer. Hun namen waren veranderd. Hun landsgrenzen. Hele culturen waren weggevaagd. De melancholieke gedachte kwam bij me op dat wanneer mijn vader overleed, deze mooie globe bij het oud vuil gezet zou worden.

Om de pijnlijke stilte te doorbreken stelde ik voor dat papa het glazen hart zou gebruiken om zijn landkaarten te bestuderen. 'Op sommige landkaarten zijn de letters zo klein, pap, dat het bijna onmogelijk is om...'

Mijn vader maakte een zuigend geluid met zijn lippen. Een van de oude mannengewoonten die hij zich in het afgelopen jaar had aangeleerd. Er verscheen een versluierde uitdrukking op zijn gezicht. Hij hield er niet van als iemand, en vooral niet een van de vrouwen van het gezin, hem vertelde wat hij moest doen, zelfs niet op een omfloerste manier. Ik was bang dat hij zijn vingers open zou doen (zogenaamd per ongeluk) en dat het hart op de hardhouten vloer in stukken zou vallen, met een geluid als dat van schril staccato gelach.

In plaats daarvan gooide papa het uit glas geslepen hart omhoog in zijn hand. Alsof het niet delicaat was, niet duur. Alsof het een tennisbal was, een sinaasappel. Hij gooide het omhoog, ving het op, zag de uitdrukking van lichte paniek op mijn gezicht en knipoogde naar me. 'Die Merilee! Je bent een echte geschenkengeefster geworden, hè?'

Was dit een beschuldiging of een soort afkeurende loftuiting! Ik wachtte tot papa verder zou praten. Probeerde te glimlachen en leunde naar voren in afwachting van zijn woorden.

Bijna twee jaar later, in juni 2004, zou ik het uit glas geslepen hart pas terugzien, toen ik het in mijn vaders werkkamer vond en meenam naar de hartafdeling van het Mount Olive General Hospital, waar hij opgenomen was.

# Geschenkengeefster

*Een echte geschenkengeefster.*
 *Die Merilee!*
 Hij had het spottend bedoeld, denk ik. Maar het zou ook een uitdrukking van sympathie kunnen zijn. *Geschenken-geefster: mijn dochter.*
 Ik wist precies hoe het begonnen was en wanneer.

'...het gauw genoeg horen, Edith. Als jij het niet aan het kind vertelt, doe ik het.'
 Mijn tante praatte met mijn moeder. Mijn tantes manier van praten leek op het hakken van een mes en mijn moeders stem was zacht als brooddeeg.
 '...belde en vroeg om langs te gaan. Hij maakt zich zorgen om Merilee, en om jou. "Zeg maar tegen Edith dat er geen gevaar is voor óns." Hij gaat een beloning uitloven als het meisje vanavond nog niet gevonden is. Hij doet mee aan de zoektocht, als...'
 Lilac Jimson werd op dat moment al meer dan veertig uur vermist. Het was laat op de middag op de dag die volgde op de dag die volgde op de avond van de 22ste mei 1988, toen Lilac Jimson, naar verluidt, was meegenomen van een pick-nickplaats boven een steil, verraderlijk rotsachtig ravijn dat door Highlands Park liep. Ik wist hier niets van. Ik was een kind en wist niet eens welke dag het was. Ik werd op school gezien als een pienter kind en toch had ik waarschijnlijk

niet kunnen zeggen, zonder er eerst hard over na te denken, welke maand of zelfs welk jaar het was.

Feiten zijn onverzettelijk als rotsen, als kliffen. Feiten zijn het domein van volwassenen. Kinderogen voelen zich aangetrokken tot ballonnen, tot zwevende dingen.

Feiten zeggen kinderen niet zoveel. Pas wanneer ze ophouden kinderen te zijn, krijgen ze betekenis.

Dit feit: van de (blanke, welgestelde) bewoners van Lincoln Avenue in Mount Olive was mijn vader, Dennis Graf – op dat moment voormalig burgemeester van Mount Olive, eind vijftig en nog steeds een actief gemeenteraadslid – een van de weinigen die meededen aan de zoektocht naar de elfjarige Lilac Jimson. Toen er een beloning van twintigduizend dollar werd uitgeloofd voor informatie die tot de terugkeer van Lilac Jimson leidde, bijeengebracht door een 'groep bezorgde burgers uit Mount Olive', zoals de plaatselijke media berichtten, was het merendeel van die twintigduizend dollar afkomstig van Dennis Graf.

Dit zou ik uiteindelijk te horen krijgen. Hoewel niet van mijn vader, die, ondanks zijn sociale aard, eigenlijk vrij terughoudend was en ervoor terugschrok om zichzelf op te hemelen.

'...echt, Edith! We zijn híér veilig genoeg. Merilee moet morgen gewoon weer naar school. Je wilt toch niet dat ze angstig en bezorgd wordt...'

*Angstig en bezorgd zoals jij.*

De vrouwen waren in de keuken. De deur was dicht. Mijn moeder en mijn tante dachten waarschijnlijk dat ik boven in mijn bed lag, want ik was die morgen 'met koorts' wakker geworden. Ik was langzaam de trap af geslopen, en wist precies welke treden kraakten en waar ze kraakten. En bijna even voorzichtig als tijdens mijn spelletje waarbij ik alleen de binnenkant van de treden gebruikte en nooit de loper, waarop je, als je goed keek, donkere kronkels zag, net slangen.

Er was ook een trap vóór in ons huis, met een donkerroze pluchen loper zonder slangen. Alleen in het donkere patroon van de loper op de trap achter in ons huis, die naar de keuken en de hal leidde, hielden zich slangen op.

Geen tijd voor slangen nu! Ik luisterde naar mijn tante Cameron, die met mijn moeder praatte. 'De luistervink spelen' in praktijk gebracht voordat ik de uitdrukking kende, of de betekenis ervan. 'De luistervink spelen' om te horen wat ik niet mocht horen, en dus was het van cruciaal belang dat ze me niet zagen.

'Merilee!' riep mijn moeder dan op hoge, klaaglijke toon, wat een teken was van boosheid die ze altijd verborg, zoals ze ook altijd wijde vesten met afhangende schouders over haar blouses droeg en wijde, loshangende broeken om haar magere lijf te verbergen.

'Merilee, wat doe je, stoute meid, hoe haal je het in je hoofd', riep mijn moeder dan gekwetst en tranen welden op in haar roodomrande ogen, waardoor ik me beschaamd voelde.

Wanneer tante Cameron op bezoek kwam terwijl papa niet thuis was, had ze daar een speciale bedoeling mee. Want tante Cameron kwam nooit zomaar bij mijn moeder op bezoek. Je kon aan tante Camerons stem horen dat ze geduldig probeerde te zijn met mijn moeder, zoals onze onderwijzeres juf Hansen geduldig probeerde te zijn met sommigen van mijn klasgenoten die moeite hadden met lezen en rekenen. Het was een grafiaanse manier van praten. Het was papa's manier van praten, die hij soms relativeerde met een knipoog en een glimlach.

'...dat kleine zigeunerachtige meisje, toch? Haar moeder maakte hier vroeger het huis schoon...'

Mijn hart begon luid te bonzen, ik trok mijn knieën stijf tegen mijn borst. Ik wist dat mijn tante Lilac Jimson bedoelde.

'...uit Polen, ze sprak slecht Engels, de arme ziel. En hield het met een zwarte man, een beer van een vent, uit West-Indië, werkte als conciërge maar is ontslagen, hoorde ik, vorig jaar winter al, en is sindsdien werkloos. Het verbaast me niets dat er iets verschrikkelijks is gebeurd, ze wonen met zeven kinderen in dat rijtjeshuis, je vraagt je af hoe het in zo'n huishouden toegaat, het was wel niet op het nieuws maar er wordt gezegd dat het misschien met drugs te maken heeft, een drugsdealer uit Rochester, een zwarte natuurlijk, het arme kind is misschien wel uit wraak meegenomen en haar eigen vader is er misschien wel bij betrokken, de politie heeft hem ondervraagd, hoorde ik, en de politie van Rochester ook, Dennis zei dat hij vurig hoopte dat het niet waar was, die lui kunnen elkaar zulke akelige dingen aandoen...' Mijn tantes hakkende stem zweeg even, en mijn moeder mompelde iets, of ze knikte, want ze had geleerd dat op dergelijke momenten een reactie gewenst was om aan te geven dat ze nog steeds luisterde. En tante Cameron vervolgde, fel als een tierende schoolmeester: '...Stel je voor, zeven kinderen in dat gezin! En allemaal zo donker als zigeuners. Het moet een heel mooi meisje zijn, een pienter, levendig kind, en toch, je vraagt je af waarom ze bij haar zusjes is weggelopen, het arme schaap, ik kan me voorstellen hoe bang... nou ja, niet echt natuurlijk, het is vreselijk. Je weet toch dat als een kind niet binnen vierentwintig uur gevonden wordt, of als de ontvoerder zich niet meldt...' Tante Cameron zuchtte luid. Een stoel verschoof over de tegelvloer in de keuken, als interpunctie. 'Een van de verhalen die ik gehoord heb, was dat haar zussen haar niet gemist hadden in het park. Omdat ze een soort spel deden. Met oudere, zwarte jongens, geloof ik. Natuurlijk worden ze allemaal verhoord. De vader ook. De moeder ook. Ach, dat arme mens, dat arme, zielige mens, wat zo iemand moet doormaken, haar dochter vermist, wat ze zichzelf natuurlijk verwijt, zou moeten verwijten als je omgaat met zulke... Nou ja!!' De stem van mijn tante ebde vol verontwaardiging weg en zwol daarna krakerig van verwijt weer aan. 'De zussen hadden haar niet eens gemist in het park. En het was al donker. Ze dachten dat ze naar huis was gegaan, zeiden ze. Je vraagt je af of die meiden gedronken hadden, of joints hadden gerookt, of erger. Natuurlijk waren ze met jongens aan het rotzooien. Waarschijnlijk met volwassen mannen! Die "gekleurde" meiden worden op de middelbare school al zwanger. En met een moeder zoals zij' – mijn tante maakte een snuivend geluid, alsof ze vol afschuw haar neus ophaalde – 'kun je ook niet verwachten dat ze zich anders gedragen. We mogen van geluk spreken dat in Mount Olive niet veel van die lui wonen. Alleen aan Eastman en South Main. En die rij huizen bij het spoor. De sociale dienst is er grotendeels verantwoordelijk voor, die geeft dat soort mensen financiële steun! Ik weet wel dat sommigen van hen werken. Die Alina werkt ook. Maar ze had nog steeds tijd om de huishouding van die Jimson erbij te doen, toch! Hoe kan een vrouw uit Warschau die geen Engels spreekt, en van wie gezegd wordt dat ze "niet goed bij haar hoofd is", met een zwarte man bevriend raken? Ik kan me dat niet voorstellen. Jij wel? In een kroeg misschien? Ik hoop alleen, Edith, dat ze, toen ze hier in huis werkte, dat kleine meisje niet meenam en Merilee het kind nooit ontmoet heeft...'

Ik wachtte tot mijn moeder zou zeggen: Ja, Merilee heeft haar wel ontmoet. Merilee kent Lilac Jimson, ze zitten in dezelfde klas op school.

Maar mama zei niets wat ik kon horen. Ik stelde me haar kregelig voor, met een fronsend voorhoofd, onwillig een mening te riskeren. Mijn moeder was in het bijzijn van tante Cameron, en in het bijzijn van mijn vader, altijd heel stil. Woorden die met veel gemak en gezag uit de mond van anderen rolden, leken in die van haar tegengehouden en gesmoord te worden.

'...ik weet dat ze naar dezelfde school gaan. Maar Merilee gaat toch niet met dat soort meisjes om? Dennis zegt van niet. Hij zegt dat het minstens drie jaar geleden is dat deze Alina voor jullie gewerkt heeft, en daarom...'

Drie jaar. Als papa het zei, was het zo. Maar ik dacht dat het nog niet zo lang geleden was dat Lilacs moeder, Alina, bij ons werkte. Ze was klein en gezet, had een bleke huid en een stem die ratelde als ze tegen je praatte, als het gekwetter van een vogel. Ze droeg een jasschort en bond altijd een hoofddoek om haar strokleurige haar. Als ze het huis schoonmaakte, neuriede en zong ze bij het lawaai van de stofzuiger. Ze sprak mijn naam uit als Mary Leigh en zei dat ze nog nooit zulke mooie krullen had gezien als die van mij.

Alina nam regelmatig Lilac mee naar ons huis. Maar Lilac moest dan in de keuken blijven tot Alina klaar was met haar werk. Soms ving ik een glimp van haar op, van 'het kleine zigeunerachtige meisje', zoals mijn moeder haar noemde, maar ik mocht niet met haar spelen. Meestal ging mama, wanneer er een werkster in huis was, weg om boodschappen te doen, en dan nam ze mij mee. Vreemden in huis maakten haar nerveus, zei ze. Ze voelde zich bezwaard dat andere vrouwen voor háár het werk deden. Voordat ze met mijn vader trouwde, had ze altijd gewerkt. O, ze had vanaf haar vijftiende gewerkt, begon mijn moeder me dan te vertellen, waarna ze zich bedacht.

De stem van tante Cameron ging omhoog, alsof ze in actie

kwam. '...beter dat wij het haar vertellen, Edith, dan dat ze het van andere kinderen hoort. Ik hoop alleen dat, als het arme kind door een seksmaniak is meegenomen en vermoord, het ergens ver weg is gebeurd en haar lichaam nooit gevonden wordt. Het allerergste wat kan gebeuren, de ergste nachtmerrie voor Mount Olive zou zijn als ze hier in de buurt gevonden wordt, en...'

Ik zat ineengedoken op de trap, met mijn knieën tegen mijn borst gedrukt. En voelde een ijzige kou over me heen komen. Ik had mijn tantes verschrikkelijke woorden gehoord, maar ook weer niet. Ik had de mengeling van schrik en geïrriteerdheid in haar stem gehoord, maar kon geen wijs worden uit haar woorden.

*Meegenomen. Seksmaniak. Vermoord.*

Mijn moeder wilde niet dat ik die morgen naar school ging. Ze had mijn voorhoofd aangeraakt met haar koude vingers en gezegd dat ik koorts had en nee, nee, néé, niet naar school ging. Het regende, het was een donkere dag, néé. Ik moest thuisblijven, in bed.

Ik zag de bezorgdheid in mijn moeders ogen en dat maakte me bang. In mijn verwarring dacht ik dat wat er met Lilac Jimson was gebeurd nu met mij ging gebeuren.

Ik voelde me nu al misselijk, zwak. Mijn mond was droog als zand. Mijn huid deed pijn als die met de lakens in aanraking kwam.

De vorige dag op school had Lilacs lege schoolbank daar gestaan. Vooraan in de klas, helemaal rechts bij het raam. Lilac was zo'n wiebelkont, zo'n draaikont, dat juf Hansen had gezegd dat ze Lilac daar wilde hebben 'waar ik je kan zien'. Maar juf Hansen vond Lilac wel aardig. Je kon zien dat juf Hansen Lilac heel aardig vond, hoewel Lilac onrustig was als we rekenles hadden en zich omdraaide in haar bank om over haar schouder naar haar vriendinnen te lachen.

Haar lach ging gepaard met geflikker van goud. De kleine knopjes in haar oren waren van goud. Haar ogen waren stralend zwart, net als die van mijn lievelingspop, alleen wilden Lilacs ogen me nooit aankijken, en ik kon niet vragen waarom niet.

Maar er werd nu al gepraat op school: er was iets gebeurd met Lilac Jimson en daarom was ze niet op school, er was iets gebeurd, maar ze was niet gewoon ziek of van haar fiets gevallen en had zich bezeerd, het was gebeurd in Highlands Park, slechts anderhalve kilometer verwijderd van de Thomas Jeffersonschool, Lilac was méégenomen, Lilac werd vermíst en niemand wist waar ze was. Juf Hansen was de hele dag nerveus en afwezig en keek vaak naar de deur, alsof ze verwachtte dat er iemand binnen zou komen, maar dat gebeurde niet. Niet één keer maakte juf Hansen een opmerking over Lilacs lege bank, die vlak voor haar stond, en niet één keer informeerde een van ons naar Lilac. De meesten zaten stijf en onwennig in hun bank. Er werd weinig gepraat. Alleen een paar jongens stelden zich aan. Maar zelfs zij durfden niet naar Lilac te vragen.

Ik wist dat ik beter niet naar haar kon vragen. Op school niet, en thuis niet.

Meestal liep ik van school naar huis, maar die dag zat mama voor de school in de auto op me te wachten. Ik wist door de nerveuze manier waarop ze glimlachte en niets over school vroeg, dat ik het weinige wat ik wist over Lilac niet mocht weten, en dat mijn moeder overstuur zou raken als ze vermoedde dat ik het wel wist. En papa zou zich aan haar ergeren, want hij vond mama niet lief wanneer ze, zoals hij het noemde, 'bangig, één bonk zenuwen' was.

Wanneer ze, zoals hij het noemde, 'geestelijk zwak' en 'labiel' was en 'een ongezonde invloed op onze dochter' had.

'...niet voor haar verbergen. Het zal haar alleen maar meer...'

Stoelen werden over de keukenvloer geschoven. Ik moest weg, ik wist dat mijn moeder naar me op zoek zou gaan. Als ik weer naar boven, naar mijn kamer ging, zou ik geen kant op kunnen. Ik wist dat mijn moeders iele, aarzelende stem langs de trap omhoog zou komen: 'Merilee? Ben je daar?' Ik glipte via de achterdeur naar buiten. De regen had plaatsgemaakt voor helder, verblindend zonlicht. De tuin achter ons huis was, net zoals bij alle andere huizen aan Lincoln Avenue, zo diep dat je bijna niet kon zien waar die ophield. Er waren zoveel plekken waar ik me kon verstoppen: achter de garage, achter de tuinschuurtjes, in de oude boomgaard met perenbomen. Ik kende een geheime plek helemaal achterin, waar ik door een ligusterhaag kon kruipen en me zo'n dertig meter verderop in het ravijn kon verstoppen, in die diepe rotsachtige afgrond waar ik niet mocht spelen, omdat ik me zou kunnen bezeren, en ik wist dat dit hetzelfde ravijn was dat door Highlands Park liep.

Vlak achter ons huis hing een schommel. Ik rende ernaartoe en begon te schommelen. Ik verstopte me niet, mama kon me vinden. Ik wilde te vinden zijn. Ik pakte de touwen stevig vast, duwde mezelf naar achteren en ging de lucht in. Mijn ogen deed ik stijf dicht en ik zette me met beide voeten hard af. Hoger, hoger! Ik dacht: tot mama me het verteld heeft van Lilac, is er niets gebeurd. Vlakbij hoorde ik mijn moeders klaaglijke stem: 'Merilee? Waar ben je?' Mijn ogen waren gesloten, maar ik zag mijn moeders bezorgde, gespannen gezicht, dat eruitzag als een meisjesgezicht totdat je dichterbij kwam, duidelijk voor me.

'Merilee, in hemelsnaam! Ik moet je iets vertellen. Hou alsjeblieft op met dat geschommel.'

Ik deed mijn ogen open. Het was mama niet, het was tante Cameron.

Voor verstoppen was het nu te laat. Voor Lilac Jimson, en voor mij.

De volgende dag begon het.

Ik bedoel, begon ik. 'Met het geven van geschenken.'

Ik weet niet meer waar het idee vandaan kwam. Ik kan me niet herinneren dat ik duidelijke motieven had voor wat ik deed als kind. Maar ik begon bepaalde 'schatten' van mij mee naar school te nemen en weg te geven aan meisjes met wie ik bevriend of bijna bevriend was, of graag bevriend wilde zijn. Als Lilac Jimson op school was geweest, zou ik haar mijn mooiste schat gegeven hebben, een roze halsketting van 'echte parels', die oma Graf me gegeven had voor 'wanneer Merilee ouder is'.

Ik had ook nog een mooie zilveren speld, in de vorm van een katje met kleine, blauwe saffieren ogen. Een barbiepop met tiara in een witte jurk van tafzijde, en een plastic bol met een mooie, grote geel-zwarte vlinder erin, die in mijn kamer op de vensterbank stond. Verder een vrijwel nieuwe waterverfdoos, mijn speciale zilveren lepel met de letter M in het handvat gegraveerd, en boeken, mijn lievelingsboeken over Black Stallion. Alles gaf ik weg. (De zilveren lepel gaf ik aan een verlegen meisje dat Miranda heette en dat bijna begon te huilen omdat ze dacht dat ik speciaal voor haar deze lepel gekocht had en de letter M erin had laten graveren.) Ik was zo aardig, ik was het aardigste meisje van groep zes. Ik was zo vrijgevig, ik was net een steekvlam waar de vonken van afsprongen! Ik kreeg er nieuwe vriendinnen bij, en meisjes met wie ik al bevriend was, vonden me nu nog aardiger.

Zes schooldagen verstreken en Lilac Jimson werd nog steeds vermist.

Ik was van mening dat ik mijn schatten mocht weggeven, omdat ze van mij waren, maar ik verborg ze voor mijn moeder, die me nu elke dag met de auto naar school bracht en me na schooltijd weer ophaalde. En daarom moet ik geweten hebben dat wat ik deed 'slecht' was. Ik moet geweten hebben dat mijn ouders afkeurden wat ik deed. Toch vond ik, met de logica van een tienjarige, dat als mijn ouders niet wisten wat ik deed, het niet 'slecht' kon zijn.

Op de zevende dag begon juf Hansen argwaan te krijgen. Want er stonden altijd kinderen om me heen, mijn nieuwe vriendinnen. En er waren meisjes die heel graag mijn vriendin wilden zijn, zelfs jongens dromden om me heen. Juf Hansen nam me apart en vroeg wat ik deed, en het meisje aan wie ik net een van mijn schatten had gegeven, duwde het geschenk snel weer in mijn handen en zei dat ze het niet wilde hebben. Juf Hansen zei: 'Ach, Merilee', op bedroefde toon, maar ze bestrafte me niet. Maar toen mama me die middag kwam ophalen, huilde ze bijna, want juf Hansen had haar gebeld en verteld wat ik gedaan had. Mama had mijn kamer doorzocht en ontdekt dat er dingen weg waren. Een van die dingen, de roze parelketting, noemde ze een 'familie-erfstuk'. Ik probeerde uit te leggen dat het mijn schatten waren en ik ze daarom mocht weggeven, maar mama was zeer overstuur en zei dat ik daar het recht niet toe had, ik had er niet het recht toe mijn eigendommen weg te geven, vooral de parelketting van oma Graf niet, die ik nog niet eens had mogen dragen. 'Als je vader dit ontdekt, zal hij woedend zijn op ons alle twee.'

Mijn moeders gezicht was ziekelijk bleek en bedekt met sproeten als van kleur verschoten regendruppels. Ik schaamde me voor haar in het openbaar, want ze leek zo anders dan de moeders van mijn klasgenoten, de ogen altijd neergeslagen en die zenuwachtige, verontschuldigende manier van doen. Als iemand zei: 'Hallo, mevrouw Graf', reageerde ze met een nerveuze glimlach en ze mompelde nauwelijks hoorbaar een wedergroet. Mijn vader hield er niet van als mijn moeder er 'afgemat' en 'alledaags' uitzag, dus smeerde ze altijd voordat ze het huis verliet, haastig wat rode lippenstift op haar mond, maar ze gebruikte geen andere make-up en borstelde haar musbruine haar alleen naar achteren. Ze was lang, bijna één meter tachtig. Ze was verlegen, maar op een vreemd agressieve manier. Om haar mond lag een taaie, smartelijke trek alsof die mond, in plaats van te glimlachen, eigenlijk wilde huilen. En in haar ogen een blik van hete, onderdrukte tranen alsof die ogen, zelfs als ze glimlachte, eigenlijk wilden huilen. Mijn moeders grote, knokige handen trilden voortdurend, alsof die handen zich eigenlijk tot vuisten wilden ballen en wilden slaan. (In werkelijkheid sloeg mama me nooit, ze kneep zelfs niet in mijn arm of schouder om me tot de orde te roepen. Haar berispingen waren uitsluitend verbaal, met zuchten en snikken. Ik zag tot mijn verbazing hoe andere moeders zich bukten om hun kinderen te kussen en te knuffelen, en hoe de kinderen hun moeders kusten en knuffelden, alsof dit de gewoonste zaak van de wereld was!)

Mijn moeder raakte me ook nu niet aan, hoewel haar handen trilden. Ze hijgde, had moeite met praten.

'Merilee. Hoe kon je...'

Nu begon ik te huilen. Nu was ik banger voor mijn lot dan voor dat van Lilac Jimson.

Mij werd duidelijk gemaakt dat ik iets heel ergs had gedaan. En dat mijn moeder haar best zou doen mij ervoor te behoeden dat mijn vader het te weten kwam.

Van de weggegeven schatten die ik aan mama had moeten

opbiechten, waren het 'erfstuk', de roze parelketting, de zilveren lepel met mijn voorletter erin gegraveerd en de mooie, grote geel-zwarte vlinder (die mijn vader voor me meegenomen had uit een ver, exotisch land dat Thailand heette) de belangrijkste. Mama schreef briefjes aan de moeders van de meisjes aan wie ik deze geschenken gegeven had, want mama had een hekel aan bellen, en binnen een paar dagen waren al deze geschenken per post teruggestuurd.

*Zo gênant! Een geschenkengeefster die haar geschenken terug-neemt.*

Papa is nooit te weten gekomen wat ik gedaan heb. Mama en ik hebben daarna nooit meer over het voorval gesproken. (Zoals we ook nooit meer over Lilac Jimson gesproken hebben, en wat er van haar geworden zou kunnen zijn.) Op school voelde ik me beschaamd en opgelaten en ik begreep dat ik nu steeds extra mijn best moest doen om aardig gevonden te worden. Ik zou zo'n meisje worden (er zaten meer van dat soort meisjes in groep zes) dat alleen maar aardige dingen over anderen zei en nooit nare dingen. Ik oefende voor de spiegel hoe ik moest glimlachen. Ik werd een mooi meisje met donkerbruin, springerig haar en donkere, stralende ogen. Ik glimlachte om aardig gevonden te worden. Zelfs als mensen me niet aardig vonden, glimlachte ik naar ze, en uiteindelijk vonden ze me dan toch aardig; en zo niet, als ze mijn glimlach wantrouwden, mijn verlangen om alleen het goede in mensen te zien, of als ik me gedroeg alsof dat zo was, dan maakte dat ook niets uit, want wie mij zo gelukkig zag glimlachen moest wel geloven dat Merilee Graf erg geliefd was, ze was een braaf meisje met veel vriendinnen en niet het soort meisje dat waarschijnlijk ooit iets slechts zou overkomen.

# 'Jim-Jim'

Ik was een mooi meisje, en nu ben ik een mooie vrouw: zesentwintig jaar oud. In ruisende, geplooide, kersenrode zijde. Met glanzend, donker, springerig haar, kortgeknipt, zodat de onderkant van mijn ivoorkleurige oren te zien is. Ik glimlach snel, dat gebeurt instinctief. Ik ben een geschenkengeefster die zichzelf als geschenk weggeeft, omdat ik weet dat ik het altijd terug kan nemen.

Tenminste, dat was mijn gewoonte. Hoewel ik moet toegeven dat ik me een paar keer vergist hebt.

'Hé, Mer'lee.'

'...Roosevelt.'

Het was een schok. Hij had me overvallen. Was uit de lift gestapt in de hal van het Mount Olive General Hospital, terwijl ik erin wilde stappen. Ik was nauwelijks een uur in Mount Olive, na een autorit van zes uur, en een van de eerste mensen die ik zie is Roosevelt Jimson. Mijn ogen waren open geweest, maar ik had niets gezien. Om mijn mond had, zoals altijd, een verwachtingsvolle, halvemaanglimlach gespeeld, maar mijn hart was verkrampt van angst geweest om wat me boven op de hartafdeling te wachten stond. En toen opeens, dreigend boven me, Roosevelt Jimsons scherpe, hoekige gezicht, met die bruine huid als gebrande gember, dat er nog precies zo uitzag als ik het me herinnerde, alsof het aan het sudderen was gebracht en elk moment van hitte uit elkaar kon spatten.

'Zo, hoe gaat het?'

'Het...'

Mijn stem klonk zwak en onzeker. Mijn mooie-meisjes-houding was ruw uit evenwicht geraakt, alsof de man me met de palm van zijn grote, vlezige hand achteruit had geduwd. Ik had Roosevelt Jimson zes of zeven jaar geleden voor het laatst gezien. Als ik geweten had dat hij uit die lift zou stappen, zou ik me ergens verstopt hebben en gewacht hebben tot hij weg was. Misschien wist hij dat en bleven zijn ogen daarom zo strak op me gericht. Want er was in het verleden iets geweest tussen ons.

Waarom ik Jimson bij zijn voornaam had genoemd, wist ik niet. Ik wist zeker dat ik hem nooit eerder 'Roosevelt' had genoemd, niemand die hem kende noemde hem zo. Zelfs als jongen, vol branie en zelfvertrouwen, had hij bekend-gestaan als 'Jimson'. Ik had de minachting in zijn ogen gezien toen ik 'Roosevelt' stamelde.

*Met die blanke-meisjesshit hoef je bij mij niet aan te komen, je weet donders goed dat het Jimson is.*

Ik werd weggeduwd door mensen die de lift in wilden. Jimson hield de deur voor me tegen zodat ik ook naar binnen kon, maar ik was door hem afgeleid en wist niet meer wat ik wilde. Hij had gevraagd: Hoe gaat het? Een witheet, bedwelmend gevoel voer langs mijn hersens. *Hoe gaat het, ik denk dat mijn vader op sterven ligt.*

'...niet zo goed, eigenlijk. Mijn vader...'

'Ja. Ik heb het gehoord.'

Jimsons gezicht leek te betrekken. Hij had niet naar me geglimlacht, was nooit het type geweest dat zich liet over-halen om te glimlachen, alleen omdat iemand naar hém glimlachte. Hij had zware oogleden, het wit van zijn ogen had een vreemde glans en was enigszins bloeddoorlopen. Hij zag eruit alsof hij een joint had gerookt. Of hij was lichtelijk aangeschoten, van een paar biertjes misschien. Vroeger op de middelbare school had hij in het footballteam gezeten van Mount Olive, en zijn neus was gebroken geweest. Zijn verschroeid uitziende huid, iets donkerder dan Lilacs zigeunerhuid, had dezelfde vreemde glans, heel anders dan de matte huid van blanken zoals ik. Zolang als ik me kon herinneren, vanaf het moment dat ik me bewust was geworden van mannelijke seksualiteit, had Roosevelt Jimson, die in Mount Olive voorgoed bekendstond als 'de oudere broer van Lilac Jimson', tegenover blanke meisjes met zijn zwartheid gekoketteerd. Hij was een lange, slungelige jongen die zich spottend galant gedroeg en een norse, sexy glimlach had die hij als een masker op en af kon zetten; een zwarte jongen die met zo veel hese hartstocht 'ja, m'vrouw' en 'nee, m'neer' mompelde tegen volwassenen dat het als overdreven beleefd of als brutaal uitgelegd kon worden. Al op de middelbare school was hij regelmatig in de problemen geraakt. Misschien had hij de school niet eens afgemaakt. In de afgelopen paar jaar was hij een sterke, gespierde kerel geworden, het hoofd aan zij- en achterkant geschoren, als een bokser. De onderkant van zijn gezicht werd ontsierd door een gemeen sikje, dat eruitzag alsof het van staalwol was.

De gedachte flitste door mijn hoofd. Dat weerbarstige gezichtshaar moest wel pijn doen wanneer het met de zachte huid van een vrouw in aanraking kwam.

'...bij de politie van Mount Olive, hoorde ik? Of was het de regio...'

Maar Jimson was niet in uniform, hij droeg een ongestreken kakikleurige broek en een wit T-shirt. Om zijn hals hing een dunne, gouden ketting. Hij keek naar zichzelf, lachte en fronste zijn wenkbrauwen. 'Niet op doorgaan' was de waarschuwing.

Als hij politieagent was geweest, dan was hij het nu niet meer. Het was moeilijk je deze man in een uniform voor te stellen.

Hij vertelde me dat hij in het ziekenhuis een vriend had bezocht die zijn auto in de prak had gereden. En vervolgde op somberder toon dat hij gehoord had dat mijn vader ook in het ziekenhuis lag. 'Doe meneer Graf de groeten van me, wil je? Zeg maar dat Roosevelt Jimson...' Zijn stem stierf weg, alsof hij nog iets had willen zeggen maar zich bedacht had.

Ik bedankte hem. En zei dat ik dat zou doen.

Ik voelde een lichte trots dat Jimson op zo'n respectvolle toon over mijn vader had gesproken.

Hij zou met Dennis Graf immers nooit de spot drijven. Misschien zou hij met mij dan ook niet de spot drijven.

Ik had de lift gemist. Nu gingen de deuren van de andere lift open. Ik moest me losmaken van deze man met zijn geschoren hoofd, lange bakkebaarden en ogen die als scheermessen door je heen sneden, maar ik hoorde mezelf zeggen: 'Ik weet nog dat Lilac je altijd "Jim-Jim" noemde. Na school zagen we jullie altijd langs de spoorbaan rennen en de schraagbrug oversteken, waar voetgangers niet mochten komen en vooral...'

Mijn stem stierf weg. Ik had willen zeggen: Vooral kleine meisjes niet.

Jimsons gezicht bevroor. Hij wilde dit niet horen. Hij was woedend dat ik erover begonnen was. Met een gebaar van nauwelijks onderdrukte woede trok hij een verkreukelde honkbalpet uit zijn achterzak en zette die op zijn hoofd. Hij tikte even tegen de klep. Zijn lippen opgetrokken in een spottende glimlach. *Neem me niet in de maling, meisje, je hebt je kans gehad.*

Voordat ik een verontschuldiging kon mompelen was Jimson al verdwenen.

Op die dag, 11 juni 2004, keerde ik terug naar Mount Olive, in de staat New York, om bij mijn vaders bed aan een melancholieke wake te beginnen. Een wake die langer zou duren dan ik verwacht had, en die misschien nog steeds voortduurt.

# Ravine Road

...die wild slingerende weg. Ravine Road waar (volgens hem) degene die zijn zusje had meegenomen die nacht had rondgereden. Omdat Ravine Road het park doorsneed in het gedeelte waar Lilac waarschijnlijk gelopen had. Omdat Ravine Road niet geplaveid was, smal was en niet vaak gebruikt werd. Omdat Ravine Road geen straatverlichting had. Omdat Ravine Road steil naar beneden liep naar de houten brug, en daarna weer omhoogliep in een serie scherpe, blinde bochten. Omdat Ravine Road een stille weg was, zelfs overdag. Omdat Lilac haar zussen gevolgd zou zijn, of op weg naar huis was geweest. Precies hierlangs, zei hij. Zie je wel, er staan bomen vlak langs de weg, waarachter iemand met slechte bedoelingen zich kan verschuilen. Hij ziet een klein meisje alleen, het is bijna donker en... Zijn stem was jong, rauw en beefde. Zijn stem was luid en wenste niet onderbroken te worden. Met andere woorden: apestoned. Hij had eigenlijk geen enkel voertuig mogen besturen. Hoe hij aan de sleutel van de pick-up was gekomen, was niet duidelijk. Waarom ik bij hem was, was niet duidelijk. Het enige wat duidelijk was, duidelijk te zien, was de hoge, ijle maan. De hoge ivoorglans van de maan. Wij tweeën, slingerend door Highlands Park, ergens na middernacht. Het was een zomers zwoele avond. Een sexy zwoele avond. Zo'n avond waarop je wilde schreeuwen, krabben en dingen met je tanden kapot wilde scheuren. Ik studeerde elders maar was even thuis. Ik was negentien. Mijn moeder was overleden toen ik negentien was, maar dat was bijna een jaar geleden, en toch was ik nog steeds negentien, en Roosevelt Jimson was in de Lakeside, waar ik met een paar vriendinnen van de middelbare school zat te drinken, naar me toe gekomen, en ik keek op, zag hem en was, ooooo, meteen verkocht. En wat Jimson me ook gaf om te roken, het was allemaal even lekker. Die nukkige, sexy mond, heel lekker. Nu drukte hij met zijn voet (zo groot als een paardenhoef en gestoken in een soort soldatenkistje) het gaspedaal in, daarna op de rem. Gaspedaal. Rem. Optrekken, opspattende kiezels, stoppen. Terwijl hij zo hard in mijn oor schreeuwde dat het pijn deed: Kijk, precies hier. Zie je? Over deze rotbrug, verdomme. Net breed genoeg voor één auto. Het was niet iemand die Lilac kende, shit, nee. Want niemand die Lilac kende, zou haar wat hebben aangedaan, begrijp je. Het was een vent die zomaar wat door het park reed. Het was een viespeuk die op jacht was. Hij zag een jong meisje, het leek erop dat ze alleen was, hij remde, stapte uit en trok haar de auto in; dat ze uit zichzelf bij iemand in de auto was gestapt was grote onzin, Lilac was daar veel te verstandig voor. Die vent had misschien wel eerst achter haar aan moeten rennen en haar mee terug moeten sleuren naar de... Jimsons stem haperde. Ik durfde hem niet aan te kijken. Ik zat dicht tegen hem aan in de slingerende, bonkende pick-up en wilde bij hem op schoot kruipen. Ik was ook zo apestoned. Oooo, wat was ik stoned. Het spul dat ik op de universiteit rookte was niets vergeleken bij wat Jimson me gegeven had. Zijn vader uit Barbados, zei hij. Zijn vaders vrienden uit Rochester. Hij trapte met zijn voet op de rem terwijl we heuvelafwaarts naar de rammelende houten brug reden, zodat ik naar voren vloog en met mijn kokosnoothoofd tegen de voorruit kwam. O, Jimson! Buiten adem, lachend. Elke keer reden we terug tot boven aan Ravine Road, waar de banden van de pick-up ronddraaiden en gruis en stenen deden opspatten. Elke keer vloekte Jimson en keerde hij de pick-up om Ravine Road nog een keer af te rijden. Met groot licht aan. En er was maanlicht. Hij kwam hier vroeger altijd overdag, zei hij. Jarenlang was hij hier alleen naartoe gegaan. Fles drank mee, of wat hasj. Soms werd hij wakker op een van de picknicktafels. Hij had meegedaan aan de zoektocht naar zijn zusje. Hij was zestien toen ze verdween, zat op de middelbare school. Hij was samen met politieagenten uit Mount Olive, agenten uit omliggende districten en vrijwilligers door het bos gelopen. Met kinderen van school. Jongens die hij kende, vrienden van hem. De mensen waren over het algemeen aardig. Iedereen wilde helpen. Iedereen had medelijden met het gezin. Iedereen leek mee te leven. Je wilde Lilac vinden, maar je wilde niet Lilacs lichaam vinden. Je wilde Lilac vinden, maar je wilde Lilac niet toegetakeld vinden. Al dat geloop door het park, en al die politiewagens, als er bewijsmateriaal was achtergebleven, was het nu verdwenen. Tien jaar later. Tien jaar en twee maanden. Later. Zijn rauwe, jonge woedende stem, waar ik bang voor begon te worden. Mijn zusje wordt nog steeds vermist, begrijp je. Mijn zusje, of alleen haar lichaam, of wat er van haar lichaam is overgebleven, begrijp je, mijn zusje is nooit fatsoenlijk begraven. Ik heb tegen mijn moeder gezegd dat ik haar zou vinden, waar ze ook is, dat ik Lilac zou vinden, of alleen haar lichaam, dat ik Lilac zou vinden en haar fatsoenlijk zou begraven.

Languit in mijn korte, rode corduroy rok, teenslippers en karmozijnrood gelakte teen- en vingernagels, en een karmozijnrode zoenmond. Een topje met bandjes die van mijn melkwitte schouders zakten. En niets eronder. Ik ben een mooi, blank apestoned meisje dat bemind wil worden, mijn mond droog van verlangen en tussen mijn benen vochtig en brandend van verlangen, maar ik ben me ook bewust van de boze, zwarte jongen naast me, de grote broer van de zigeunerachtige Lilac met haar lichte huid, en van het misplaatste idee dat Lilac mijn vriendin was, dat Lilac toen ik in groep zes zat me aardig vond. En ik zou me ervan bewust worden dat er gevaar heerste. Als ik helder van geest was geweest. Als ik niet met mijn lege kokosnoothoofd tegen de voorruit van de pick-up was geknald, die al gebarsten was als een spinnenweb. Als ik niet zulke lekkere hasj uit Barbados had gerookt. Als de zwarte jongen me niet aardig had gevonden, míj. Ik bedoel, hij had míj gezien en was naar míj toe gekomen. Lang en slungelig en lenig, met die gebrande-gemberkleurige huid en grote paardenogen, het maakte niet uit of hij knap was of niet. Of hij slechte bedoelingen had of niet. Dus: jij zat echt bij Lilac in de klas? Jouw vader is meneer Graf?

Ik hoopte dat er nooit een eind zou komen aan deze wilde, slingerende rit. En dacht: wat er ook gebeurt tussen ons.

# Wake

'Merilee! Ben jij dat...'

Hij was ingedut en abrupt wakker geworden. Hij was in de war, argwanend. Zijn asgrauwe lippen vertrokken in een vermoeide glimlach en hij tastte naar me, terwijl ik hem verzekerde dat ik het inderdaad was. Merilee.

'...ben hier al de hele tijd, papa. Ik bedoel, sinds vanmorgen. Weet je nog, ik ben al in Mount Olive sinds... Ik kom elke dag bij je op bezoek...'

'Elke dag! Nee maar.'

Hij gebruikte veel medicijnen. Hij ademde door een zuurstofslang die in zijn neusgaten verdween. Zonder bril waren zijn ogen star, naakt, de pupillen verwijd alsof voorgoed in shock en het wit verkleurd. Het bloed leek uit zijn gezicht te zijn weggelopen en zelfs zijn haar, dat jarenlang donkergrijs was geweest, leek witter te zijn geworden. Het was pijnlijk om dat stijve papieren armbandje om zijn pols te zien met de opdruk DENNIS W. GRAF en een lang computernummer. Hij leek blij te zijn me daar te zien, maar onzeker te zijn over waarom ik er was. Ik had het hem al diverse keren uitgelegd, maar de inspanning om goed te luisteren en alles op een rijtje te krijgen, putte hem uit.

Ik moest me ver vooroverbuigen om te horen wat hij zei. Zijn stem was heel zacht. Het enige wat ik uit zijn woorden kon opmaken was mijn naam, Merilee, waar ik een afkeer van had gekregen, hij klonk me vals in de oren. Net gesmolten snoepgoed, vond ik. Ik wou dat ik hem voorgoed uit kon spugen.

Ik was al vier dagen in Mount Olive. En had weinig geslapen in die vier dagen. Ik was er niet zeker van wat mijn vader zich van dag tot dag, zelfs van uur tot uur, herinnerde. Hij had ook zo'n trauma doorgemaakt, twee hartaanvallen in vierentwintig uur. Hij was met elektroshocks voor de dood weggehaald, vertelde de cardioloog. Waarschijnlijk kon hij zich niet eens meer herinneren dat hij thuis in elkaar was gezakt, in zijn werkkamer, en met de ambulance naar het Mount Olive General Hospital was gebracht; gelukkig had zijn Guatemalaanse huishoudster hem horen vallen en het alarmnummer gebeld. Zes dagen daarna was hij van de intensive care gekomen en had zijn toestand zich, zoals dat heette, 'gestabiliseerd'.

Familieleden hadden me al gewaarschuwd: je vader is niet meer de oude.

Ik wist niet precies wat ik daaronder moest verstaan. Ik had van papa gehouden, maar me nooit ingebeeld dat ik hem kende. Ik had hem bewonderd, zoals zovelen, maar ik had hem ook gevreesd, gewantrouwd en verafschuwd. En ik was bang geweest voor zijn oordeel over mij.

*O Merilee hoe kon je     we zullen het niet aan je vader vertellen*

*Je vader zou woedend worden*

Mijn moeder was overleden in dit ziekenhuis. Ze was gestorven aan een beroerte, een attaque, hoewel ze pas eenenvijftig jaar oud was. Je zou denken: dat is vreemd! Maar het was niet vreemd. Mijn moeder had ook veel medicijnen gebruikt tijdens de laatste maanden van haar leven.

Ik wilde niet aan Edith Graf denken. Niet nu.

Mijn hart ging alleen uit naar mijn vader. Mijn binnenste, een ballon die opzwol en die 'Dennis Graf, mijn vader, mijn papa' was. Geen ruimte voor iets anders, of iemand anders.

Wat een nachtmerrie: hij was wakker geworden en had ontdekt dat plastic slangen zijn neusgaten uitrekten, dat er een infuus in zijn bont en blauw uitziende rechterarm zat, dat er (onder de dekens) een katheter in zijn slappe penis geduwd was, dat er elektroden op zijn borst geplakt zaten en dat hij met draden verbonden was aan een hartmonitor die op de zusterspost stond. En het vernederende papieren armbandje met zijn naam en een computernummer.

En zijn dochter Merilee, die hij bijna twee jaar niet had gezien en die vanuit een duister en mysterieus leven dat hij afkeurde naar Mount Olive was ontboden. Zijn dochter Merilee, die zijn enig kind was, een teleurstelling, maar toch zijn kind.

*Je vader zou woedend worden    we zullen het niet tegen hem zeggen*

's Ochtends was papa op zijn best. Zonlicht stroomde door het hoge raam naar binnen, op een paar meter van het voeteneinde van zijn bed. Het licht flatteerde zelfs een zieke man, zoals bezoekers Dennis Graf zagen, en gaf de verrassend ruime eenpersoonskamer, die langzaam vol kwam te staan met beterschapkaarten, bloemen, planten, fruitmanden en lekkernijen, een vrolijker aanblik. De hoofdzuster zelf kwam bij Dennis langs, die voor haar 'burgemeester Graf' was. En andere zusters en verpleeghulpen. En dokters uit Mount Olive met wie hij omging.

's Ochtend was ook mijn beste tijd. Meestal viel ik om drie uur 's morgens in een diepe slaap tot ongeveer zeven uur, waarna ik met een bonzend hart en badend in het zweet wakker werd. De opluchting van de morgen! Met de gedachte: als het ziekenhuis niet gebeld heeft, is alles nog goed met papa.

Ik verwachtte dat hij beter zou worden en weer thuis zou

komen. Mijn tante Cameron en andere familieleden hadden me verzekerd dat papa's hart 'genas' en zo niet, dat dokter Lunbek dan een operatie adviseerde.

Ik nam dingen van huis mee voor papa. Ik had mijn huissleutel van Lincoln Avenue 299, waar ik de eerste achttien jaar van mijn leven gewoond had, verloren, maar mijn tante had me een nieuwe gegeven, zodat ik kon gaan en komen wanneer ik wilde. Ik nam tijdschriften, kranten en een paar boeken uit zijn bibliotheek voor papa mee. En, hoewel hij er niet om gevraagd had (hij had er waarschijnlijk niet aan gedacht), het uit glas geslepen hart.

Ik had het hem een paar keer zien gebruiken. Turend naar nieuwsberichten in de krant, de lippen op elkaar geperst.

Andere keren had ik hem voorgelezen. Tegen hem gepraat. Met zo'n hoge, kwetterende kanarietriller in mijn stem. Zoals verpleegsters tegen patiënten praatten. Vooral tegen patiënten die heel ziek zijn en van wie je geen antwoord verwacht.

'Pap? Ben je...'

Ik dacht dat hij naar me luisterde. Maar af en toe sloten zijn vermoeide oogleden zich. Zijn hoofd op het harde kussen begon te knikkebollen. Ik had hem verteld van mijn leven in New York, waarvoor hij altijd een terughoudende, wat ironische interesse had getoond, alsof hij mijn versie van het verhaal wantrouwde, vermoedde dat ik dingen verzon, hem voorloog zelfs, in mijn pogingen om mezelf als een brave dochter aan hem te presenteren. *Papa, ik ben geen slet, echt niet* was de onderliggende tekst van mijn smeekbede aan de man in het omhoog gekrikte ziekenhuisbed. *Papa, niet doodgaan, laat me niet alleen, ik ben zo bang, wat gebeurt er met mij als jij er niet meer bent,* want ik begon te beseffen dat ik mezelf mijn hele leven als Dennis Grafs dochter was blijven zien, waar en hoe ik dit leven ook geleid had; ik was Dennis Grafs dochter geweest zoals een reiziger een thuis had, een vast punt, hoe ver weg ook. *Ik kan zwerven, overal ronddwalen, ik ben vrij om mezelf steeds opnieuw uit te vinden, omdat ik dit vaste punt heb in Mount Olive in de staat New York: mijn vader Dennis Graf.*

Ik keek wanhopig toe toen de oude man met de asgrauwe huid in slaap viel. Ik schoof het uit glas geslepen hart weg van de rand van het bed, waar hij naartoe was gegleden vanaf de opengeslagen krant op zijn knieën. Ik schoof papa's blauwdooraderde hand weg van de rand van het bed, waar hij elk moment van af kon glijden. Ik sloot mijn ogen, wilde hem niet zien. Herinnerde me Roosevelt Jimsons gezicht dat zo levendig was geweest! Zo vol gevoel! De diepliggende paardenogen met zware oogleden, neergeslagen in onzekerheid bijna, dan plotseling opslaand, confronterend, honend. Zijn mond, zo vaag glimlachend dat het wel honend moest zijn. Ik vroeg me af of Jimson dit gezicht alleen aan blanken toonde of ook aan andere zwarten, aan 'gekleurde' mensen.

Misschien alleen aan blanke vrouwen. Misschien alleen aan mij.

Ik had mezelf belachelijk gemaakt beneden in de hal van het ziekenhuis, nerveus glimlachend tegen deze man. In de veronderstelling dat een glimlach van mij bij de ander een soortgelijke vriendelijke reactie zou opwekken. Ik was gewend aan dergelijke reacties van zowel mannen als vrouwen. Ik geloofde dat ik zowel mannen als vrouwen kon bespelen, zoals een geoefend musicus een instrument bespeelde, als het niet met gevoel was dan met een schijn van gevoel. *Maar je moet aardig tegen me zijn, ik geef je mezelf als geschenk.*

Ik dacht eraan terug dat ik jaren geleden stapelgek was geweest op Roosevelt Jimson. Ravine Road, in de ramme-

lende pick-up met Jimson achter het stuur die een mani-
sche warmte verspreidde, en wat er die nacht tussen ons
gebeurd was, of niet wilde lukken.

Een erotische herinnering die me verwarmde en prik-
kelde in de muffe lucht van mijn vaders ziekenhuiskamer.
Een erotische herinnering die mij, die zo'n fysieke een-
zaamheid begon te voelen dat het bijna niet te verdragen
was, troostte. Maar Jimson was niet de juiste man. Jimson
was niet mijn man. De herinnering knaagde, was beschamend. Hij zat al meer dan zes jaar in mijn hoofd. In die
donkere, bedompte afgesloten hoek van de kelder waar je
alles wegstopt wat je het liefst wilt vergeten. Ik had me
roekeloos gedragen met Lilac Jimsons oudere broer! Door
zijn borstelige haar aan te raken (dat nog niet in een militaire coupe geschoren was), zijn gespierde onderarm toen
hij het stuur van de pick-up vastgreep, zijn tot vuist geballe
hand die twee keer zo groot was als mijn eigen hand. Door
praktisch bij hem op schoot te kruipen. Ik was negentien en
high van de hasj, het bier en mijn eigen geilheid. Ik had
Jimson aan het lachen gekregen en ik had Jimson aan het
kreunen gekregen. Ik was ervan overtuigd geweest dat ik dit
wilde, dat ik daarom met hem mee was gegaan, dat ik
daarom mijn vriendinnen in de steek had gelaten, zonder
één keer achterom te kijken, hoewel ik wist dat ze me
nakeken. Ik was ervan overtuigd geweest dat ik Jimson
aankon, hoewel hij totaal verschilde van de jongens met
wie ik daarvóór iets had gehad, maar toen Jimson met me
begon te vrijen, begon ik toch bang voor hem te worden,
bijna te laat om hem ervan te weerhouden mijn dijen van
elkaar te duwen en bij me binnen te dringen, ik was in
paniek geraakt, wilde weg, had hem wanhopig van me
afgeduwd. *Nee! Nee, niet doen. Ik wil het niet. Ik ben bang
voor je.*

Zo beschamend! Ik wilde het me niet herinneren.

Ik moet een onverwachte beweging hebben gemaakt. Mijn vader, het hoofd opzij gezakt in zijn slaap, werd plotseling wakker en leek niet te weten waar hij was. Zijn oogleden trilden, hij staarde me met grote, verwilderde ogen aan. 'Merilee? Ben jij dat...'

Ik zei dat ik het was. Ik vertelde hem dat ik al de hele morgen in zijn kamer was, dat ik er steeds geweest was. Het duurde een paar seconden voor de informatie doordrong. Ik vroeg me af wat de arme man zag, terwijl hij naar me keek; die vage figuur in een stoel vlak naast dit vreemde, omhoog gekrikte bed in een te fel verlichte kamer.

Toch verscheen er een slinkse blik in mijn vaders ogen. Een teken dat hij iets grappigs wilde zeggen. Het zou wreed kunnen zijn, het zou snedig kunnen zijn, maar grappig en ik moest bereid zijn erom te lachen.

'Nou! Ik ben hier ook steeds geweest.'

Ik lachte. Ik lachte van opluchting, want mijn vaders opmerking was grappig.

Die middag en avond herhaalde ik het voor bezoekers, als bewijs dat mijn vader nog steeds even sardonisch was als altijd.

*Ik zal braaf zijn, als mijn vader gespaard blijft. Ik beloof dat ik de volgende man die van me houdt trouw zal zijn. Een echte geschenkengeefster die het geschenk van zichzelf niet terugneemt.*

Hij was geen oude man: drieënzeventig. Niet óúd.

Hij wilde protesteren dat het een vergissing moest zijn.

Het klopte dat hij al jaren last had van hoge bloeddruk, maar daar nam hij toch medicijnen voor in? Hij had een paar jaar geleden prostaatkanker gehad, maar daar was hij toch op tijd bij geweest? Ja, het klopte dat hij 'problemen met zijn hart' had gehad. Het klopte dat er een pacemaker in zijn borst was geplaatst. Het klopte dat hij moest afvallen, maar hij viel toch af in dit rotziekenhuis? Armen en benen waren bont en blauw van de naaldenprikken. Zijn huid werd geel, lelijk loshangend vel als de huid van een geplukte kalkoen. Hij zag vlekken en sterren voor zijn ogen en zijn oren waren net echoputten. Hij kon niet normaal slapen hier, werd de hele nacht door wakker gemaakt voor naaldenprikken. Werd de hele nacht door wakker van geluiden. Werd de hele nacht door wakker van pijn in zijn darmen. Misschien was hij vergiftigd op een van zijn zakenreizen naar het Verre Oosten. Naar Japan, China, Thailand. Hij had niet, zoals Amerikaanse toeristen, uitsluitend in intercontinentale hotels gelogeerd. Hij had zijn avontuurtjes met 'autochtone schonen' gehad: hij had risico's genomen, was roekeloos geweest. Misschien had hij een zeldzame ziekte opgelopen, een parasiet binnengekregen. Hij had een steeds terugkerende nachtmerrie: de Worm des Doods was door zijn anus naar binnen gekropen, in zijn darmen terechtgekomen, en was nu op weg naar zijn hart. Daarom was er een pacemaker geplaatst, om de inval van de Worm des Doods tegen te houden. Hij moest ervan verlost worden! Hij moest verlost worden! Hij kon nog niet doodgaan, het was te vroeg!

'Merilee, help me. Je moet me helpen. Je bent hier om me te helpen. Ik wil hier zo gauw mogelijk weg, Merilee. Leg jij het maar uit aan de cardioloog, de klootzak wil niet naar mij luisteren. Ik moet naar huis. Ik huur wel een zuster in. Zusters. Ik kan iedereen die ik nodig heb, inhuren. Wist je dat ik je moeder ingehuurd heb? Dertig jaar geleden heb ik je moeder ingehuurd als verpleeghulp, om voor mijn moeder te zorgen. Ze deed het nog goed ook. Was stil, deed wat haar opgedragen werd en klaagde nooit. Niet zoals andere vrouwen, die denken dat ze mannen kunnen commanderen, kunnen bedriegen, mij niet. Ik moet weer naar huis. Naar mijn eigen huis. Er zijn zaken die ik nog moet afhandelen. Ik heb financiële afspraken die ik niemand op kantoor kan toevertrouwen. Je oom Jedah is een pientere vent, maar niet zó pienter. Ik vertrouw zelfs hem niet. Ik vertrouw jou, Merilee. Het huis en het land worden aan jou vermaakt, Merilee. Jedah is de executeur van mijn nalatenschap en jij bent de erfgename. Maar ik ben nog niet klaar om te vertrekken. Er zijn zaken die nog niet afgehandeld zijn. Het is mijn tijd nog niet. Ik heb genoeg van deze rottent, ik wil hier weg. Ik klaag de klootzakken aan wegens medisch falen als ze me niet laten gaan. Ik bel het hoofd van de politie, dat is een vriend van me. De officier van justitie: ook een vriend van me. Ik ga hier dood, Merilee. Ik ga hier op een nacht dood als ik niet wegga. Verdomme, Merilee, help me! Je bent hier om me te helpen! Wat heb ik anders aan je? Je hebt me teleurgesteld toen je van huis wegging, nu is je kans om je vader te helpen, ik wil vandaag nog naar huis. Ik wil vandaag ontslagen worden. Ik huur wel zusters in, broeders. Zo nodig de halve hartafdeling. Ik moet naar huis. Ik wil in mijn eigen huis zijn. Als ik doodga, wat ik nog lang niet van plan ben, wil ik thuis doodgaan.'

'Uw vader is ernstig ziek, mevrouw Graf. Natuurlijk kan hij niet "naar huis".'

En zo verstreken de dagen.

Op goede dagen kwam er een gestadige stroom bezoekers langs bij Dennis Graf. Dit waren familieleden, vrienden van de familie, zakenrelaties. En in een aparte categorie, zijn oude, politieke makkers. Vaak glipte ik op die momenten, verlangend naar frisse lucht, de kamer uit. Ik raakte bevriend met de zusters. Ik slaakte kreten van bewondering bij het zien van kiekjes van hun schattige kinderen, ik kende hun werkschema. Ik gaf ze geschenken omdat ze 'zo aardig' – 'zo lief' – voor mijn moeilijke vader waren. Ik raakte op een wat nerveuze, plagerige manier bevriend met een nachtbroeder die André heette. Hij was onbeholpen lang, had een flets, pokdalig gezicht, een vooruit gestoken kin en sombere, verlegen-jongensachtige, Latijns-Amerikaanse ogen. Ik schatte dat hij ongeveer even oud was als ik, misschien wat ouder. Een trouwring glom aan zijn linkerhand. We lachten samen, een geluid dat klonk als het gekwetter van geschrokken waadvogels. Ik bracht hem in verlegenheid door erop aan te dringen dat hij wat van de geschonken lekkernijen die zich ophoopten in mijn vaders kamer mee naar huis nam: chocoladetruffels, vruchtenlikeur, gekonfijte abrikozen, pistache- en paranoten. Later zag ik André steels naar me kijken vanaf de andere kant van de gang, alsof hij me probeerde te ontcijferen.

*Ik wil met je naar bed, maar ik denk niet dat het zal gebeuren.*

*Ik wil dat mijn vader beter wordt en thuiskomt, maar ik denk niet dat het zal gebeuren.*

*Alsjeblieft, André, kun je me helpen! Hoe weet ik niet.*

Eén keer zag ik in de parkeergarage naast het ziekenhuis een lange, donkere man met een lichtgetinte huid. Hij liep van me weg. Ik kon zijn gezicht niet zien, hij droeg een honkbalpet waarvan de klep naar beneden was getrokken. Hij droeg een bruine broek, een limoengroen sportshirt. Hij liep kwiek, met de lichte tred van een ex-atleet. Misschien had hij mij gezien, misschien ook niet. Het was een

vermoeiende en deprimerende dag geweest in het ziekenhuis en ik voelde me niet erg levenslustig, eerder onzichtbaar, alsof je, als je naar me keek, misschien wel niemand
zag staan. Ik had mijn vaders kamer die dag twee of drie
keer verlaten, Jimson zou dus bij mijn vader op bezoek
geweest kunnen zijn zonder dat ik het wist. En mijn vader
zou hem ook niet genoemd hebben omdat hij bezoekers,
zodra ze zijn kamer verlaten hadden en door anderen
vervangen waren, meestal alweer vergeten was.

Ik volgde de donkere man met de lichtgetinte huid op
enige afstand, en wist niet zeker of het Jimson was, die in de
hal van het ziekenhuis uit de lift was gestapt en voor me had
gestaan, of een vreemde. Ik haalde diep adem, was opgewonden. Wilde achter hem aan rennen en smeken: Laat me
het opnieuw proberen! Deze keer zal het anders zijn.

'Jezus! Eén ding weet ik wel.'

Mijn vader had het met veel vuur willen zeggen, maar zijn
woorden klonken als droge riethalmen in een hete, droge
wind.

Hij leek overstuur te zijn. Hij had geprobeerd om, met
behulp van het uit glas geslepen hart, te lezen, maar zijn bril
was steeds van zijn neus gegleden, alsof die te groot was
geworden voor zijn magere gezicht. Ik stak mijn hand uit
en raakte de rug van zijn blauwdooraderde hand aan.

'Papa, wat? Wat weet je wel?'

Hij probeerde te praten, maar zijn mond was te droog. Ik
gaf hem een glas water en hielp hem met drinken. Gefrus-
treerd en verward herhaalde hij wat klonk als: '...één ding
weet ik wel, dat... dat dít het is.'

Een andere keer zei hij, terwijl hij met de muis van zijn
hand over zijn ingevallen borstkas wreef: 'Ze willen me

weer voordragen voor burgemeester, zeiden ze. Zo gauw ik hier uit kom. De klootzakken. Denk je dat ze het menen?'

Ik duwde mijn vader in een rolstoel door de gangen van de hartafdeling. Twee keer rond, met gepaste snelheid.

We groetten de zusters. Meest jonge, vrolijke, mooie zusters met net zo'n kanarietriller in hun stem als ik had.

'Meneer Graf! Goedemorgen.'

'Meneer Graf, Merilee, mooi weer vandaag, hè?'

Je kon niet veel zien van het zonnige weer op deze late junidag, maar het leek een van papa's goede ochtenden te zijn. Wat mij de gelegenheid gaf om te zeggen, alsof het me net te binnen was geschoten: 'Pap? Toen jij mama net kende...' Maar de woorden stierven weg terwijl ik sprak. *Verpleeghulp. Stil, deed wat haar opgedragen werd en klaagde nooit.* Toen mijn moeder nog leefde, had ik me geschaamd voor haar, me aan haar geërgerd, en was ik boos op haar geweest; verdiende ik het wel om nu iets over haar te weten te komen? Nee.


Papa's kamer was leeg! Papa's ziekenhuisbed. Hij was op een brancard weggereden, aan een infuus, voor de zoveelste defibrillatiebeproeving. Zijn falende hart was opgehouden met kloppen en met geweld weer aan de praat gekregen. Het was een procedure waar elektriciteit aan te pas kwam, kleine bliksemflitsen als in zo'n lugubere Frankensteinfilm die je 's nachts op tv zag.

Tante Cameron en ik bleven achter in de kamer. Net nu ik mijn tante beter leerde kennen, papa's oudere zus, die me altijd geïntimideerd had met haar kordate, bruuske, stijlvolle optreden, waarmee ze mijn moeder ook altijd geïntimideerd had, begon deze vrouw van vijfenzeventig met haar vale lichtblonde haar zich naar haar leeftijd te gedragen. Ze praatte op een gekwetste, verwarde toon over 'wat ze hierna nu weer met Dennis zouden gaan doen' alsof papa's medische rampspoed de schuld van zijn artsen was. En ze begreep niet waarom haar jongere broer van nog maar drieënzeventig geen geschikte kandidaat was voor een harttransplantatie.

Ik hield mijn tantes koude, slappe hand vast om haar te troosten. Zelfs de botten in haar hand voelden weerbarstig aan.

Ik had zelf troost nodig! Want ik kon me niet voorstellen welke richting mijn leven op zou gaan als mijn vader zou sterven.

Ik had New York abrupt verlaten. Toen mijn tante gebeld had en me naar huis had ontboden, was ik meteen gekomen. Ik had de gelegenheid te baat genomen om mijn baan op te zeggen, die me verveelde, en te breken met een man die me begon te vervelen. De baan was assistente van de directeur van een kunstfonds dat elk jaar miljoenen weggaf aan subsidies, en de man, een vijftiger en best aardig, was de directeur van het fonds. Hij had me, sinds ik New York verlaten had, al talloze keren gebeld, maar ik had mezelf er nog niet toe kunnen zetten om hem terug te bellen. *Wat doe ik hier in Mount Olive, ik hou een wake. Ik wacht.*

In New York had ik een wat onbekommerd leven geleid. Het was geen serieus leven geweest. Ik woonde in geleende appartementen, of bij vrienden, zoals bij mijn getrouwde vriend de fondsdirecteur. Ik had niet veel eigen geld, maar had zelden geldgebrek. Ik droeg modieuze kleren, modieuze schoenen. Het was regelmatig voorgekomen dat ik 's morgens wakker werd op een plek die me niet meteen bekend voorkwam, waarna ik met veel succes een Merilee uitvond die bij de gelegenheid paste.

Ik kreeg vaak complimenten: wat ben je mooi! Wat maak

je anderen toch gelukkig, alleen al door je aanwezigheid!

Terwijl ik dacht: ja, maar alleen mooi. Niet adembenemend mooi.

*Ja, maar het geluk is alleen voor anderen, niet voor mij. En beeld je maar niet in dat je erop kunt vertrouwen.*

Mijn leven in New York was snel aan het vervagen, als een droom, levensecht en betoverend zolang je droomde, maar zodra je je ogen opendeed, verdween die. Je voelde het verlies, raakte misschien even licht in paniek om wat je verloor en daarna was de droom weg.

Papa had me zijn 'erfgename' genoemd: 'mijn erfgename'. 'Erfgename' klonk zo formeel dat het me angst aanjoeg. Ik begreep dat mijn vader een rijk man was, naar Mount Oliviaanse begrippen, hij zou een aanzienlijk vermogen achterlaten. Zelfs al zou een groot deel daarvan, zoals verwacht, aan plaatselijke liefdadigheidsinstellingen geschonken worden, toch zou papa's voornaamste erfgename op zijn minst een paar miljoen dollar ontvangen. En dan was er nog het oude keistenen huis aan Lincoln Avenue, dat van de New York State Historical Society de status van 'historisch monument' had gekregen, inclusief glanzende koperen plaquette, waar papa heel trots op was geweest: ik kon me niet voorstellen dat ik dat huis zou erven! Ik had alleen vage, nevelige herinneringen aan de achttien jaar dat ik in dat huis had gewoond. Ik logeerde nu bij een nicht in Mount Olive, niet in het oude huis, hoewel ik daar vaag over was geweest toen papa me gevraagd had of ik weer in mijn 'oude kamer' sliep.

En dacht: tegen de stervenden is het gemakkelijk liegen!

Gevolgd door, omdat ik er meteen spijt van had gekregen: ik zal het weer goedmaken met papa, ik zal in dat huis gaan wonen.

Mijn moeder was ook 'in elkaar gezakt' in dat huis. Boven,

in de badkamer, midden in de nacht; haar lichaam werd pas de volgende morgen door mijn vader gevonden. Nadat ze begraven was, had ik mezelf er niet toe kunnen brengen om in Mount Olive te blijven om haar spullen uit te zoeken, en had ik die taak overgelaten aan mijn capabele tante Cameron en andere vrouwelijke familieleden, waarna het merendeel van haar weinige bezittingen aan Goodwill was gegeven of was weggegooid. Ik had tegen mijn tante gezegd dat ik niets van mijn moeder wilde hebben. Als er al foto's van mijn moeder als jonge vrouw waren geweest, leken die zoekgeraakt te zijn. Of iemand (misschien mijn moeder zelf in een van haar nerveuze buien) had ze vernietigd.

In een opwelling zei ik: 'Tante Cameron? Kende u mijn moeder al toen ze papa leerde kennen? Dat moet haast wel, ze was de verpleeghulp van uw moeder, toch?'

Tante Cameron keek me streng aan, alsof ik als een brutaal, onnozel kind onbedoeld iets obsceens had gezegd.

'Wie heeft je dat in vredesnaam verteld, Merilee? Wie zegt er zulke dingen?'

Tante Cameron trok haar hand uit de mijne. Haar aantrekkelijke, zacht omlijnde gezicht, dat elke morgen onberispelijk werd opgemaakt met subtiel geurend, licht perzikkleurig poeder, liep rood aan van boosheid.

'Papa heeft me dat verteld. Een paar dagen geleden. Hij was van slag en begon me dingen te vertellen, hij zei dat mama...'

'Ik heb geen zin om je moeders verleden op te rakelen, Merilee. Edith was een ongelukkige vrouw, hoewel je vader haar alles gaf wat ze wilde hebben. Moge ze rusten in vrede.'

'Maar tante Cameron...'

Mijn tante hees zich overeind, fel en verbolgen. Ze was slechts één meter vijfenvijftig groot, maar straalde het gezag uit van iemand die veel groter was. Ik zag haar naar de deuropening kijken, alsof ze bang was dat er iemand langsliep en ons zou horen, of erger nog, dat er iemand binnen zou komen.

Toch bleef ik aandringen: 'Mama wilde toch nooit iets hebben? Tenminste niet...'

Tante Cameron trad tegen mijn obstinaatheid op door de kamer te verlaten. Haar afscheidswoorden werden met theatrale efficiëntie en aplomb voorgedragen: 'Moge ze rusten in vrede. Meer wil ik er niet over zeggen.'

Er was een gevoel van angst geweest. Een gevoel van niet naar huis willen. Voorzichtig liep ik achter in het huis de trap op, waar die domme slangen in de versleten loper sliepen, maar niet langer gevreesd werden. Langs mijn moeders badkamer, waar de deur, o, die verdomde deur! – weer typisch iets voor mijn moeder – op een kier stond, terwijl mijn moeder binnen was en zo vreselijk hoestte of kokhalsde of overgaf dat ik het niet langer kon aanhoren. Ik was twaalf of dertien en zat nog in de brugklas. Mijn vriendinnen wachtten een paar straten verderop op me, bij het huis van een ander meisje. Misschien aarzelde ik toen ik hoorde dat mijn moeder in nood verkeerde, maar nee, nee! Ik zou niet op de deur kloppen om te vragen wat er aan de hand was, ik wilde niet weten wat er aan de hand was.

Toen niet, en nog steeds niet.

Wanneer je een wake houdt in het ziekenhuis, begin je na enige tijd vermoeid te raken van al dat glimlachen.

Algauw heb je iedereen van het personeel een geschenk gegeven. Algauw ben je bij iedereen van het personeel bekend. Algauw begint een deel van het personeel je te mijden, is het niet uit ongeduld, dan wel uit medelijden.

Beneden in het restaurant, waar ik bevriend was geraakt met een deel van het personeel en in gesprek was gekomen met coassistenten, zusters en verpleeghulpen, stond de tv op een avond op CNN die *breaking news* bracht uit Oxnard in Californië, waar een opsporingsteam naar een negenjarig meisje zocht dat vermoedelijk door een onbekend persoon of onbekende personen uit een speeltuin ontvoerd was. Er waren beelden vanuit de lucht van politieagenten en vrijwilligers die door een gebied liepen met verdord gras en struiken. Van mannen die in megafoons schreeuwden, van wegversperringen en laagvliegende helikopters.

Het gesprek in het restaurant kwam op andere vermiste meisjes. Lilac Jimson werd genoemd.

'...dat arme, donkere meisje, toch? Gewoon spoorloos verdwenen, hoe lang is dat nou geleden...?'

'Nou, er wordt gezegd...'

'Wat?'

'...dat er mensen zijn die weten wat er met haar gebeurd is. Dat is wat wij gehoord hebben.'

'...een soort wraakactie, omdat haar vader met drugsdealers omging die hij geld schuldig was. Dat is wat ik gehoord heb.'

'Ik heb gehoord dat het meisje weggelopen is. Dat ze ruzie met haar moeder had en samen met een man naar Jamaica is vertrokken.'

'Een man? Het meisje was pas elf.'

'Nou... elf. In sommige culturen zijn meisjes sneller volwassen.'

Ik had naar deze opmerkingen geluisterd en er niet op gereageerd, maar ik was woedend. Ik zette mijn koffiekopje op tafel en duwde mijn stoel naar achteren. Het kokende bloed klopte als vuistslagen in mijn gezicht en ik durfde niets te zeggen, omdat ik niet voor mezelf kon instaan. Ik zag verschrikte ogen op me gericht en haastte me het restaurant uit.

*Ik kende Lilac! Lilac was mijn vriendin. Ze was niet wegge-lopen ze was meegenomen. Ze is nooit gevonden zelfs haar been-deren zijn nooit gevonden.*

Op een morgen, begin juli. Papa's negentiende dag in het Mount Olive General Hospital.

Toen ik kamer 414 binnenging was hij er niet. Zijn bed was leeg. Even voelde ik me duizelig worden en ik dacht: is hij overleden? Hebben ze hem weggehaald? Zouden ze me daarover niet ingelicht hebben? Het hart klopte in mijn keel, van angst, maar ook met iets van hoop dat de ellende van het wachten voorbij was, maar mijn vader bleek naar radiologie te zijn voor een MRI-onderzoek en een potige broeder, niet André, trok vaardig de vuile, stinkende lakens van het bed om ze door schone te vervangen. De broeder was een opvallende verschijning met zijn koperkleurige huid die rimpelde in zijn nek. Hij was gezet, had stevige bovenarmen en dijen. Hij floot zachtjes en genoot van zijn werk, dat hij met mechanische precisie uitvoerde: bed af-halen, bed opmaken. Gefascineerd keek ik naar zijn kun-dige handen en stelde ze me op mijn lichaam voor. Stre-lend, knijpend, stompend, slaand, dergelijke handen zouden uit eigen wil handelen, niet naar mijn wil.

De broeder keek achterom en zag me staan. Zijn gefluit hield op. Hij mompelde iets wat klonk als: 'Dag, m'vrouw', en hij maakte snel het bed verder op.

'Papa? Kijk.'

Ik had de roze parelketting van vroeger om. Ik had hem meegenomen naar Mount Olive met de gedachte dat mijn vader het leuk zou vinden hem na zoveel jaar om mijn hals te zien hangen.

Papa keek me over de rand van zijn brillenglazen aan. Hij had naar de voorpagina van de krant uit Rochester zitten turen. En daarbij tergend langzaam het uit glas geslepen hart over de kolommen met nieuwsberichten bewogen.

'De parelketting die je me gegeven hebt, weet je nog? Voor mijn verjaardag, toen ik klein was. Hij was van...'

Papa's lippen krulden zich in een licht onthutste glimlach. Hij ademde met een schrapend geluid vanwege de zuurstofslangen. Zijn waterige ogen leken te begrijpen wat ik zei toen ik probeerde uit te leggen dat de halsketting een 'familie-erfstuk' was dat ooit van zijn moeder, mijn oma Graf, was geweest, die overleden was toen ik nog een klein meisje was. 'Het is mijn mooiste, kostbaarste bezit, papa. Ik draag hem alleen bij speciale gelegenheden.'

Het zou waar kunnen zijn. Het zou ook grote onzin kunnen zijn. Papa fronste zijn voorhoofd alsof hij over mijn woorden nadacht. Het was niet duidelijk of hij zich de halsketting herinnerde waar mama altijd zo'n drukte om had gemaakt. 'En welke "speciale gelegenheid" is dit dan, Merilee?' Papa's linkerooglid zakte naar beneden in een schalkse knipoog.

Helen was de hoofdzuster van de afdeling cardiologie. Zeer bewonderd en zeer gevreesd door de jongere zusters. Helen was in de vijftig, had een gedrongen postuur, een buldoggezicht en koperkleurig haar. Ik had haar een jong zustertje horen uitschelden, Donna, een van de zusters die mijn vader verzorgde. Helen had ik voor me ingenomen met geschenken als Godiva-chocolaatjes en een vaas met bloemen, toen papa's kamer overstroomd dreigde te raken met geschenken. Eén keer had ik Helen beneden in het restaurant getrakteerd op koffie en een koffiebroodje. Ik had Helen naar haar achtergrond en opleiding gevraagd. Ik had Helen naar haar leven als zuster gevraagd, ter inleiding van wat ik haar eigenlijk wilde vragen: of ze in de jaren zeventig in Mount Olive een verpleeghulp had ontmoet of gekend die Edith Schechter heette. Helen vroeg me de naam te herhalen, waarna ze nadenkend haar voorhoofd fronste en kruimels van haar mond veegde, alsof ze oprecht probeerde zich Edith te herinneren. 'Wie was Edith Schechter?' vroeg Helen me en ik zei: 'Dat weet ik niet, ik hoopte dat jij me dat kon vertellen.'

In de spreekkamer van de cardioloog begon ik te huilen. Dokter Lunbek vermeed me rechtstreeks aan te kijken door nerveus met zijn hand door zijn gekamde beige haar te strijken.

Het besluit was: Dennis Graf was niet sterk genoeg voor een hartklepoperatie.

Dit was een opluchting! Nee, het was geen opluchting, want zijn zwaarbelaste hart begon steeds meer te 'falen'.

Geluidloos, maar ook zinloos zat ik, de volwassen dochter van een ten dode opgeschreven vader, op mijn stoel met harde rugleuning te huilen. Dit was nog steeds de dag van de roze parelketting. Van de speciale gelegenheid. De moeite die een mooi, maar aangeslagen meisje in een witte linnen blouse met preutse pofmouwen in jarenveertigstijl zich getroost had. Mijn strakke, beige linnen broek zat nu wat losser, want ik was afgevallen sinds ik terug was in Mount Olive, maar de broek was vlekkeloos schoon en had een scherpe vouw; ik was die morgen vroeg opgestaan om hem te strijken. Terwijl mijn vaders gezondheid achteruitging en ik uitgeput raakte, als een sappige meloen die leeg geschraapt werd, maakte ik me toch elke morgen zorgvuldig op, waste en föhnde ik mijn glanzende donkere haar, en droeg ik afwisselend de paar dure kledingstukken die ik meegenomen had om er bewonderende blikken mee te trekken van zowel mannen als vrouwen.

Ik had wel sexyer, opvallender kleren, maar die wilde ik in Mount Olive niet dragen.

Dokter Lunbek had iets gezegd, ik had zijn mond zien bewegen. Hij had mijn vaders lichamelijke conditie toegelicht, gedetailleerder dan ik had willen horen, toch bleef ik hem met betraande ogen smekend aankijken, totdat hij met gefronste wenkbrauwen zei, alsof de woorden uit hem geschud werden: 'Maar misschien, later...'

Ik greep naar dokter Lunbeks handen en kreeg er maar één te pakken. Tranen stroomden over mijn wangen. Ik wist dat ik er, ondanks mijn geërfde parelketting, elegante kleding en make-up, abominabel uitzag. Ik hoorde mezelf dank u, dank u, dokter Lunbek stamelen: 'Doe wat u kunt voor mijn vader, ik zal u er eeuwig...'

Lunbek keek me verschrikt aan en voelde zich in verlegenheid gebracht. Mocht hij voorheen gecharmeerd zijn geweest van mijn mooie gezichtje en mooie kleren, dan was dat nu niet meer het geval, hoewel hij wel zo vriendelijk was om me, als een angstig kind, zijn hand fijn te laten knijpen. Hij ging snel staan, maar kwam niet achter zijn bureau vandaan; het bureau bleef veilig tussen ons in staan.

Ik herinnerde me iets vreemds.

Terwijl ik het uit glas geslepen hart uit mijn vaders slappe vingers nam omdat hij in slaap was gevallen. En het glas boven de krantenpagina hield die hij had gelezen, en letters zag als opgewonden mieren, en een foto in felle kleuren van gevallen en misvormde lichamen te midden van het puin, ergens in Irak, waar ons machtige, wraakzuchtige land oorlog voerde.

Uitvergroot veranderden die lichamen in ontelbare grijze stippen die snel hun samenhang verloren. Ik herinnerde me wat mijn vader jaren geleden eens gezegd had: 'Als je ons mensen van heel dichtbij bekijkt, zijn we allemaal gelijk: stof. En als je ons van nog dichterbij bekijkt, zijn we allemaal atomen in de ruimte: energie.'

Ik had toen gehuiverd bij die gedachte. En huiverde nu weer toen ik het uit glas geslepen hart boven mijn vaders hand hield en de opgezwollen aderen, de verkleurde huid en de rimpels zag, die met het blote oog nauwelijks zicht-baar waren geweest, maar nu op riviertjes leken.

Papa's oogleden trilden maar bleven gesloten. Waar hij zich nu naartoe liet voeren, daar kon ik hem niet volgen, en ik kon me er geen voorstelling van maken. 'Waarom hield je niet van mij, papa' is geen vraag die een volwassen dochter aan haar stervende vader kan stellen, zoals 'Waarom vind je me niet aardig, Lilac' geen vraag is die een tienjarig meisje aan haar klasgenootje kan stellen.

Ik hield het glazen hart vlak boven mijn vaders slappe, vaalgele gezicht, zijn afhangende mond, zijn vochtig glan-zende kunstgebit, onnatuurlijk wit als waspoeder. Ik vond het fascinerend maar tegelijkertijd afstotelijk toen ik stop-pels zag die zich als ijzervijzels door de huid naar buiten duwden: want welk nut had een baard op het gezicht van een oude man?

Bijna kon ik mijn vaders schorre stem horen. 'Eén ding weet ik wel, dít is het dan.'

Toen ik het glazen hart terugtrok van het huidoppervlak van mijn vaders gezicht, nam de uitvergroting toe totdat één rimpel, één krul, één moedervlek uiteindelijk zo opgerekt was dat die het hele hart bedekte. Toen ik het hart dichter bij mijn oog bracht, werd alles wazig, onzichtbaar.

De meeste mensen die mijn vader regelmatig bezocht hadden, waren daar eind juni mee opgehouden.

En nu wilde papa niemand meer zien behalve zijn naaste familieleden en zelfs hen niet altijd.

Wekenlang was er een gestadige stroom mensen langsgekomen die hem beterschap hadden toegewenst. Half Mount Olive moet de pelgrimstocht gemaakt hebben om Dennis Graf in zijn ziekenhuisbed te zien liggen. Oude vrienden, verre familieleden, buren, zakenrelaties, leden van de presbyteriaanse kerk van Mount Olive, en mederepublikeinen uit Chautauqua County, vol heimwee naar die 'wilde tijd' in de jaren tachtig, toen Dennis Graf gedurende twee ambtstermijnen van vier jaar de populaire burgemeester van Mount Olive was geweest.

Diverse mensen die een Graf Studiebeurs ontvangen hadden voor de plaatselijke universiteit, de technische hogeschool, de politieacademie en de verpleegkundigenopleiding in Rochester, kwamen langs om papa te bedanken. Ze leken vreemden voor hem te zijn, ongemakkelijk en nerveus in de aanwezigheid van de oude man.

Een van hen was Roosevelt Jimson.

'Papa? Er is bezoek voor je...'

Hij had bedeesd op de halfgeopende deur geklopt. En toen hij mij zag een vage groet gemompeld. Hij was gekomen om met mijn vader te praten, niet met mij, dat was duidelijk.

Papa's ziekte was in een vergevorderd stadium. Ik vroeg me af waarom Jimson zijn bezoek zo lang had uitgesteld. Hij keek onbeholpen naar papa in zijn opgekrikte ziekenhuisbed en voelde zich duidelijk niet op zijn gemak, zag eruit als iemand voor wie een doodzieke man een afschrikwekkend beeld was.

Papa keek tv, of keek alleen naar het (geluidloze) toestel

dat boven zijn bed hing en op CNN was afgestemd. Zijn waterige ogen gleden met tegenzin naar Jimson leek het. Misschien herkende hij Jimson, misschien ook niet. Jimson mompelde: 'H'lo, meneer Graf. Ik hoorde dat u zich niet al te goed voelde...' Hij droeg een marineblauw T-shirt, ingestopt in zijn werkbroek, en hield de groezelige honkbalpet in zijn hand. Ik zag hoe deze arrogante, jongere man zich bescheiden opstelde tegenover de oudere man, en wist niet goed wat ik hiervan moest vinden. Jimson was van nature nors, spottend. Je wist gewoon dat hij in zijn hart blanken verachtte, tenminste bevoorrechte blanken zoals mijn vader, en ik. Toch leek zijn gedrag oprecht. Hij kwam minder dreigend over en zelfs zijn borstelige sikje oogde vriendelijker.

Uit Jimsons gemompelde opmerkingen kon ik opmaken dat hij op de politieacademie van Rochester had gezeten met een Graf Studiebeurs, twee jaar geleden was afgestudeerd en tot voor kort politieagent was geweest in Mount Olive. Ik had Jimson kunnen vragen wat er gebeurd was, waarom hij niet meer bij de politie was, maar ik had me stilletjes teruggetrokken in een hoek van de kamer om familieleden terug te bellen die boodschappen hadden achtergelaten op mijn vaders antwoordapparaat. Als Jimson al mijn richting op keek, ik keek niet terug.

Toen Jimson na een paar ongemakkelijke minuten mompelend afscheid nam van mijn vader en de kamer verliet, nederig, met de pet in de hand, bleef ik zitten en ging hem niet achterna. En dacht: sodemieter maar op. Ik heb jou en je zwarte piemel niet nodig.

Ik stond bij mijn vaders bed. Zijn ogen waren weer gericht op de (geluidloze) tv. Hoewel de kranten, tijdschriften en paperbacks zich opstapelden op zijn nachtkastje, nam papa nog zelden de moeite om te lezen. Hij ademde door de zuurstofslang met een hoorbaar gerochel. Ik vroeg hem of hij wist wie de man was die zojuist bij hem op bezoek was geweest, en papa's slappe lippen krulden zich bevend in een onzekere glimlach, of misschien wel een grimas, want hij wist het natuurlijk niet en hij had er ook geen belang bij om het te horen.

'Je hebt zijn naam waarschijnlijk niet goed verstaan, hij praatte erg onduidelijk: Roosevelt Jimson. De oudere broer van Lilac. Weet je nog, het meisje dat vermist werd.'

Ik had nooit eerder over Lilac gesproken als zijnde 'vermist'. Het klonk vriendelijker dan 'meegenomen'.

Mijn vader keek weg van het beeldscherm en begon met zijn ogen te knipperen. Hij staarde naar een hoek van de kamer terwijl ik tegen hem praatte en hoewel zijn kaakspieren zich aanspanden, zei hij niets.

'...hij zei dat hij je erg dankbaar was dat je hem geholpen had met zijn opleiding, papa. En dat je zijn moeder had geholpen, financieel. Nadat zijn zusje... Nadat Lilac verdwenen was.'

Hij had meegedaan aan de zoekactie. In Highlands Park, in het diepe, verraderlijke ravijn dat in grillige bochten door Mount Olive slingerde en daarbuiten. Hij had met de anderen langs de oevers van de rivier de Chautauqua gedwaald en door de heuvels aan de voet van het Chautauquagebergte. Het was een publiek geheim dat hij het grootste gedeelte van de beloning van twintigduizend dollar ter beschikking had gesteld. Het was frustrerend geweest en het had hem woedend gemaakt dat Lilac Jimson nooit gevonden was, maar de tragedie had zich lang geleden afgespeeld en hij leek het zich alleen nog vaag te herinneren.

Een eenzame, oude man in een ziekenhuisbed, afhankelijk van een infuus, een zuurstoftank en, onder de dekens, een katheter. Zijn uitgedroogde lippen bewogen zich fluisterend: '...Jimson. Dat kleine zigeunermeisje...'

'Alina's dochter, papa, weet je nog? Ze was elf toen het gebeurde. Ze zat bij mij in groep zes van de Thomas Jeffersonschool. Lilac Jimson, overal hingen posters met haar naam en foto erop, in 1988 was dat, iedereen zocht naar haar, maar ze is nooit gevonden.'

Papa staarde naar de hoek van de kamer. Zijn roodgeaderde oogleden knipperden van inspanning om het zich te herinneren. Met de muis van zijn rechterhand wreef hij over zijn ingevallen borstkas, over de plek waar zijn hart zat. Hij had een hekel gehad aan de pacemaker die in de spieren rondom zijn hart geplaatst was, in een van zijn kwade, wanhopige buien had hij gedreigd het ding eruit te rukken.

Ik boog me over hem heen om te horen wat hij probeerde te zeggen. Mijn neusvleugels trokken zich samen toen ik de wat bittere geur van zijn bedlegerige lichaam rook. De scherpe geur van mijn eigen, dierlijke paniek had ik kunnen verdoezelen met eau de cologne, met een zoete bloemengeur. '...nooit gevonden? Nooit? Nóóit gevónden?' Papa's ogen sperden zich wijd open, het wit boven de iris was zichtbaar. Ik probeerde hem te kalmeren, pakte zijn handen vast, maar hij duwde me boos weg.

'Raak me niet aan! Wie ben... jíj!'

Het was het laatste uur van mijn wake.

De volgende ochtend om twintig over vijf stierf Dennis Graf aan een hartverlamming. Het telefoontje met zijn doodsbericht aan zijn dochter, Merilee, volgde kort daarna.

# Vermist

Nu zagen we haar overal.

Lilac Jimson was verdwenen en toch zagen we Lilacs gezicht overal.

Op tv. In de krant. Op muren, schuttingen, telefoonpalen. Op boomstammen. Posters met grote, dringende zwarte letters die als exotische, gele bloemen opbloeiden.

ELFJARIG MEISJE VERMIST
LILAC JIMSON
lengte: 1,45 meter, gewicht: 33 kg
bruine ogen/zwart haar
wit T-shirt/groene korte broek
rode haarlinten
het laatst gezien op 22 mei in Highlands Park

ALS U INFORMATIE HEEFT
BEL DE POLITIE VAN MOUNT OLIVE
(716) 373-8245
BELONING $ 20.000

Het was eng om Lilacs glimlachende gezicht te zien op een foto die uit een familieportret was geknipt. Zo vrolijk glimlachend, alsof er niets aan de hand was. Lilacs stralende ogen, Lilacs oren met gaatjes, de flikkering van de gouden vulling tussen twee voortanden, het haar in strakke vlechten die van haar hoofd af stonden en met twee rode linten waren vastgemaakt. Ik durfde niet te diep in Lilacs ogen te kijken, want stel dat Lilac ook in mijn ogen kon kijken? Wat je je ging realiseren als je naar Lilacs glimlachende gezicht keek, was dat Lilac toen de foto genomen werd, er nog geen idee van had gehad wat er met haar ging gebeuren. Ik ben net als jij, leek Lilac te zeggen. Wat er met mij gebeurd is, kan jou ook overkomen.

Ik deed mijn ogen dicht. Ik probeerde niet te kijken. Ik probeerde niet te huilen. Ik rende weg om me te verstoppen. Ik verstopte me in mijn kamer. Ik verstopte me in mijn bed. Ik trok de dekens over mijn hoofd, maar ik zag Lilacs gezicht nog steeds. Ik zag haar ogen strak op me gericht. Ik zag de grote adelaar naar beneden zweven om haar bij de schouders te grijpen en haar schreeuwend mee de lucht in te nemen, en ik voelde de klauwen in mijn eigen schouders en schreeuwde, maar er kwam geen geluid uit mijn keel, die droog als zand was.

'Ze vinden haar nooit. Is Lilac dood?'

'Dood' was een nieuw woord voor me. Een nieuw, uitdagend woord om hardop uit te spreken. Op school werd het gefluisterd, want je wilde niet dat een onderwijzer het hoorde.

*Lilac is dood, dat is er met haar gebeurd. Daarom is ze niet meer op school.*

Mijn moeder deed alsof ze mijn vraag niet gehoord had. Als ik haar een verkeerde vraag stelde, leek ze die soms niet te willen horen, en soms werd ze ook boos. Tranen van woede sprongen in haar ogen en haar handen balden zich tot vuisten, maar ze raakte me nooit aan. Sinds Lilac twee weken geleden was meegenomen, zei ik dingen die ik niet echt meende, domme dingen die een klein kind misschien zou vragen, maar niet een meisje van tien dat in groep zes zat. 'Als Lilac dood is, begraven ze haar dan op het kerkhof? In de grónd?'

Ik lachte, het was ook zo komisch. In de grond!

Nog steeds leek mijn moeder me niet te horen, terwijl ze de auto de parkeerplaats op reed achter de Rexall-apotheek. Sinds ze me van school had gehaald was ze al afwezig, nerveus. Ze beet op haar pijnlijk uitziende onderlip en mompelde in zichzelf. De parkeerplaats was vrijwel vol en mama had moeite met achteruit parkeren. Haar auto was groot en vierkant en glanzend zwart. Mama was bang om een bumper te beschadigen. Hoe banger mama was, des te waarschijnlijker was het dat het zou gebeuren (want het was eerder onder soortgelijke omstandigheden met andere auto's gebeurd), dat ze een bumper zou beschadigen of er een deuk in zou rijden. De grote, logge wagen reed met horten en stoten achteruit. Mama strekte haar nek en keek met een smartelijke blik in de achteruitkijkspiegel. Er glinsterden tranen in haar ogen maar ze bleven binnen. De lippenstift die ze, voordat ze van huis was gegaan, op haar mond had gesmeerd, was vettig rood en lichtte op als neon tegen haar kalkwitte gezicht. Haar zandkleurige, vette haar zat onder een hoofddoek verstopt, die vastgeknoopt was onder haar kin. Ik schaamde me voor mijn moeder, want geen enkele andere moeder droeg een sjofele hoofddoek stijf vastgeknoopt onder haar kin, zelfs niet op koude winterdagen, en vandaag was het een warme lentedag en scheen de zon zo fel dat het pijn deed aan je ogen.

Mijn keel deed ook pijn. Ik verhief roekeloos mijn stem om mijn moeder tot luisteren te dwingen: 'Is dat zo? Is dat echt zo? Is Lilac dóód?'

Mama trapte plotseling op de rem. Ze had het opgegeven om de auto op zijn plek te manoeuvreren en liet hem staan waar hij stond, scheef op de weg, waardoor andere bestuurders er niet meer langs konden als ze de parkeerplaats wilden verlaten. Ze had haast omdat de apotheek zo dichtging, zei ze. Ze moest haar medicijnen ophalen. Mama hijgde toen ze me vertelde dat ze de deur op slot zou doen, zodat niemand 'bij me kon komen' terwijl zij weg was.

Ik vroeg of ik met haar mee mocht, maar ze gaf geen antwoord. Ik keek haar na toen ze snel naar de achteringang van Rexall liep, bijna rende op haar bruine leren schoenen met blokhakken.

Ik was nog maar tien, maar ik wist dat de apotheek nog lang niet dichtging: het was halfvier 's middags op een doordeweekse dag.

Ik haatte het dat mijn moeder me, vanwege Lilac, verboden had om nog langer van school naar huis te lopen. Elke morgen stond ze erop me met de auto naar school te brengen en elke middag stond ze erop me weer op te halen, heel vroeg al, nog vóór de bel ging, zodat ik wel naar de grote, vierkante, glanzend zwarte auto moest die langs het trottoir geparkeerd stond, hoewel ik liever bij mijn vriendinnen was gebleven. Het was maar drie straten van de Thomas Jeffersonschool naar ons huis aan Lincoln Avenue boven op de heuvel, maar mijn moeder wilde niet dat ik ging lopen, zelfs niet samen met oudere kinderen, want stel dat ik meegenomen werd. Stel dat ik ontvoerd werd. 'Je weet wie er dan de schuld van krijgt, hè', zei mijn moeder met een gekwetst glimlachje. 'Ik.'

Het was als grap bedoeld, geloof ik. Of misschien ook niet, want mama zuchtte en plukte aan haar gezicht, alsof ze het open wilde krabben.

De laatste tijd wanneer mama me van school ophaalde, moest ze vaak bij een apotheek 'aan'. In het centrum van Mount Olive waren twee apotheken en in het Northlandwinkelcentrum, anderhalve kilometer buiten de stad, nog een, en mama haalde bij alledrie medicijnen op recept. Misschien schreven drie verschillende dokters medicijnen voor van drie verschillende apotheken. Vaak hoorde ik mama op strenge toon aan de telefoon praten met dokters en apothekersassistentes. Het was een serieuze zaak wanneer mama geen medicijnen meer had. Wanneer mama er bijna 'doorheen' was. Ik begreep dat sommige medicijnen belangrijker waren dan andere. Er waren medicijnen voor de 'zenuwen', medicijnen voor de 'maag', medicijnen voor de 'hoofdpijn', medicijnen voor de 'slaap', medicijnen voor de 'spanningen' en medicijnen voor de 'pijn'. Soms waren er tijdelijk speciale medicijnen, zoals antibiotica, voor korte kwalen. Dit waren ronde witte pilletjes, of langwerpige krijtachtige pillen, die zo groot waren dat mama ze voorzichtig met een mes doormidden moest snijden. Maar mama's kostbaarste medicijnen waren kleine capsules waarvan de ene helft donkergroen en de andere helft lichtgroen was en die aanvoelden als plastic. Ik vroeg waar de capsules voor waren en mama glimlachte mysterieus en zei dat dat een geheim was, dat ik te jong was om dat te weten. Ik vroeg hoe je iets kon opeten wat van plastic gemaakt was, en mama zei: Doe niet zo mal, de capsules waren niet van plastic, maar van materiaal dat in je maag smolt. Als mama over haar lievelingsmedicijnen praatte, leek ze bijna gelukkig. Ik zag dat haar ogen glanzend grijsgroen waren, bijna dezelfde kleur als de lichtgroene helft van de capsule. Ik vroeg of ik zo'n capsule mocht hebben en mama zei snel nee. Ik vroeg waarom niet, en mama antwoordde daarom niet. Ik vroeg waarom 'daarom niet' en mama antwoordde omdat ik te jong was. Mama staarde me aan. Alsof ze iemand anders zag in mij. Opeens veranderde ze van gedachten en zei ze: Goed, ik mocht een halve capsule hebben, omdat ik half zo groot was als zij.

Voorzichtig sneed mama met een mes een capsule in tweeën. 'Een halve voor jou, Merilee, en een halve voor mij.' Mama haalde een glas koude melk voor me op en voor zichzelf een glas donkere wijn. We slikten onze halve capsule door, terwijl we naast elkaar op de rotanbank zaten in de serre van het grote, donkere keistenen huis, waarvan de meeste kamers glas-in-loodramen hadden die weinig licht doorlieten. Een paar meter verderop, op een tafel met marmeren blad, stond een zandstenen beeldje dat papa meegenomen had van een van zijn reizen naar, zoals hij het noemde, het Verre Oosten. Het was een beeldje van een zittende, dikke man die zijn benen en blote voeten vreemd onder zich gevouwen had. Zijn gezicht was breed en uit-drukkingsloos, zijn ogen waren leeg en kritiekloos. 'Die stenen man met zijn blinde ogen is een god', zei mijn moeder. 'Miljoenen mensen aanbidden hem omdat hij een blinde god is.' Het was vreemd voor mijn moeder om zo tegen me te praten, als tegen een volwassene (hoewel ik haar zelden tegen een volwassene hoorde praten, zelfs niet tegen mijn eigen vader) en dus voelde ik me bevoor-recht maar ik wist niet wat ik erop moest zeggen. 'Dat is "Boeddha" en hij wijst je de weg naar "Nirvana", waar al het verlangen ophoudt. Je vader heeft hem meegenomen uit Thailand toen jij nog een baby was.' Ik dronk mijn glas melk leeg dat zo kalkachtig koud was dat ik er hoofdpijn van kreeg. Mama dronk haar glas leeg en schonk zich nog een glas donkere wijn in. Ik begon slaperig te worden, drome-rig. Ik vertelde mama over een boek dat ik aan het lezen was, een uit de Black Stallionreeks, mijn lievelingsboeken, en mama streek over mijn hand alsof ze me aanmoedigde om door te praten, iets wat ze anders nooit deed. Maar opeens begon mijn tong dik aan te voelen. En mijn hoofd werd zwaar. En mijn oogleden werden zwaar. Voor ons op de vloer lag een schaduw die trilde, ik boog me voorover om te zien wat het was, maar opeens viel ik erin en was ik weg.

Toen ik mijn ogen weer opendeed, lag ik op de rotanbank, stijf als een plank, onder een wollen deken. Het was donker. In de serre en buiten.

*Ons geheimpje, Merilee! Iets wat we nooit zullen herhalen en nooit aan iemand zullen vertellen, vooral niet aan je vader.*

Zodra mijn moeder weer achter het stuur van de auto zat, scheurde ze het witte papieren zakje van de apotheek open. Het lukte haar met trillende vingers de dop van het medicijnflesje te draaien, waarna ze twee glanzende, groene capsules op haar handpalm schudde en deze droog doorslikte.

'Goddank.'

Deze hijgerige uitroep was niet voor mijn oren bestemd.

De capsules waren magische pillen, dat wist ik. Ik was er bang voor omdat ik me herinnerde hoe suf ik ervan geworden was, hoe moe, hoe lang ik geslapen had, en dat ik na die tijd een stijve nek, een droge keel en pijnlijke, waterige ogen had gehad, maar toch begreep ik dat ze magisch waren als je volwassen was en als je Edith Graf heette, want in een paar minuten was mama rustiger geworden. Ze beet niet meer op haar onderlip. Het besturen van de grote, vierkante wagen kostte haar veel minder moeite dan voorheen, ze hield dezelfde lage snelheid aan toen ze door het zakendistrict van Mount Olive reed, door South Main en Second Street en uiteindelijk naar het hoger gelegen grote, keistenen huis aan Lincoln Avenue 299, dat omringd was door een anderhalve meter hoog zwart smeedijzeren hek, hoge bomen en sierstruiken. Toen we de oprit op reden, hijgde mijn moeder niet meer zo en haar ogen, waarmee ze me vluchtig opnam, waren leeg en kritiekloos, net als de ogen van de blinde Boeddha uit Thailand.

'Die klootzak is waarschijnlijk al over alle bergen nu. En het kleine meisje...'

Ik had mijn vader nooit eerder op zo'n toon horen praten, vermoeid en vol afschuw. Ik had mijn vader nooit eerder zo vrijuit en hard aan de telefoon horen praten in zijn werkkamer, waarvan hij de deur open had laten staan.

Papa had zijn werk bij Graf Imports Inc. onderbroken om mee te doen aan de zoektocht naar Lilac, hoewel hij had moeten toegeven dat hij geen jonge vent meer was. Hij was ervan uitgegaan dat hij een goede conditie had, en was trots geweest op zijn fysieke kracht en uithoudingsvermogen, maar het kostte hem verdomd veel moeite om de anderen bij te houden wanneer ze door het bos liepen, door het ravijn in Highlands Park, door het struikgewas of het moerasland langs de rivier de Chautauqua. Een van zijn vrienden, die hij al vanaf de middelbare school kende, deed ook als vrijwilliger mee aan de zoektocht, samen met zijn zoon van tweeëntwintig, die brandweerman was, en deze man, die zevenenvijftig was, net zo oud als papa, had de vorige dag pijn op de borst gekregen en was met een ambulance naar het ziekenhuis gebracht. Maar papa was zo kwaad! Zo verdomde kwaad! Want hij kende het kleine meisje, hij had haar moeder als werkster in dienst genomen. Hij had druk uitgeoefend op de politie van de staat New York om mee te helpen met het onderzoek, want als ze sneller gehandeld hadden, als ze de FBI ingeschakeld hadden, als die 'verdomde amateurs' van de politiekorpsen uit andere districten behulpzamer waren geweest, zou Lilac Jimson misschien allang weer thuis zijn geweest en zou die zieke klootzak die haar meegenomen had allang achter de tralies hebben gezeten.

Toen papa me voor de deur van zijn werkkamer zag staan, trok hij een lelijk gezicht; hij gebaarde dat ik weg moest gaan en liep naar de deur om deze te sluiten.

Mijn vader praatte niet met mij over mijn vermiste klasgenote. Hij had me alleen op het hart gedrukt dat ik niet met vreemden mocht praten, en moest melden wanneer een vreemde mij of mijn vriendinnen aansprak of in de buurt van de school rondhing. Hij instrueerde mijn moeder dat ik niet naar het tv-nieuws mocht kijken en geen kranten in mocht zien, maar ik kon gemakkelijk aan kranten komen, omdat ze in een hoek van de keuken als oud papier opgestapeld lagen. De krantenkoppen maakten me bang en fascineerden me, net als de geelomrande VERMIST-posters. De naam 'Jimson' sprong er in die draaikolk van gedrukte letters duidelijk uit. LILAC JIMSON. VERMISTE SCHOLIERE. Krantenkoppen als 'Zoeken naar vermist meisje uit Mount Olive gaat verder'. 'Zaak vermist kind "raadsel" voor politie van Chautauqua'. 'Weinig aanknopingspunten bij zoektocht naar elfjarige'. 'Ontvoeringszaak Highlands Park gaat vierde week in, geen losgeld geëist'. Er waren talloze telefoontjes van goedbedoelende burgers binnengekomen bij de autoriteiten, maar de politie had nog geen informatie ontvangen die hen verder kon helpen. Er waren geen gegadigden voor de beloning van twintigduizend dollar. De kranten berichtten over getuigen die beweerden dat ze auto's gezien hadden met nummerborden uit andere staten die door Highlands Park reden, in de buurt van de picknickplaats waar Lilac was verdwenen, dat er 'vreemden' in het park gesignaleerd waren. 'Een man of mannen met een "donkere huid", een "buitenlands uiterlijk". Een man met een snor die een zonnebril droeg. Een man die modieuze "stadse" kleren droeg. En man die werkkleding droeg "zoals een conciërge". Een man van in de dertig. Van middelbare leeftijd. Lang, groter dan één meter tachtig. Klein en gedrongen "als een brandkraan".'

Lilacs vader was langdurig verhoord. Hij had een paar dagen 'in voorarrest' gezeten op het hoofdbureau van politie in Mount Olive. Er werd algemeen aangenomen dat Raoul Jimson meer wist dan hij losliet, want Jimson had een strafblad (narcotica, verdacht van inbraken in Port Oriskany) en zat op dat moment in zijn proeftijd voor het uitschrijven van ongedekte cheques. Er werd aangenomen dat de andere Jimsons, met inbegrip van Lilacs moeder, Alina, haar oudere zussen en haar zestien jaar oude broer Roosevelt, die op de middelbare school van Mount Olive zat en bekendstond als een herrieschopper, ook meer wisten dan ze loslieten, maar er kon niets bewezen worden en de politie had alle Jimsons moeten laten gaan.

Ik las gretig alles wat ik te pakken kon krijgen. Ik was altijd al een enthousiaste lezer geweest maar nu, op tienjarige leeftijd, werd ik een onverzadigbare lezer van kranten die ik soms bij de buren uit de vuilnisbak haalde. Maar ik was alleen geïnteresseerd in nieuws over Lilac Jimson. Bij het zien van de naam 'Jimson' in een nieuwsbericht sloeg mijn hart meteen over.

Er werd beweerd dat er vóór Lilac nooit eerder zo'n jong kind verdwenen was in het landelijke en grotendeels woeste Chautauqua County. Oudere jongens en meisjes waren van huis weggelopen en talloze volwassenen waren verdwenen, uit vrije wil of anderszins, maar een kind van elf was nooit eerder op deze manier meegenomen. Als Lilac dat geweten had, zou ze daar vast trots op zijn geweest. Op school had ze altijd genoten van alle aandacht die ze kreeg, vooral tijdens de gymles, want ze was zo lenig als een aap en liet met hardlopen de meeste meisjes achter zich. (Ik kon ook hard rennen. En ik was ook vrij goed aan de ringen en in de touwen. Maar niet zo goed als Lilac, die volgens onze gymleraar een 'natuurtalent' was.)

Niemand die zo jong was, was ooit ontvoerd uit Chautauqua County, maar in Port Oriskany, dat vijfenzestig kilometer naar het westen lag, aan het Eriemeer, waren in de afgelopen paar jaar twee meisjes van negen en veertien jaar verdwenen en nooit teruggevonden; en in Chautauqua Falls, dertig kilometer naar het oosten, was in mei 1987 een meisje van veertien verdwenen. In de *Mount Olive Journal* waren foto's van deze vermiste meisjes afgedrukt, samen met de foto van Lilac Jimson, en het was schokkend om te zien hoe sprekend deze vermiste meisjes op elkaar leken, alsof het zusjes waren.

Tante Cameron was opgelucht: 'Zie je wel, Edith! Onze Merilee loopt geen gevaar, het zijn allemaal meisjes met een donkere huid.'

# De kleinste pop

Toen het telefoontje kwam. Om kwart voor zes 's morgens. Dat mij uit het zoete, zwarte slijk van de slaap rukte, stil als de dood. Met de mededeling: Mevrouw Graf? Uw vader is overleden. Was ik heel stil geweest in mijn slaap. En ik had stil gedroomd, in slowmotion. En geweten (in mijn droom, en wat ik misschien wakend niet geweten had) dat mijn vader niet van me gehouden had, ik was nooit de dochter geweest die hij zich gewenst had. Zoals mijn moeder nooit de echtgenote was geweest die hij zich gewenst had.

Dit was het geheim waarmee ik moest leven. Ik glimlachte in mijn droom, mijn mond vertrokken van inspanning van het glimlachen, en dacht: ja, ik kan zo'n geheim wel aan. Want ik was het soort meisje (ondanks mijn zesentwintig jaar toch meer meisje dan vrouw) in wie zulke geheimen verborgen konden liggen. Zoals in die mooie baboesjkapoppen die mijn vader uit Tibet importeerde. Dit waren uit hout gesneden vrouwenfiguren in felgekleurde boerinnenkostuums. Je pakte de pop met beide handen stevig vast en trok eraan, de bovenhelft kwam dan los van de onderhelft en in de pop zat een tweede, kleinere vrouwenfiguur in eenzelfde boerinnenkostuum; je opende deze figuur en binnenin zat een derde, kleiner figuur; zo ging je door tot je bij het kleinste figuurtje kwam, de kleinste pop, die ongeveer zo groot was als je pink, een klein meisje met glanzend zwart haar en stralende zwarte ogen.

Ik dacht: ik kan dit wel. Ik was de kleinste pop en ook de andere poppen. Maar niemand zou mij uit elkaar trekken.

# Verdwenen

Het uit glas geslepen hart!

Het lag niet meer op het nachtkastje, waar ik het voor het laatst gezien had (hoeveel dagen geleden ook alweer?), het lag niet in de la (bij papa's polshorloge) en het lag niet op de plank eronder op de stapel kranten en tijdschriften. Ik ging op mijn hurken zitten om onder de tafel te kijken, tussen de wirwar van stopcontacten. En op handen en voeten om onder het afgehaalde bed te kijken. Ik vloekte, jammerde als een geslagen hond. 'O, verdomme. O, shit. Fuck. Dit kan toch niet! Het kan toch niet weg zijn.' Op de plek onder het bed waar wekenlang een plastic bak voor papa's urine had gestaan, stond nu niets meer.

Het bloed stroomde naar mijn hoofd. De aderen in mijn hersens barstten bijna open.

Ik krabbelde overeind. Keek nog een keer in de la. Op het nachtkastje. In de ladekast. Ik graaide tussen de spullen op de vensterbank: beterschapkaarten, bloemen in potten met glansfolie eromheen, tenen manden met lekkernijen. Ik hoorde mijn eigen ademhaling, sneller dan normaal, hijgend.

Ik wilde niet denken dat het uit glas geslepen hart gestolen was. Want dan zou het voorgoed verdwenen kunnen zijn.

In mijn wanhoop keek ik zelfs in de kleine badkamer die grensde aan mijn vaders kamer. Ik huilde half, aangeslagen. Keek in de douchecabine. Alsof het glazen hart in de douchecabine zou kunnen liggen. Ik voelde me zwak, van slag, door schrik en woede. Ik moest even pauzeren, weer op adem komen. Mijn ogen drogen. Papa was pas een paar uur geleden overleden en nu was het uit glas geslepen hart weg. Maar het kon niet weg zijn.

In de douche stond een houten kruk. Ik zag plotseling het beeld voor me van een oude, zieke man, naakt, met een vaalgele, ingevallen borstkas en een opgezwollen buik, die op deze kruk zat terwijl een broeder de douche aanzette en hem waste, zoals je een heel jong kind waste; ik zag het nederig gebogen hoofd van de man, zijn dunne grijze haar dat in natte slierten over zijn eivormige hoofd lag. Het beeld was even rauw en confronterend als een hallucinatie.

Ik liep achteruit. Vluchtte naar de kamer.

Ik was te overstuur om na te denken over wat ik moest doen. Naast alles wat ik al moest doen. Nadat het onheils-telefoontje die morgen was gekomen. Mijn vaders lichaam lag vijf verdiepingen lager in het mortuarium van het zie-kenhuis. Ik moest mijn vaders spullen uit de kamer halen, maar ik kon niet nadenken. Het lukte me niet op adem te komen. De geur van urine in de kamer was verdrongen door de sterke geur van ontsmettingsmiddelen. Ik dacht: ik val niet flauw, ik word niet misselijk.

Ik vergat wat er mis was: wat er verdwenen was uit de kamer.

Mijn ogen waren strak op het bed gericht. Een gewoon leeg bed nu. Ontdaan van het vuile beddengoed. Het bed-dengoed van een stervende man. Het beddengoed van een dode man. Matrashoes, kussensloop. (Het kussen lag er nog wel.) Fascinerend, niets wees er meer op dat mijn vader ooit in dat bed had gelegen. Wekenlang had hij daar gelegen, het eerste wat je zag als je de kamer binnenkwam was hij.

Wekenlang was hij de reden geweest waarom ik die kamer was binnengegaan. Maar nu niet meer. Nu was hij verdwenen. Broeders hadden hem weggehaald, als een 'lichaam', een 'stoffelijk overschot', nog voordat het ziekenhuis toegankelijk was voor bezoek.

Ik zag nu ook wat er nog meer weg was: de infuusstandaard, de zuurstoftank, de hartmonitor. De katheter, die zo hinderlijk en vernederend voor mijn vader was geweest, en de urinebak onder zijn bed, die regelmatig geleegd moest worden door een verpleeghulp om te voorkomen dat de slang volliep.

Papa had er een grap van proberen te maken. Een vreemde, grimmige grap over 'met je eigen zonden naar bed gaan'. Over vergif dat hij uit zijn lichaam moest pissen, maar wat hem misschien niet zou lukken.

Ik deed mijn ogen dicht om hem voor me te zien. Het leek zo absurd dat ik hem niet kon zien. Als klein meisje had ik vaak op hem gewacht als hij 's avonds laat thuiskwam, want hij leidde een druk en ingewikkeld leven dat zich niet beperkte tot het huis aan Lincoln Avenue 299; ik bleef 's avonds op, als mijn moeder naar de slaapkamer was verdwenen, en zo was het nu ook, terwijl ik mijn ogen dichtdeed en een paar seconden wachtte voordat ik ze weer opendeed...

Het glazen hart: ik wist het weer.

Had iemand van het ziekenhuispersoneel het gestolen? (Ik hoopte dat het André niet was.) Misschien was het glazen hart op de vloer gevallen toen de broeders mijn vaders lichaam hadden opgehaald. Misschien was het gebroken. Misschien was het aangezien voor een goedkope prul. Voor een presse-papier, of zo'n glazen bol waarin het 'sneeuwde' wanneer je hem schudde, misschien had een schoonmaker het meegenomen naar huis als speeltje voor zijn kind. Dat wilde ik denken: want dan zou ik het nog terug kunnen krijgen.

Ik zou een beloning uitloven. En niemand beschuldigen. *Een klein, glazen hart, van geslepen glas, dat uitvergroot. Vermist uit kamer 414 rond 11 juli, 2004. Uitsluitend emotionele waarde. Graag terugbrengen. Beloning.* Mijn hoofd sloeg op hol als een vrachtwagen die zonder remmen een heuvel af raasde! Ik beet zo hard op mijn onderlip dat die zou kunnen gaan bloeden.

'Gecondoleerd, Merilee...'

'Je vader was een echte heer...'

'Het is triest, ik weet het. Maar je hebt je familie om...'

'...hulp nodig hebt. Dan zeg je het maar.'

Ze schrokken bij het zien van het lege bed, renden bijna naar de kamer. De zusters van de afdeling cardiologie betoonden hun medeleven. Het was vreemd om mijn naam te horen uit de mond van deze vreemden. Ik had geprobeerd met ze aan te pappen in de hoop mijn vaders leven te kunnen redden, maar alle moeite was vergeefs geweest. Nu wilde ik ze niet zien. Ik had moeite met zien. Ik had mijn vaders lichaam nog niet gezien in het mortuarium, mijn tante Cameron had erop gestaan dat ik op haar wachtte, op haar en haar dochter Beverly, ze kwamen naar het ziekenhuis om te helpen, en mijn oom Jedah had gebeld en me op het hart gedrukt me geen zorgen te maken om de financiën, het regelen van de begrafenis, de ziekenhuisrekeningen, daar zorgde hij voor. Mijn taak, het enige wat ik hoefde te doen, het enige waarop ik me nu hoefde te concentreren, was het leeghalen van mijn vaders kamer. Een medewerkster van het ziekenhuis condoleerde me, sprak over Dennis Graf alsof ze hem had gekend, en zei dat ze hem zou missen, ze kneep in mijn hand, vroeg of ik misschien hulp nodig had bij het leeghalen van de kamer, en zei dat het geweldig zou zijn als ik de kamer om, laten we zeggen, twaalf uur vanmiddag leeg zou kunnen hebben.

Ik begreep de boodschap. Snel wegwezen.

'Ja, het is net als in een hotel, neem ik aan. Als je te laat vertrekt, moet je voor nog een nacht betalen.'

Ik zei het zo zacht en met zo'n hese, schorre stem, dat het heel goed mogelijk was dat de vrouw me niet verstaan had.

Ze liep weg en liet me alleen achter in de kamer. Ik wilde beginnen voordat mijn tante en haar dochter arriveerden. Maar het glazen hart was verdwenen. Ik zou dat beeld van mezelf later weer voor me zien, in een reprise van dit minutenlange delirium, met die uitdrukking van schrik, wanhoop en ongeloof op mijn gezicht, alsof ik een trap in mijn buik had gekregen en te verbouwereerd was om pijn te voelen.

'Het kan niet weg zijn. Nee.'

Ik stond te trillen op mijn benen nu. Weer keek ik onder het bed. En op de andere plekken waar ik eerder had gekeken. Ik doorzocht de kast waar mijn vaders kleren troosteloos op ijzeren hangers hingen, zijn badjas aan een haak hing, en zijn zomerschoenen met spekzolen en mooie leren sloffen op de vloer stonden. Tante Cameron had deze spullen weken geleden naar het ziekenhuis gebracht in afwachting van de dag dat haar jongere broer Dennis ontslagen zou worden en volkomen genezen het ziekenhuis weer zou verlaten.

Als een man die kerngezond was verklaard. Als een man die zuur glimlachte, maar met een uitdrukking van dankbaarheid op zijn gezicht: dat was op het nippertje! Ik ga op mijn cholesterol letten en vanaf nu gezonder leven. Een trotse man, een sterke, egocentrische man, die zich hierna bewust zou worden van zijn sterfelijkheid. En man die het

83

altijd moeilijk had gevonden om zijn gevoelens te tonen, maar die nu zijn familieleden omhelsde die zich zoveel zorgen om hem hadden gemaakt. Zijn dochter. *Elke dag heb je me bezocht, Merilee. Dat zal ik nooit vergeten.*

Ik glimlachte bij het vooruitzicht. Bijna kon ik papa's woorden horen.

*...niet gemakkelijk om zulke dingen te zeggen maar, verdorie, ik doe het gewoon. Je weet toch dat je vader van je houdt.*

Vol bewondering keek ik naar mijn vaders kleren die in de kast hingen en die ik nooit eerder had gezien. Dennis Graf had zich, vooral toen hij nog burgemeester was en in de gemeenteraad van Mount Olive zat, altijd met een zekere flair gekleed. Niet naar de laatste mode, maar met smaak, enigszins conservatief, in donkere pakken, visgraat of krijt-streepje, tweed sportcolberts, witte overhemden met lange mouwen, met manchetknopen. Zelfs in zijn vrije tijd droeg papa graag witte shirts. Hier in de kast hingen een Italiaans jersey zomershirt met korte mouwen, een bandplooibroek van lichte katoen, een jasje van gestreept cloqué, en zelfs een stropdas. Een stropdas! Te wachten tot de hartpatiënt eindelijk door dokter Lunbek ontslagen zou worden, uit bed zou stappen en zijn leven weer zou oppakken.

Toen papa net in het ziekenhuis was opgenomen, hadden de oudere leden van de familie Graf het feit niet onder ogen willen zien dat Dennis misschien niet meer zou genezen. Tante Cameron had zich pas sinds kort verzoend met het feit dat hij waarschijnlijk nooit meer thuis zou komen. Toen ik haar die morgen belde met het slechte nieuws, had ze zacht gezegd: 'O. Ja.' Een moment stilte en daarna, voordat ze ophing: 'Nou ja, het is een zegen.'

Ik doorzocht de zakken van papa's kleren die in de kast hingen. Zelfs de zakken van de badjas. Als iemand me toen gezien had, zou ik me geschaamd hebben voor mijn wanhopige gedrag. Ik ging zelfs op mijn hurken zitten en duwde mijn vingers in de tenen van zijn schoenen en sloffen.

Arme Merilee. Hysterisch.

Donna, een jonge zuster die mijn vader ook verzorgd had, kreeg medelijden met me. Ze was een van de zusters die ik met kleine geschenken voor me ingenomen had. Ze had altijd een glimlach overgehad voor mij en mijn vader, hoewel papa soms geen gemakkelijke patiënt was geweest. Toen ik Donna vertelde van het vermiste voorwerp leek ze zich vaag te herinneren dat ze mijn vader met 'een soort vergrootglas' had zien lezen, maar ze had het ding niet echt goed bekeken en kon zich niet herinneren wanneer ze het voor het laatst had gezien. 'Het was ongeveer zo groot, hè?' Donna stak haar hand omhoog, met gespreide vingers. 'Het was me niet opgevallen dat het een hart was.'

Ik vertelde haar dat het een erfstuk was. Dat ik het moest vinden.

Hoofdzuster Helen, die ik gevraagd had naar mijn moeder, Edith Schechter, die jaren geleden verpleeghulp was geweest, kwam kijken wat er aan de hand was, want het gerucht deed ondertussen de ronde dat er iets weg was van mijn vaders spullen. Toen ik Helen vertelde van het glazen hart, fronste ze haar voorhoofd en tuitte ze voorzichtig haar lippen. Ze kon niet met zekerheid zeggen dat ze het gezien had. Maar ze had mijn vader ook niet zo goed gekend. 'Misschien is het al ingepakt, samen met de andere spullen van meneer Graf?'

Ik zei streng: 'Ik heb nog niets ingepakt! Mijn vader is pas een paar uur geleden overleden.'

Mijn stem sloeg over. Ik kon elk moment gaan huilen of beginnen te schreeuwen. Zoals die vrouwen in hun witte uniform ook naar me keken; ik had ze het liefst een klap in hun gezicht gegeven. Ze mompelden hoe erg ze het alle-maal vonden, dat mijn vader overleden was, dat er kennelijk iets weg was uit de kamer, dat ik zo overstuur was, maar dat was natuurlijk ook niet meer dan normaal onder deze om-standigheden, maar waar was mijn familie eigenlijk?

Mijn familie kan oprotten, wilde ik zeggen. Wat heb ík met mijn familie te maken?

Helen en Donna, die niet wisten hoe woedend ik van ze werd, begonnen met overdreven ijver naar het glazen hart te zoeken: Donna bukte zich om onder het bed te kijken, Helen voelde met haar hand tussen mijn vaders opgevou-wen ondergoed en sokken in de lades van de ladekast. Ik schreeuwde: 'Ik zei het toch! Het is verdwenen! Iemand moet het meegenomen hebben!' Ik wachtte even, beefde als een riet. 'Het moet gestolen zijn.'

Het woord was eruit. Ik had het niet willen zeggen, maar het woord was eruit en kon niet meer teruggenomen wor-den.

Donna reageerde alsof ik haar geslagen had. Gekwetst, en met een rood aangelopen gezicht. Helen duwde de la met een klap dicht en zette verontwaardigd haar stekels op. 'U beschuldigt ons toch hopelijk niet van diefstal, mevrouw Graf. Is dat wat u wilt zeggen? Nee toch, hoop ik.'

Helen vervolgde op strenge, beschuldigende toon en met een stem die krachtiger was dan die van mij, dat het zieken-huispersoneel niet verantwoordelijk was voor het zoekra-ken van spullen van de kamers van de patiënten. Het zie-kenhuis raadde patiënten af om waardevolle spullen op de kamer te bewaren en kon niet aansprakelijk gesteld worden voor het zoekraken van hun eigendommen. De persoon die geregeld had dat meneer Graf in het ziekenhuis werd op-genomen, had met deze bepaling ingestemd. Met al die bezoekers die elke dag van zeven uur 's morgens tot elf uur 's avonds in- en uitliepen, en zo veel personeelsleden die verschillende diensten draaiden, was het onmogelijk om de eigendommen van patiënten in de gaten te houden. 'Beneden in de hal is de afdeling gevonden voorwerpen. Bent u daar al geweest?'

Dit was te veel. Ik wilde gaan gillen tegen de vrouwen.

'Mijn vaders glazen hart kan niet weg zijn! Hoe kan het verdwenen zijn uit zijn kamer! Het moet door iemand meegenomen zijn, het moet gestolen zijn. Ik wíl het terug.'

De zusters staarden me nu afkeurend aan. Ik begon de controle over mezelf te verliezen. Begon onbeheerst te praten. Mijn vaders glazen hart. Ik wíl het terug. De woorden klonken me vreemd in de oren. Ik zag het rood aangelopen buldoggezicht van de oudere zuster, hevig in verzet, en ik begreep dat het verkeerd was om zo te praten, om zo mijn ziel bloot te leggen, die beefde van razernij. Ik durfde geen vijanden te maken onder het ziekenhuispersoneel, als ze me gingen haten zou ik het uit glas geslepen hart nooit meer terugzien.

'Het spijt me. Ik weet dat jullie er niets aan kunnen doen. Mijn tante komt zo om mee te helpen met het leeghalen van de kamer. Mijn familieleden. Zij helpen me wel.'

Tante Cameron omhelsde me, sprakeloos van verdriet.

Toen, even later, terwijl ze haar ogen afveegde, een stap achteruit deed en me kritisch opnam, kwam de woordenstroom op gang.

'Merilee! Wat heb jij nou in vredesnaam aan?'

Wat ik aanhad? Ik keek omlaag en zag dat ik mijn geplooide, zwartzijden, armloze blouse met ragfijne applicaties van gouddraad, die een vriend voor me gekocht had in een chique boutique in TriBeCa, binnenstebuiten aanhad. Het goudkleurige label hing duidelijk zichtbaar aan de zijkant. Ik had me die morgen snel aangekleed in het half-donker en niet in een spiegel gekeken. Ik had een kam door mijn warrige haardos gehaald tot hij in een knoop bleef vastzitten en hem daarna neergegooid. Wat zag ik eruit! Wat een sufferd was ik. Geen wonder dat iedereen me, sinds ik in het ziekenhuis was, zo verbaasd had aangekeken.

Beverly, de getrouwde dochter van mijn tante, in naam mijn nicht, maar twintig jaar ouder dan ik, kneep mijn hand fijn en zei dat ze het wel begreep: 'Je bent van slag, Merilee. Het is voor ons allemaal een grote schok, je vader...'

Ik trok mijn hand los uit Beverly's warme, vochtige hand. Ik kreeg sterk de neiging om beide vrouwen de kamer uit te duwen, zodat ik hier alleen kon zijn met papa's spullen. In plaats daarvan mompelde ik een excuus, proberend niet al te nors te klinken want in het gezelschap van oudere Grafs werd ik steevast nors, omdat ik wist dat deze mensen mijn moeders leven tot een hel hadden gemaakt, en ging ik daarna de badkamer in om mijn zwartzijden blouse uit te trekken, om te keren, en weer over mijn hoofd te trekken. Ik zag dat ik mijn zwarte linnen rok tenminste wel goed had aangetrokken, en dat er weinig kreukels in zaten. In de spiegel boven de wastafel zag ik mijn gezicht, wit als krijt. De haarvaatjes in mijn ogen waren gebarsten. Toch was ik niet vergeten om rode lippenstift op mijn mond te smeren, die vettig glom.

'Merilee? Is alles in orde?'

Een van de vrouwen roffelde op de deur. Ik moest in een soort trance zijn geraakt.

Mijn tante had haar autoritaire toon weer aangenomen, haar manier om met de dood van haar broer om te gaan. Misschien zou ze na de begrafenis snel verouderen en voorgoed afzien van nylons en hoge hakken, maar nu was ze kortaf en praktisch. Zij en Beverly waren hier om de kamer op te ruimen, het waren vrouwen voor wie de dood bepaalde taken met zich meebracht die kundig uitgevoerd dienden te worden. Toen ik tante Cameron wilde vertellen van het uit glas geslepen hart, dat ik mijn vader had gegeven en nu verdwenen leek te zijn, onderbrak ze me. 'Die presse-papier? Die moet hier ergens zijn. Die vinden we wel.'

Presse-papier. Ik haatte mijn bazige tante, had het gevoel op mijn vingers te zijn getikt.

Beverly zei sussend: 'Het is waarschijnlijk ergens anders neergelegd, Merilee. Toen de broeders binnenkwamen om je vaders...' – ze aarzelde fijntjes om het woord 'lichaam' niet te hoeven zeggen – 'we kunnen het toch als vermist opgeven, als we het niet vinden. Zit er nou maar niet te veel over in, lieverd.' Beverly kwam naar me toe om haar armen om me heen te slaan, en deze keer liet ik haar begaan. Beverly was een aantrekkelijke, moederlijke vrouw van in de veertig met een boezem als schuimrubber en een behoorlijk stevige greep. Ik wilde mijn gezicht tegen haar aan drukken, mezelf overgeven aan een huilbui en getroost worden. En dacht: als je een man zou zijn. Wat voor man dan ook. Een golf van seksueel verlangen sloeg als een plotseling opkomende misselijkheid door me heen.

De vrouwen hadden koffers en stevige boodschappentassen meegenomen om papa's eigendommen in te stoppen. En er stond een grote koffer van papa in de kast. Bezig blijven en voortdurend praten onmiddellijk na een sterfgeval waren goed, wist ik. Toen mijn moeder onverwacht was overleden, was ik van huis geweest. Ik was negentien en volgde een studie. Honderden kilometers van huis. Aan een kleine, progressieve kunstacademie in de zuidelijke uitlopers van het Adirondackgebergte. Een dikke laag watten had ik om me heen gevoeld. Een vriend had me *quaaludes* gegeven, een soort valium, voordat ik aan de reis naar huis begon in een gehuurde auto die papa voor me geregeld had. Terwijl ik dacht: waarom kon ze niet wachten tot het eind van het semester? Ik was verbijsterd geweest, en daarna doodmoe. Ik was te geschokt geweest om overstuur te raken en te verdoofd geweest om te huilen, alleen tijdens de begrafenis werd ik bevangen door een verkrampte huilbui zonder tranen, alsof ik moest kotsen zonder over te geven.

Dit alles, jaren geleden. Vaag en wazig als een oude film op een flikkerend tv-scherm waarvan je slechts bij vlagen iets opving omdat je tijdens de film de kamer in- en uitliep en je aandacht bij andere dingen had.

Ik was in de badkamer en zocht mijn vaders toiletspullen bij elkaar. En probeerde me niet te laten afleiden door dat akelig bleke gezicht in de spiegel. Als klein meisje had ik me altijd aangetrokken gevoeld tot het kijken naar dingen die me angst aanjoegen en tegenstonden: de slapende slangen in de traploper achter in ons huis, de krioelende roze wormen op het trottoir na een hevige regenbui, tv-beelden van gewonde, verminkte en dode mensen. Mijn eigen bloedende knie waarvan het vel loshing, geschaafd na een langzame, zijwaartse val van mijn fiets. In mijn vaders werkkamer, waar ik niet mocht komen, lagen grote, zware boeken met foto's van naakte mannen, vrouwen en soms zelfs kinderen, uitgemergelde gevangenen bevrijd uit 'dodenkampen' tijdens de Tweede Wereldoorlog, zwartgeblakerde en met blaren bedekte atoombomslachtoffers uit Hiroshima en Nagasaki. Het door medicijnen getekende gezicht van mijn moeder, terwijl ze boven in de badkamer op haar knieën naar haar pillen graaide die op de vloer waren gevallen, in paniek en schijnbaar blind hoewel haar ogen open waren, opengesperd... De verleiding werd te groot, mijn ogen richtten zich op de spiegel. Ik schrok ervan hoe verwilderd ik eruitzag. Hoe angstig. *Je bent alleen nu. Je hebt die blik in je ogen. Iedereen kan je krijgen.*

De stem was niet van mij. Niet van mijn vader. Een mannenstem, intiem en insinuerend. Die wist wat er in mijn hart omging.

Haastig haalde ik papa's toiletartikelen uit het medicijnkastje: antiroosshampoo, 'extra droge' deodorant, een lange zwarte kam, een tube tandpasta, een tandenborstel. Wat moet je met de groene plastic tandenborstel van een oude man die overleden is! Hiervan hoefde niets bewaard te worden. Ik veegde alles in de prullenmand. De tandenborstel viel kletterend op de grond. Ik bukte me om hem op te pakken. Het bloed stroomde naar mijn gezicht. De onbelangrijkheid van een mensenleven, een reusachtige polsslag die op barsten stond.

'...dit is het.'

Mijn tante noch mijn nicht had het uit glas geslepen hart gevonden in de kamer. Misschien was het dan toch uit de kamer verdwenen.'Wie doet er nu zoiets, stelen van een stervende man!' zei Beverly vol afschuw. 'Het was vast een schoonmaker, of een verpleeghulp. Wie weet wat voor mensen dat zijn? Ze spreken niet eens Engels.' Ze bedoelde: geen blanken. Tante Cameron zei snuivend: 'Het zou net zo goed een bezoeker geweest kunnen zijn. Dennis had zoveel "vrienden".' Beverly protesteerde: 'Maar niet iemand van de familie, moeder.' Mijn tante en haar dochter van middelbare leeftijd kibbelden en katten als een oud echtpaar.

Ik dacht: waarom niet iemand van de familie?

Een paar keer, op dagen dat mijn vader zich goed voelde, had de kamer vol gezeten met Grafs van wie ik de namen nauwelijks kende. Ik had geen reden om deze mensen te wantrouwen, die soms behoorlijke afstanden afgelegd hadden om papa te bezoeken, maar waarom zou ik ze vertrouwen? Dennis Grafs glazen hart zou in iemands zak beland kunnen zijn, als aandenken. Eén keer was ik na een uur teruggekomen in de kamer en had mijn oom Jedah daar gezeten: laptop op zijn dikke knieën, druk in gesprek met papa, financiële papieren op het bed. Jedah had toen half uitnodigend, half geërgerd naar me geglimlacht en gezegd: 'Dit is niet interessant voor je, Merilee. Ga nog maar even wat anders doen, en wil je de deur alsjeblieft achter je dichtdoen?' Dus was ik weer weggegaan, gekwetst, boos en tegelijkertijd opgelucht omdat ik meer tijd voor mezelf had, en toen ik terugkwam, was oom Jedah weg en de kamer leeg, en lag papa uitgeput en met een asgrauw gezicht in bed, terwijl hij met de vingers van zijn rechterhand aan de papieren armband om zijn linkerpols plukte alsof hij die er af wilde scheuren.

Iedereen had mijn vader kunnen bestelen. Tijdens die laatste, uitputtende dagen, nachten.

De vrouwen hadden bijna alle kleren van papa ingepakt. Nu zochten ze de verzameling kaarten en geschenken op de vensterbank uit. Potchrysanten, begonia's, zelfs orchideeën (!) waarvan de blaadjes al begonnen te verwelken; een enorme hortensia met trossen schitterende blauwe blaadjes; manden met exotisch fruit zoals kiwi's, granaatappels en dikke zwarte Chileense druiven. Er stonden dozen met snoep in goudpapier gewikkeld, blikjes met delicatessen en zakjes gemengde noten. Ik had veel van deze spullen al weggegeven aan ziekenhuismedewerkers, en bezoekers van papa aangespoord om mee te nemen wat ze graag wilden hebben, maar er waren alleen maar meer bloemen, fruitmanden en dozen snoep voor in de plaats gekomen, opzichtige, nutteloze voorwerpen die vleiend waren voor mijn vader, maar ook iets spottends hadden. Want Dennis Graf had altijd een heel dure, exquise smaak gehad voordat zijn gezondheid hem in de steek had gelaten.

Tante Cameron en Beverly namen nauwelijks de moeite om met mij te overleggen welke potplanten ze mee naar huis zouden nemen voor de begrafenis en welke ze zouden achterlaten. Ik koos de blauwe hortensia, waarvan de bloemen het minst verwelkt waren. Ik herinnerde me dat papa me een keer verteld had dat de blauwe hortensia mijn moeders lievelingsplant was. (Het kwam me zo onwaarschijnlijk voor dat mijn moeder, die zich zo weinig aan het leven, en aan haar gezin, gelegen had laten liggen, deze plant was opgevallen, laat staan hem als haar 'lievelingsplant' had betiteld.)

Tante Cameron gaf me mijn vaders horloge, dat in de la van het nachtkastje had gelegen. 'Nou, dit is dus wél veel waard, Merilee. En het is níét gestolen.'

Wat betekende die opmerking? Gaf mijn tante me op mijn kop voor het verlies van het uit glas geslepen hart? Ik dacht: krijg de tering, mens. Maar ik nam het horloge van haar aan en schoof het om mijn pols. Hij was van witgoud, had een elastische band en een wijzerplaat met een diepe, donkere glans. Hij was me veel te groot en hing als een armband om mijn pols.

De realiteit van mijn vaders dood overviel me weer. En zou me daarna vaker overvallen op dat soort momenten, totaal onverwacht, vernietigend. Ik kreeg de smaak van zwarte teer in mijn mond.

'Ik weet het... ik ben geen goede dochter geweest. Ik ben geen goed mens geweest. Ik...'

Mijn idiote, gestamelde woorden werden onderbroken door de komst van Beverly's zoon Brian, een slungelige twintigjarige die opgetrommeld was om de spullen naar de auto te brengen. Zowel Beverly als mijn tante hield zich doof voor wat ik gezegd had, en zelfs voor het feit dat ik iets

gezegd had. Brian was verbaasd toen hij me zag en mompelde verlegen: 'H'lo, Mer'lee. Erg van je...' De vrouwen
betuttelden hem en laadden zijn armen vol met koffers en
tassen. Ze wilden zo snel mogelijk het ziekenhuis verlaten
nu hun taak volbracht was. Tante Cameron deed het grote
licht uit. Ik liet ze voorgaan. Hield de zware hortensia in
mijn armen. Het voortdurende gekwebbel van de vrouwen
vermoeide me. Die eentonige dreun wanneer mensen met
elkaar kletsen kon ik niet verdragen.

Mijn benen waren zwaar als lood. De smaak van teer in
mijn mond werd sterker. Ik kon mijn ogen niet afwenden
van het afgehaalde bed, een metalen skelet. Het bevatte een
soort geheim dat ik niet begreep. Ik zag de man daar weer
liggen: met ingevallen gezicht, holle oogkassen. Maar met
fel glinsterende ogen in die oogkassen. De zuurstofslang
waaraan hij zo'n hekel had gehad en die zijn neusgaten had
opgerekt, zodat de huid van zijn neus wasachtig en onnatuurlijk wit was geworden. Ik hoorde de lage, beschuldigende stem. Raak me niet aan! Wie ben... jíj?

# Na Lilac

Die periode na Lilac Jimson. Toen we bang waren maar haar naam niet meer noemden.

Ook volwassenen noemden haar naam niet meer. Alleen een getergde moeder die haar dochter vermanend toesprak, zei nog weleens: Kijk dan wat er gebeurd is met dat kleine, zigeunerachtige meisje, als je niet braaf bent kan jou hetzelfde overkomen.

De beloning van twintigduizend dollar was niet uitgekeerd aan 'degene die aanwijzingen of inlichtingen kan verstrekken over de verblijfplaats van Lilac Jimson'. De felgele posters met de afbeelding van Lilacs glimlachende gezicht waren vaal geworden, verweerd geraakt en uiteindelijk verdwenen. We zagen de oudere zussen van Lilac en haar broer Roosevelt niet meer bij onze school.

(Ik had een van de posters bewaard. Toen niemand keek, had ik hem van een muur gehaald, bij het postkantoor in Mount Olive, waar meer posters en flyers hingen. Lilacs glimlach was toen al vager geworden. De felle, in het oog springende gele rand was vager geworden en gescheurd. Ik vouwde de poster netjes op en verstopte hem in mijn kamer, en dacht: niemand zal hem hier ooit vinden. Behalve onze werkster kwam er geen volwassene in mijn kamer, en onze werkster zou nooit in de lades van mijn bureau kijken.)

Die periode na Lilac Jimson. Die zou jaren duren. Toen andere mensen begonnen te vergeten, bleven wij aan haar denken. Met 'wij' bedoel ik de meisjes in groep zes van de Thomas Jeffersonschool. Ik bedoel mijn vriendinnen Judy, Karen, Tanya en Michele. Ik bedoel Bobbie Dyer, en Paula McKendrick, die in de brugklas mijn beste vriendin zou worden. En Lizzie Foster, die op de middelbare school mijn beste vriendin zou worden. Wij waren jaloers geweest op Lilac Jimson voordat ze meegenomen was. We hadden Lilac benijd om haar gouden vulling die flikkerde wanneer ze glimlachte, en om de gouden halvemaantjes in haar oren, door sommige moeders afkeurend als 'barbaars' betiteld. We hadden Lilac benijd wanneer ze in het gymlokaal luidkeels en lachend als eerste op de trampoline sprong, als eerste in de touwen klom, tot aan het plafond, en aan haar knieën aan de ringen zwaaide, ondersteboven, met heen en weer zwiepende vlechten.

Op de klassenfoto van groep vijf van de Thomas Jeffersonschool waren wij allemaal brave, blanke meisjes; alleen Lilac Jimson, die helemaal aan de zijkant stond, was gewoon zichzelf.

Niets van dit alles had Lilac echter kunnen redden. Dat zouden we ons altijd blijven herinneren.

Er deden geruchten de ronde dat Lilac helemaal niet ontvoerd was, dat haar niets was overkomen en dat ze niet vermoord was, maar van huis was weggelopen. Ze kon niet opschieten met de rest van het gezin en had daarom liftend Mount Olive verlaten, en was naar een ver oord vertrokken, zoals Florida of Mexico. Lilacs vader was op een eiland in de Caraïben geboren, op St. Kitts, misschien had meneer Jimson ervoor gezorgd dat Lilac daar bij familie kon wonen. Nauwelijks een jaar nadat Lilac verdwenen was, verdween meneer Jimson zelf ook, niemand wist waar naartoe.

Ik dacht: wij willen dat Lilac leeft! Wij willen niet dat Lilac onder de grond ligt.

In de uren na het avondeten, toen mijn moeder al naar bed was gegaan, zat ik met opgetrokken benen in de erker aan de voorkant van het huis mijn huiswerk te maken en op papa te wachten.

Om deze tijd reden er weinig auto's door Lincoln Avenue. De huizen in onze buurt waren groot en stonden ver van de weg af, op grote lappen bosgrond; er was weinig verkeer. Telkens wanneer ik door de bomen in onze voortuin het licht van koplampen zag, keek ik verlangend op en zei ik tegen mezelf: daar is papa, zelfs wanneer ik zag dat de auto geen vaart minderde bij onze oprit. Daar is papa! wanneer na een lange tussenpoos het licht van de volgende koplampen verscheen.

Ik was nog geen veertien. Ik zat in de tweede klas van de middelbare school en zag er jonger uit dan ik was. Mager, en mijn borsten waren zo groot als onrijpe pruimen. En mijn tepels zo groot als onrijpe bessen, en ze deden pijn als ik ze aanraakte.

Ik was een nerveus kind, wat je niet zou zeggen als je me zag glimlachen. Ik had glanzend donker haar en donkere ogen, een mooi, hartvormig gezicht, en ik glimlachte, ik kon heel mooi glimlachen. Er werd in de brugklas van bepaalde meisjes al gezegd dat ze 'hot' waren – dat ze 'sexy' waren – maar niet van Merilee Graf.

Ik wilde echter vreselijk graag aardig gevonden worden. Ik was een meisje dat zowel bij meisjes als bij jongens populair was en dat kleine geschenken meenam naar school voor vriendinnen, klasgenootjes en leraren. Ik was het meisje dat (unaniem) verkozen werd door de klas om een kerstgeschenk te kopen voor onze leraar en toen het ingezamelde geld van mijn klasgenoten niet toereikend was voor een echt mooi geschenk, was ik het die het verschil uit eigen zak bijpaste.

Als ik een zuiver hart had gehad, zou ik dit verschil anoniem bijgepast hebben. Maar ik zorgde ervoor dat ten minste een van mijn vriendinnen wist dat ik twaalf dollar extra had bijgedragen, omdat ik wist dat ze deze informatie aan de anderen zou doorvertellen.

Ik was het meisje over wie je zei: zó schattig!

Merilee Graf, de dochter van de burgemeester: wat een áárdig meisje.

Ik zat vooral 's winters graag in de erker op papa te wachten. Als buiten de sneeuw neerdwarrelde. Als in een droom, hoewel ik klaarwakker was. Als in een droom, hoewel mijn ogen open waren. De meeste kamers in ons huis waren 's nachts verduisterd. Ons huis was zo groot dat één 'vleugel' ervan nooit gebruikt werd. Op de derde verdieping waren de bediendevertrekken, kleine, benauwde kamertjes met kleine raampjes die nooit gebruikt werden, want papa wilde geen inwonende huishoudsters. De afgesloten vleugel was het oudste gedeelte van het huis en eronder was een oude kelder, waar het rook naar druipnat metselwerk en vochtige aarde en waar nooit iemand kwam. Er was een nieuwe kelder met tegelvloer en witte wanden, waar de verwarmingsketel stond, de wasmachine en papa's werkbank met gereedschap, hoewel hij weinig tijd had voor zijn timmerhobby. In de nieuwe kelder stonden zelfs een televisie, een bank en stoelen, maar niemand maakte daar ooit gebruik van, voorzover ik me kan herinneren.

Elke avond om negen uur ging mama naar bed. Sommige avonden aten mama en ik samen in de keuken, een grote 'boerenkeuken' met een grote, oude, houten tafel waar wij aan zaten, aan één uiteinde ervan, en een baksenen open haard die nooit gebruikt werd. Andere avonden had mama een 'zwakke maag' en geen trek in eten. Onze huishoudster maakte de maaltijden voor ons klaar en waste na het eten af.

Het kwam zelden voor dat papa op tijd thuis was voor het eten. Hij at meestal in restaurants of op een van zijn clubs. Toen hij burgemeester was van Mount Olive had hij 's avonds vaak vergaderingen. Als eigenaar van Graf Imports Inc. had hij vergaderingen in Port Oriskany, Buffalo en Rochester en zelfs helemaal in New York en Boston. Vaak bleef hij ergens overnachten. Meestal kwam hij niet eerder thuis dan tien uur. Soms pas om elf uur, soms om middernacht. Ik mocht op schooldagen na negen uur 's avonds niet meer beneden zijn, maar mijn moeder controleerde dat nooit. Mama schold soms op me, mat en lusteloos, en soms lachte ze spottend om aan te geven: ik doe dit alleen omdat ik je moeder ben. Vaak keek mama, als ze op me schold, me niet aan. Haar ogen dwaalden dan rusteloos door de kamer, en ze schraapte met haar afgekloven nagels over de tere huid om haar mond.

Ik wachtte geduldig op papa in mijn stoel met kussens in de erker, en hield het vol tot middernacht. Ik trok een staande schemerlamp naar de stoel toe waarin ik me genesteld had, gehuld in pyjama en wollen kamerjas, zodat hij kon zien dat ik mijn huiswerk maakte of in een boek van de schoolbibliotheek las. Als papa tijd voor me had, vroeg hij altijd wat ik las, en dan liet ik hem het boek zien.

Ik begreep dat de vaders van mijn vriendinnen wel elke avond thuis aten, maar ik vergeleek mijn vader nooit met andere mannen.

Meestal leek papa het leuk te vinden dat ik op hem wachtte, tenzij hij moe was of zijn hoofd bij andere dingen had. Hij berispte me dat ik te laat was opgebleven, maar hij nodigde me soms ook uit om in zijn werkkamer te komen, waar hij zich als slaapmutsje een glas van zijn favoriete Schotse whisky inschonk, 'puur'. Ik mocht alleen even ruiken aan de amberkleurige vloeistof, die zo scherp en brandend was dat mijn ogen ervan traanden, en vanaf mijn twaalfde mocht ik van papa soms een slokje nemen: 'Een klein slokje maar, Merilee. Alleen om te proeven.'

Papa vond het leuk wanneer ik er een vies gezicht bij trok. Maar ik zei nooit nee.

Het hoekige glas voelde lekker zwaar aan in mijn hand, papa's whiskyglas, dat niet hoog was maar zo breed dat mijn vingers er niet omheen pasten.

Als papa goedgemutst was, nipte hij aan zijn whisky, rookte hij een sigaar en vroeg hij me hoe het op school ging. Hij informeerde niet naar mijn vriendinnen, die interesseerden hem niet zo, maar naar wat ik op school deed. Soms had ik een vraag voor hem, waarvan we het antwoord in een van zijn reisboeken konden opzoeken. Ik vond het heel bijzonder wanneer hij me toestond om zijn wereldbol rond te draaien en onder zijn begeleiding een ver land op te zoeken. Vooral de landen waar papa geweest was intrigeerden me: Marokko, Turkije, India, Thailand en Taiwan. Het vasteland van China, Japan, Maleisië en de Stille Zuidzee-eilanden.

In alle culturen tref je schoonheid aan, zei papa. En in alle culturen tref je taboes aan, die die schoonheid mogelijk maken.

Ik vroeg hem wat 'taboe' was. Hij zei: Het verbodene, datgene waarover niet gesproken kon worden.

Ik wilde graag indruk maken op mijn vader met mijn schoolmeisjesvragen en observaties en deed net of ik niet zag dat zijn ogen al na een paar minuten afdwaalden. Natuurlijk bleef hij beleefd en aandachtig, hij was mijn vader en leek van me te houden, hoewel ik soms dacht wanneer hij uit zijn whisky-sigaarmijmeringen ontwaakte en mij een eind hoorde weg kletsen, dat hij zich afvroeg wie ik was en waarom ik me inbeeldde dat hij zich voor mijn

onnozele leventje interesseerde. Ik dacht: ik ben niet interessant genoeg voor deze man. Daar kan ik niets aan
veranderen.

Het zou nog jaren duren voordat ik me realiseerde dat mijn
moeder dezelfde gedachte moet hebben gehad.
   En ik vroeg me af: wanneer? Hoeveel jaar nadat ze met
hem getrouwd was? Voor mijn geboorte, of erna?

Die nacht – de nacht waaraan ik denk omdat ik hetzelfde
merk whisky drink als mijn vader, 'puur' (niet in mijn
vaders huis, dat ik met tegenzin betreed hoewel het nu
mijn huis is, maar in een bar in Chautauqua Falls in het
gezelschap van een man die ik net ontmoet heb en die,
toen ik hem bij het licht van de jukebox zag, op de zieken-
huisbroeder met de sterke, vlugge handen leek, niet André,
maar die andere, die ik niet van naam ken en die het uit
glas geslepen hart van mijn vader gestolen zou kunnen
hebben): die winternacht in 1992 toen ik in mijn stoel in
de erker in slaap was gevallen, kort na middernacht, terwijl
ik op mijn vader wachtte en wakker werd van het schijnsel
van de koplampen op het glas-in-loodraam, eerst verward
omdat ik niet wist waar ik was, bang toen ik stemmen
hoorde achter in het huis, en ik bleef staan, luisterde en
mijn vaders stem hoorde, brabbelend, en het leek alsof hij
kwaad was, en de stem van een andere man, van mijn oom
Jedah; de stemmen van beide mannen klonken indringend
en door elkaar heen, en ik liep de donkere hal in om te
luisteren en dacht dat er iets gebeurd was met mijn vader,
want het leek alsof oom Jedah mijn vader hielp bij het
lopen, of hem overeind probeerde te houden (was papa
dronken? Ik kon het me niet voorstellen, maar ik hoopte
dat hij niet ziek was) en ik hoorde oom Jedah vragen:

'...met je mee naar binnen gaan, Dennis?' en papa antwoorden: 'Nee, ik heb je niet nodig, ga nou toch naar huis.' En oom Jedah ging, ik hoorde de deur dichtvallen. En papa stond voor de garderobekast en probeerde zijn jas op te hangen en hij vloekte toen die op de grond viel. Ik liep moedig op hem af, hoewel ik oud genoeg was om beter te weten; hij keek me verbaasd en vol ongenoegen aan en zei: 'Zo, Merilee. Wat doe jij nog zo laat op.' Ik had mijn vader nooit eerder zo verhit gezien. Alsof hij gerend had en buiten adem was. Zijn gezicht zat onder de rode vlekken en hij veegde met zijn hand langs zijn mond. Onnozel stamelde ik de vraag die ik hem die avond had willen stellen, over de Britse Raj, een gerechtvaardigde vraag want hij was bij een wereldgeschiedenisles op school ter sprake gekomen, alleen was papa die nacht niet in de stemming erop in te gaan, en zei hij kortaf: 'Het wordt tijd dat je naar bed gaat, Merilee. Nu meteen.'

Ik was veertien toen. Te oud om nog langer op mijn vader te wachten tot hij thuiskwam. Kort na deze nacht begon mijn seksuele leven.

II

# Oom Jedah

'Merilee.'

Ongeveer tachtig uur nadat papa overleden was. Toen de hand zich om mijn hand sloot. Deze aandrukte en daarna mijn andere hand vastpakte. Niet hard, maar stevig, deze greep van een grote, schijnbaar botloze, maar krachtige hand die van hitte pulseerde. Aan de middelvinger van die hand zat een zilveren ring in de vorm van een ster.

De ring was een aandenken aan een reis naar Mexico twintig jaar geleden. Een aandenken aan het Mexicaanse festival van Allerzielen.

'Mijn condoleances, lieve kind.'

Oom Jedah. Ik huiverde en zou instinctief een stap achteruit hebben gezet als die hand mijn handen niet had vastgepakt, en die enorme duim, die ruw en geschaafd aanvoelde, niet over mijn huid had gestreken.

Jedah Graf boog zich beschermend naar me toe. Hij was groot en gezet, ongeveer één meter negentig lang en meer dan honderdvijftien kilo zwaar. Zijn omvang en uiterlijk – hij ging altijd onberispelijk gekleed en had een stijve, militaire houding – waren intimiderend. Jedah moest minstens tweeënvijftig zijn (ik rekende het snel uit; papa had een keer op een verjaardag van Jedah gezegd dat deze eenentwintig jaar jonger was dan papa); toch zag zijn gezicht er ongewoon jongensachtig en rimpelloos uit. Zijn huid was olijfkleurig, volkomen gaaf. Zijn wangen zagen er gespierd en stevig uit, niet slap. Hij had een onderkin, twee onderkinnen, maar die gaven hem een zekere waardigheid, autoriteit. Zijn vingernagels, waarbij die van mij niets waren, waren netjes gemanicuurd en de rug van zijn hand was bedekt met donkere, fluweelzachte donshaartjes.

'Dennis zou vast ingenomen zijn geweest met de begrafenis. En met de rouwstoet; ik heb tweeëndertig auto's geteld bij het kerkhof. Dennis zou tevreden zijn geweest. Bijna alles verliep vlekkeloos en zoals ik het gepland had. Zelfs het weer, dat er dreigend had uitgezien toen we bij de kerk aankwamen, zat mee.'

Oom Jedahs adem rook zoet: naar een gorgeldrank met sterke pepermuntsmaak, of een exotische likeur. Zijn eau de cologne rook naar samengeperste rozenblaadjes.

Ik wilde me uit Jedahs greep bevrijden maar voelde me vreemd verlamd, passief. Zijn aanwezigheid had een intensiteit die zowel angstwekkend als hypnotiserend was. Maar we waren na mijn vaders rouwdienst in de presbyteriaanse kerk van Mount Olive en zijn begrafenis op het kerkhof in het huis van mijn tante Cameron en dus was er geen ontkomen aan. Die hele morgen had ik me al als een lappenpop laten omhelzen, slap en zonder me te verzetten.

'Verberg je maar achter mij, lieve kind. Als je die mensenstroom wilt keren. Achter je oom Jedahs brede schouders. Dan blijven ze vanzelf weg.'

Ik was er blij om. Veel meer oprecht medeleven kon ik niet verdragen.

Het was ook schokkend om al die bekende gezichten te zien: van familieleden, van papa's vrienden, buren en 'zakenrelaties' en papa zelf niet tussen hen in te zien staan. Ik kon maar niet wennen aan zijn afwezigheid, te midden van deze mensen die alleen gemeen hadden dat ze Dennis Graf hadden gekend.

Zoals oom Jedah. Wanneer had ik deze reus, deze vreemd agressieve persoon, nou gezien, behalve in het gezelschap van mijn vader?

Hij had zijn eigen kantoor bij Graf Imports Inc. gehad en was mijn vaders naaste medewerker geweest, een accountant met kennis van belastingwetten. (Papa had zijn studie aan de Cornell School of Business betaald toen hij jong was.) Hij had papa zelfs af en toe rondgereden in de Lincoln Town Car, als zijn chauffeur. Mama en ik hoorden 's avonds en in het weekend vaak stemmen in papa's werkkamer, en wisten dat het Jedah was, die door een zijdeur was binnengekomen. Nadat papa het bedrijf had verkocht, bleven hij en Jedah met elkaar omgaan. Vaak zaten ze te bulderen van het lachen in papa's werkkamer. Ze waren allebei gek op drank en ze reisden samen. Jedah is als een zoon voor Dennis, werd er gezegd.

*Hij is meer aan hém gehecht dan aan zijn dochter! Dat is zeker.*

Van de familie Graf was Jedah de einzelgänger. Hij woonde alleen in een herenhuis in het historische district van Mount Olive met uitzicht over de rivier de Chautauqua. Hij kreeg nooit bezoek en nam zelden uitnodigingen aan. Papa was een paar jaar geleden gestopt met reizen, maar Jedah Graf maakte nog steeds reizen naar het buitenland en door de Verenigde Staten; hij hield van opera en ging vaak naar New York om voorstellingen te zien in de Met. Hij bezocht musea en cultuurcentra. Hij interesseerde zich voor archeologie en antropologie. Hij kon op een bepaalde manier naar je kijken en glimlachen, uiterst gefascineerd, alsof je onder een microscoop lag; maar, en dit was karakteristiek voor Jedah Graf, als hij je totaal niet interessant vond was je lucht voor hem en keek hij langs je heen. Hij was een van de Grafs die er schuldig aan waren dat mijn moeder zich thuis niet op haar gemak voelde. Hij was er waarschijnlijk ook schuldig aan dat mijn moeder ziek was geworden: ze had last van zenuwen, dikkedarmontsteking, hartkloppingen, hoge bloeddruk. (Edith zou uiteindelijk overlijden aan hoge bloeddruk, gebarsten bloedvaten in de hersens. Zo werd het mij tenminste verteld.) Als Jedah op bezoek kwam, maakte mijn moeder zich als een schichtige kat uit de voeten. 'Merilee! Doe je moeder de groeten van mij. Ze is weer nergens te bekennen', zei Jedah dan met een knipoog.

'Oom Jedah.' (Zo'n vreemde naam ook! Ik had me vaak afgevraagd wat die naam betekende, als hij al iets betekende.) Mijn moeder dacht niet dat hij een oom van me was, of zelfs een bloedverwant. Hij was een oudere neef, de zoon, stiefzoon of geadopteerde zoon van een halfbroer van mijn vader die in Troy, in de staat New York, woonde en weinig contact had met de Grafs uit Mount Olive. Dit alles zei me als kind niets, het boeide me niet. En het deed er ook niet toe, want papa had me vanaf dat ik kon praten geleerd om Jedah Graf met 'oom Jedah' aan te spreken.

*Zeg eens 'dag' tegen je oom Jedah, Merilee.*

*Je oom Jedah is er, Merilee. Wat zeg jij dan?*

Nu papa overleden was, was er geen reden meer om hem 'oom' te noemen. Het was een linguïstische tic waar ik vanaf wilde.

Jedah had me diverse keren gebeld na het overlijden van mijn vader en daarbij boodschappen achtergelaten die ik niet beantwoord had. Hij wilde me zien, maar ik was hem uit de weg gegaan. (Gevlucht naar Chautauqua Falls, naar de historische oude herberg langs de rivier. Een nacht en bijna een dag, in het gezelschap van een man die van drinken hield en die mij aardig leek te vinden, net aardig genoeg om na die tijd niet moeilijk te doen, maar wel zo aardig dat het niet goedkoop werd.) Vanmorgen op het kerkhof was ik me ervan bewust geweest dat mijn 'oom' me aandachtig opnam, maar ik had zijn blik gemeden. Ik wist dat Jedah Grafs ogen over zouden lopen van emotie, dat ze ongewoon groot, heel donker en vreemd mooi zouden zijn, ogen waarin ik me in mijn zwakke toestand gemakkelijk zou kunnen verliezen, waarin ik zou kunnen verdrinken. Jedahs stelling was: jij en ik, Merilee. Wij zijn de enigen die rouwen.

Ik had geen drank meer gehad sinds Chautauqua Falls maar was toch gestruikeld op het gras naast het graf van mijn ouders, toen de dominee gepaste bijbelverzen voorlas boven mijn vaders glanzende kist. In mijn hoofd klonken bedompte kreten die niemand anders kon horen. Mijn ogen traanden en mijn neus liep. Met afgrijzen zag ik dat er een witte schuimkorst van snot en tranen op de voorkant van mijn geplooide zwartzijden blouse zat vastgekoekt.

Het zag eruit als opgedroogd sperma. Ik probeerde de vlek met een vochtige tissue weg te boenen, wat maar gedeeltelijk lukte.

Nu gaf Jedah Graf me een tissue. Hij had tegen me gesproken op een intieme, insinuerende toon, als klotsend water. Zijn gespierde onderarm, dikker dan mijn dij, streek langs mijn rechterborst, en zijn vochtige adem leek te condenseren tegen de zijkant van mijn gezicht. Wat had hij een jeugdig, olijfolieglad gezicht, en wat was het verontrustend dat hij bepaalde manieren van mijn vader had overgenomen, zoals zijn ogen neerslaan voordat hij iets snedigs, bijtends of onverwachts ging zeggen. En ook zijn stem, die de ene keer honend en de andere keer vriendelijk, liefkozend en uiterst oprecht klonk, deed me aan mijn vader denken. Jedah was alleen veel zwaarder dan mijn vader, corpulent bijna, niet vet of vlezig, maar gezet, met de rubberachtige veerkracht van een python die zich opgericht had.

Een python! Ik glimlachte en huiverde.

Jedah zag het en kwam dichter bij me staan.

'Wil je graag weg, Merilee? Zeg maar wanneer, dan gaan we.'

Ik zei tegen hem dat ik niet onbeleefd wilde zijn. Ik hoorde mezelf 'oom Jedah' tegen hem zeggen.

'Maar ík wel. Míj maakt het niets uit, lieve kind. Zeg het maar, Merilee. Ik verzin wel een excuus.'

Mijn tante had meer dan veertig mensen uitgenodigd voor een uitgebreide lunch. Haar huis, een statig, oud, Georgiaans herenhuis, zo'n zevenhonderd meter van mijn vaders huis verwijderd, was somber ingericht met waswitte lelies die naar balsemvloeistof roken. Ik had liever ergens anders willen zijn, maar kon niet bedenken waar, behalve in een toestand van bewusteloosheid: zo vroeg op de dag wilde ik echter nog niet dronken worden. Ik had liever ergens anders willen zijn, maar ik wist niet hoe ik daar moest komen zonder mijn alerte tante te passeren. Ik had eindelijk mijn handen bevrijd uit Jedahs greep. Ik veegde ze af aan de zwartzijden blouse die ik droeg: geleend van een nicht en twee maten te groot.

Jedah had twee drankjes besteld bij een serveerster die rondliep met een dienblad waarop alleen glazen met witte wijn en mineraalwater stonden. Ik had slechts zwak geprotesteerd, ik kon toch niet om twaalf uur al beginnen te drinken! Maar Jedah drong aan op wodka met jus d'orange voor mij, en whisky met ijs voor hem. 'Sommige rampen rechtvaardigen sterkedrank, Merilee. Een oud familiegezegde.'

Hoewel Jedah herhaaldelijk naar me glimlachte, straalde de man een soort kille sensualiteit uit, alsof zijn huid bedekt was met een laag glanzende schubben. Hij bewoog zich bijna kronkelend voort, langzaam en doelbewust, met een reptielachtige gratie. Er lag een olieachtige glans over zijn haar, dat onnatuurlijk zwart en dik was voor een man van zijn leeftijd. Jedah was, zoals altijd bij openbare gelegenheden, onberispelijk gekleed: in een donker pak met krijtstreep dat als gegoten om zijn enorme schouders zat, een wit overhemd met gesteven boord, een grijze zijden stropdas, in zijn borstzakje de driehoek van een witte zakdoek die als een tong boven de rand uitstak. Ik zag de volle rij parelwitte, glanzende tanden in Jedahs mond en zijn opvallende lippen, duidelijk omlijnd, als uitgebeiteld. Ik had een vage afkeer van de man, maar kon me niet van hem losmaken.

Een serveerster bracht onze drankjes. Jedah overhandigde me mijn drankje; ik moest het wel aannemen.

Jedah tikte zijn glas tegen het mijne. Terwijl hij dronk glimlachte hij naar me over de rand van het glas, op een manier die me zo aan mijn vader deed denken dat ik overvallen werd door een gevoel van zwakte.

'Ontbijt, Merilee! Daar is de jus d'orange voor bedoeld. De wodka is ervoor om smaak te geven aan het "ontbijt".'

Ik lachte. Mijn oom Jedah had gelijk. Je moest op de een of andere manier smaak geven aan je ontbijt.

Ik hief mijn glas om een slok te nemen. Mijn hand trilde bij het vooruitzicht. Wodka had een smaak die ik lekker vond, maar ook enigszins vreesde, al vanaf de middelbare school, toen een jongen uit zijn vaders drankkast een fles Absolut-wodka meegesmokkeld had naar een feest.

Het kerkhof! Daar had ik een borrel nodig gehad. Ik had nooit meer aan mijn moeders graf gedacht. Ik was niet voorbereid geweest op wat ik erop zag staan: EDITH SCHECHTER GRAF 1946-1997. Mijn ogen hadden er met een lege blik naar gekeken. Een rechtopstaande granieten grafsteen, glad, glanzend, onpersoonlijk. Een soort reprimande: hoeveel jaar was het geleden dat ik het graf van mijn moeder voor het laatst had bezocht op dit heuvelachtige kerkhof achter de presbyteriaanse kerk in Mount Olive?

*Ik ben je dochter niet!*

*Ik was niet iemand die je kende. Niet iemand om wie je gaf.*

*Ik was papa's dochter, niet die van jou.*

*En nu ben ik niemand.*

De beproeving op het kerkhof was als een droom voorbijgegaan. Als zo'n droom die maar doorhobbelde, alsof ik over een zandweg met diepe voren reed; ik voelde bijna mijn tanden tegen elkaar slaan, en een zweepslagpijn in mijn nek. Ik had die morgen mijn haar gewassen onder de douche, maar kennelijk niet alle shampoo eruit gespoeld, er zaten knopen en slierten zeep in mijn haar. Ik had het verwoed geborsteld, het daarna opgegeven en het met goedkope plastic speldjes van de drogist vastgezet. Ik had wel rode lippenstift op mijn bloedeloze mond gesmeerd, die waarschijnlijk glansde als neonlicht.

Ik zag eruit als een feestbeest, sexy-slonzig. Als een feestbeest op de morgen na het feest.

Weer hief ik mijn glas en dronk. Ik voelde me al een stuk beter.

'...toen ik twintig was, van mijn familie vervreemd, en alleen in Buffalo woonde en niet wist wat ik met mijn leven aan moest, hielp jouw vader me. Hij zag welke ''capaciteiten'' ik had. Toen niemand anders die zag. Ik zelf ook niet.' Jedah wachtte, ademde diep. Een uitdrukking van gekwetstheid, verlies en verdriet verscheen op zijn gezicht, dat als een maan boven mij hing. '...een crisis in mijn geestelijke leven, zou je kunnen zeggen. Je vader heeft me erdoorheen geholpen.'

Een geestelijk leven! Oom Jedah! Ik begon te lachen.

'Wat is er zo grappig, lieve kind? Dat er zoiets bestaat als een geestelijk leven, of dat jouw oom Jedah er misschien een heeft?'

Hij leek totaal niet beledigd te zijn. Alsof ik een lief klein meisje was en alles wat ik zei schattig was.

Dit vleide me. Met pijn in mijn hart herinnerde ik me dat mijn vader nooit zo vergevensgezind was geweest. Bij Dennis Graf bestond altijd de mogelijkheid, en meer dan alleen de mogelijkheid, dat je hem teleurstelde.

Jedah zei vol overtuiging, alsof we aan het ruziën waren geweest en ik nu, ondanks al mijn charmante obstinaatheid, op de feiten gewezen moest worden: 'Onze "geestelijke levens" bestaan of we die nu erkennen of niet. Met "geestelijk" bedoel ik de geheime stem diep binnen in ons, die niet gehoord wordt door anderen. Christenen geloven, of horen te geloven, dat dit de ziel is, individueel en onsterfelijk hoewel onstoffelijk als een rookpluimpje. Oudere en meer mystieke religies, zoals het boeddhisme en hindoeïsme, geloven niet in een individuele ziel, alleen in de ziel van het universum, van het oneindige, waar alle wezens met gevoel, de mensheid inbegrepen, deel van uitmaken. Maar ze zijn het er wel allemaal over eens dat deze "ziel" onsterfelijk is.'

'Werkelijk!'

Ik begon weer te lachen, maar minder zelfverzekerd.

Het was zo'n vreemde gedachte dat dit corpulente familielid van mij, die me aan een python deed denken, en die zo'n overduidelijke liefhebber was van lekkere dranken en spijzen en God mag weten welke andere geneugten van het vlees nog meer, over zulke dingen praatte. Terwijl hij me met zijn vochtige, intieme blik aankeek en zijn vochtige whisky-adem in mijn gezicht blies.

'Dennis geloofde dat. Die geheime ziel diep binnen in ons, buiten het gezichtsveld van anderen. Buiten het bereik van de netten die anderen voor ons gespannen hebben.'

'Maar papa was volgens mij niet gelovig.'

'Niet in de conventionele zin van het woord, dat klopt.' Jedah glimlachte naar me met opgelegd geduld. Hij had zijn whisky al half opgedronken zonder het minste effect. 'Vertel me eens, Merilee, wat waren Dennis' laatste woorden tegen jou?'

Ik zei dat ik dat niet meer wist.

Ik begon te stotteren, nam een slok wodka, en schudde mijn hoofd: nee.

'Kom nou, Merilee! Je herinnert je je vaders laatste woorden toch nog wel.'

Maar ik kon me die niet meer herinneren. Echt niet.

Ik probeerde het uit te leggen: toen ik die avond het ziekenhuis verlaten had, de avond vóór papa's overlijden, was hij uitgeput geweest en niet helemaal bij bewustzijn. Wat hij toen tegen me gezegd had, was onsamenhangend geweest en niets bijzonders. Hij had die avond bezoek gehad van een zwarte jongeman die Roosevelt Jimson heette: herinnerde Jedah zich de Jimsons nog wel? Dat kleine meisje, Lilac, dat meegenomen was uit Highlands Park...

Maar Jedah onderbrak me, hij wilde niet afgeleid worden van zijn vraag: wat waren mijn vaders laatste woorden geweest tegen mij?

'Ik... weet het niet meer.'

'Jawel. Je weet het wel.'

'Oom Jedah, ik weet het niet. Ik...'

'Nou, ik wel. Ik weet nog wel wat Dennis tegen míj zei toen ik hem de laatste keer zag.'

Ik was op mijn hoede, het zou een valstrik kunnen zijn. Jedah keek me zo strak aan.

'Dennis zei: "Zorg voor Merilee. Haar leven is als een riethalm die in de wind heen en weer zwiept en gevaar loopt geknakt te worden."'

'"Gevaar loopt...", wat bedoelt u?'

Ik wist niet wat ik hoorde. Van jongs af aan had ik mijn leven al zo gezien, hoewel ik het nooit aan iemand verteld had. Zelfs niet aan een vreemde.

'Natuurlijk heb ik Dennis beloofd dat ik voor je zou zorgen, als dat nodig is. Als je mij dat toestaat.' Jedah wachtte even, glimlachte. 'Als we het samen eens kunnen worden.'

Als we het samen eens kunnen worden. Ik was er niet zeker van wat hij daarmee bedoelde.

Ik was papa's erfgename, oom Jedah was executeur-testamentair van zijn vermogen. We zouden samen moeten werken, nam ik aan.

We waren ondertussen van plaats veranderd, Jedah had me naar een hoek van de overdadig gemeubileerde woonkamer van mijn tante gemanoeuvreerd en vandaar naar een serre die nog niet door gasten bezet was. Ik had vaag gezien dat mensen naar ons keken, familieleden met wie ik nog had willen praten, oude vrienden van de middelbare school die ik jaren niet gezien had, maar de brede, dominante gestalte van Jedah Graf had hun de moed ontnomen om naar me toe te komen.

Ik hoorde mezelf praten toen ik Jedah vertelde over het uit glas geslepen hart. Over mijn angst dat ik het misschien nooit meer terug zou zien. Over de woede en frustratie die ik voelde dat iemand het op het tijdstip van mijn vaders dood uit zijn kamer gestolen leek te hebben.

Oom Jedah had gehoord van het vermiste glazen hart en maakte zich er namens mij kwaad over. Natuurlijk herinnerde hij het zich. 'Dennis gebruikte het altijd om de kleine lettertjes te lezen op formulieren die hij moest ondertekenen. Het was een heel mooi ding. Dennis zei dat het "een speciale betekenis" voor hem had, omdat hij het van zijn dochter had gekregen.'

Ik was stomverbaasd toen ik dit hoorde. En diep ontroerd. De wodka had me opgewarmd, ik begon weer hoop te krijgen.

Het was bemoedigend dat mijn oom Jedah het verlies van het hart zo serieus nam, niemand anders had dat gedaan. De andere familieleden niet, het ziekenhuispersoneel niet. 'Het is walgelijk, het is gewetenloos om te stelen van een hulpeloze man die op sterven ligt. Heb je een vermoeden wie het weggenomen heeft?'

Ik vertelde hem dat ik de afgelopen dagen obsessief aan het uit glas geslepen hart gedacht had en het niet meer uit mijn hoofd kon krijgen. Gisteravond, vanmorgen vroeg en zelfs op het kerkhof hadden de gedachten door mijn hoofd gemaald, als wielen die in het zand ronddraaiden. Talloze personen konden het hart gestolen hebben, met inbegrip van personen die ik nooit gezien had, zoals verpleegkundigen in de nachtdienst, en zelfs bezoekers die in papa's kamer waren geweest tijdens mijn afwezigheid. Jedah luisterde welwillend en veroordeelde de dief in krachtige bewoordingen als 'tuig van de richel' dat opgepakt zou moeten worden.

Ik staarde naar oom Jedahs enorme hand, die tot vuist gebald was. Ik voelde me plotseling zwak worden.

En dacht: hij hield ook van papa.

De lunch zou zo beginnen, maar we wilden niet van onze plek wijken. Jedah hield me gevangen met zijn woorden. De man was zo gepassioneerd, namens mij. Namens mijn vader. Ik begon bewondering te krijgen voor zijn omvang, zijn solide voorkomen. Zijn grote, zware hoofd en de slangachtige glans van zijn zwartgeverfde haar; zijn ogen die enigszins uitpuilden en zo'n intense blik hadden; de glin-sterende gladheid van zijn blozende huid. Zijn mond, die zo duidelijk omlijnd was. Ik luisterde niet meer naar oom Jedahs woorden. Ik hoorde alleen zijn stem nog, die troostte en geruststelde, zoals de wodka troostte en geruststelde. Ik bewonderde de man om zijn dikke, overvloedige lijf, terwijl mijn arme vader er in de laatste weken van zijn leven zo moe en uitgemergeld had uitgezien. Ik bewonderde de man omdat hij zoveel jonger was dan mijn vader. Ik zag dat hij mooi was. Een seksueel aantrekkelijke man, ondanks zijn leeftijd.

'Merilee, waar denk je aan?'

Oom Jedah glimlachte naar me. Ik voelde mijn gezicht verstrakken en deed een stap achteruit. Ik zei tegen hem dat ik aan niets dacht.

'Zo-even, Merilee. Je emoties waren zo duidelijk van je gezicht af te lezen. Waar dacht je aan?'

Ik begon ongemakkelijk te lachen. Ik wilde me omdraai-en. Maar oom Jedah hield me tegen; mijn benen wilden niet meer bewegen.

'Dacht je aan de liefde, Merilee? Aan een minnaar? Zo-even. Dacht je: ik honger zo naar liefde, wie zal me voeden?'

# Een droom over vlinders

...keek naar de hemel, in mijn droom. En boven me een grote zwerm vlinders. Adembenemend mooi, maar angstaanjagend veel! Want wie met velen is, moet met minder liefde genoegen nemen, God heeft niet genoeg liefde. God heeft niet genoeg voedsel voor zovelen. In mijn droom (die een dagdroom was, de droom van een drinker, het soort droom dat zacht je hoofd binnenzweeft, omgeven door alcohol, als een visioen van een verdwenen wereld) waren de vlinders groot en mooi, gevlekt als de geel-zwarte vlinder die mijn vader uit Thailand had meegenomen. In mijn droom waren de vlinders ver weg, maar toch bezat ik de kracht om ze haarscherp te zien en zelfs het trillen van hun fragiele vleugels te voelen. Een lucht vol vlinders, een donkere fuik van vlinders, migrerende gevleugelde wezentjes die zich op onzichtbare luchtstromen lieten meevoeren, gegeseld door de wind. We hongeren zo naar liefde, wie zal ons voeden? Nu we met zovelen zijn.

# Katskill Road

'Jimson.'

Het kwam midden in de nacht bij me op: hij was het. Hij had het uit glas geslepen hart van mijn vader uit de ziekenkamer weggenomen.

In mijn gehuurde Mazda reed ik de volgende morgen naar Katskill Road 3196, waar 'R. Jimson' volgens het telefoonboek moest wonen. Het was bijna vierentwintig uur na mijn vaders begrafenis en ik kon nog steeds aan niets anders denken dan de mysterieuze diefstal uit papa's kamer.

Mijn hersens waren verdoofd, gesloopt. Ik wist dat ik niet rationeel handelde. *Een speciale betekenis, hij had het van zijn dochter gekregen.* Mijn hart bonsde, was gekwetst, het verlies van het uit glas geslepen hart deed pijn.

Ik dacht niet aan papa. Ik rouwde niet, ik was kwaad. Ik had het ziekenhuis in Mount Olive gebeld en gevraagd of het glazen hart al gevonden was, waarbij ik elke keer werd doorverbonden met een secretaresse die Elaine Lundt heette, en die steeds koeler reageerde wanneer ze mijn stem hoorde. Het was me wel gelukt om van mevrouw Lundt een lijst met namen en adressen los te peuteren van iedereen in het ziekenhuis die contact had gehad met mijn vader, en ik had ze geschreven. Mijn brieven waren met de hand geschreven, smekende brieven, geen beschuldigende brieven.

*Het glazen hart heeft emotionele waarde, is een familiestuk. Een*
*beloning van tweehonderd dollar voor degene die het terugbrengt.*
*Er worden geen vragen gesteld.*

Ik was ontroerd geweest door Jedah Grafs verbolgenheid
namens mij de vorige dag. Jedah vond het moeilijk te verteren om een ordinaire dief een beloning te geven.

Maar het ging mij er niet om een dief te bestraffen, ik
wilde alleen het uit glas geslepen hart terug.

Toen dacht ik aan Roosevelt Jimson. Ik had niet kunnen
slapen in de uren na de rouwdienst, de begrafenis op het
kerkhof en de lunch bij mijn tante thuis, waarbij ik te veel
gedronken had en me boven in de badkamer had verstopt
tot een jonger, vrouwelijk familielid me kwam ophalen...
's Nachts dacht ik: Jimson. Hij. En het hart klopte in mijn
keel van angst.

De manier waarop Jimson naar me gekeken had toen hij
de ziekenkamer was binnengekomen. De uitdrukking op
zijn gezicht, streng. Hij had me mompelend begroet. Hij
wilde niet met me praten, hij was gekomen om afscheid te
nemen van Dennis Graf.

Ik begreep het: Jimson zou me nooit vergeven dat ik zijn
seksuele avances afgewezen had. Hij zou me nooit vergeven
dat ik die avond bij hem in de auto was gestapt, met hem
naar Highlands Park was gereden en hem toch afgewezen
had. Ik wilde protesteren: niet omdat jij zwart was en ik
blank. Zelfs niet omdat jij arm was en ik de dochter van een
rijk man. Maar omdat jij Roosevelt Jimson bent.

Ik vroeg me af hoeveel blanke vrouwen Jimson had gehad.
Op de middelbare school had hij blanke vriendinnen gehad,
hij had ze tegen elkaar uitgespeeld, er een hele vertoning
van gemaakt. Dat had ik gehoord. Ik was zelf nog te jong
geweest om Jimson te kennen.

Ik vroeg me af hoeveel blanke vrouwen Jimson had laten gillen en kroelen en hoeveel blanke vrouwen hun nagels in zijn gespierde rug hadden gezet.

Terwijl zijn stoppelbaard langs hun zachte huid schuurde. En het schuren en de pijn genot verschaften.

En daarom vermoedde ik dat hij het glazen hart meegenomen had. Uit arrogantie. Om mij te laten zien dat hij mij ook kon hebben, een deel van mij, als hij dat wilde.

Ik sloot mijn ogen. Ik zag hoe Roosevelt Jimson zijn vingers sloot om het glazen hart dat op mijn vaders nachtkastje lag. Het zou er klein en onbeduidend uitgezien hebben tussen papa's andere spullen in. Met een vliegensvlugge beweging, toen niemand keek, had hij het in zijn zak laten glijden.

O, god. Ik hoopte zo dat hij het gehouden had, anders zou ik het nooit meer terugzien.


'Ga er niet heen, Merilee. Niet alleen.'

Zo had mijn moeder me gewaarschuwd. Toen ik een klein meisje was. Na Lilac Jimson. In de jaren daarna.

Nu reed ik door Highlands Park op weg naar Katskill Road. Ik reed over Ravine Road, die dwars door het grote, uitgestrekte park liep aan de zuidkant van Mount Olive.

Het was een dag met warme windvlagen en laaghangende bewolking. Met een geur van naderende regen. Ik richtte mijn blik steeds weer omhoog naar de hemel, speurend naar donderwolken. Ik wilde me niet angstig voelen. En misschien was dat wel een goed teken.

Voor als ik Roosevelt Jimson zag...

Als ik het waagde hem aan te spreken...

Highlands Park was een provinciaal park van honderden are dat grensde aan een wildreservaat in de uitlopers van het Chautauquagebergte. Het gebied was grotendeels dicht bebost. De oude riviergeul die Chautauqua County in noord-noordoostelijke richting doorsneed, doorsneed ook het park diagonaal. Pas toen ik volwassen was en zelf autoreed realiseerde ik me dat het ravijn, zoals de riviergeul genoemd werd, Mount Olive doorsneed en bepaalde wijken met elkaar verbond. Vanuit de lucht had je kunnen zien dat de oude, welvarende woonwijken langs Lincoln Avenue en Summit Boulevard, die op een heuvelrug in het noorden van Mount Olive lagen, met Highlands Park verbonden waren door een diep, kronkelend ravijn dat achter sommige huizen langsliep. (Zoals achter ons huis langs aan Lincoln Avenue 299, hoewel het ravijn vanuit geen enkele kamer in het huis te zien was.) In theorie kon je het ravijn lopend oversteken van Highlands Park naar ons huis, een afstand van ongeveer drie kilometer, maar in de praktijk was een dergelijke tocht alleen geschikt voor ervaren wandelaars. Het ravijn was op veel plaatsen ten minste zes meter diep en overal lagen enorme rotsblokken. Er was geen wandelpad. In de zomer liep er een beekje door het ravijn, dat na de lentedooi en hevige regenval aanzwol tot een woeste rivier die afval meesleurde en opeens gevaarlijk werd. Er waren verhalen van wandelaars die bijna verdronken waren in het ravijn door het plotseling opkomende water. Als klein meisje was me op het hart gedrukt nooit in het ravijn te gaan spelen achter ons huis, wat ik ook nooit had gedaan. Ik was geen wildebras, zoals een paar van mijn vriendinnen. De risico's die ik zou nemen toen ik wat ouder was, waren van een heel andere soort.

Zestien jaar was het geleden dat Lilac Jimson verdwenen was uit Highlands Park, maar vanaf de weg leek het niet alsof er veel veranderd was. Het park zag er misschien wat verwaarloosder uit. Er waren misschien meer overvolle afvalbakken, meer stukken zwartgeblakerd gras. Waar vroeger een rozentuin was geweest, was nu een geasfalteerde parkeerplaats.

Op dit tijdstip van de dag was het park meestal verlaten. Een paar kinderen speelden in een ondiepe plas. Een paar tieners speelden softbal. Er reden maar weinig auto's over Ravine Road in zuidelijke richting.

Zwarte jongens in te grote T-shirts en broeken die laag om hun heupen hingen, stonden langs de kant van de weg sigaretten te roken. Ze sloegen hun ogen naar me op toen ik langsreed.

De meeste mensen in Mount Olive en omgeving waren blank. De weinige 'gekleurde' mensen die er woonden, en die vanuit Port Oriskany, Buffalo en Rochester naar Mount Olive waren verhuisd, vielen daardoor des te meer op.

Mijn familieleden waren geen racisten. Papa was zeker geen racist geweest. Toch was ik opgegroeid tussen volwassenen die op een bepaalde toon over 'negers' – 'zwarten' – praatten, een toon die zei: niet zoals wij, anders dan wij.

Ik had er nooit bij stilgestaan hoe Lilac Jimson zich gevoeld moest hebben als het enige 'zigeunermeisje' in onze klas. Lilac en haar oudere zussen leken zo zelfverzekerd. Hun broer Roosevelt was een jongen geweest van wie je snel je ogen afwendde, met wie je oogcontact vermeed.

Als meisje wist ik instinctief dat ik van een jongen als Roosevelt Jimson mijn ogen moest afwenden. Dat had niets met zijn huidskleur te maken.

Ik was geen meisje dat gekwetst wilde worden. Als ik me soms roekeloos gedroeg, was het zo beraamd. Op mijn twintigste was ik een kundige jager geworden. Ik gaf de voorkeur aan mannen die ouder waren dan ik, die blij waren met mijn aandacht; die me al bewonderden voordat we naar bed waren geweest. (En soms was het niet eens nodig om met ze naar bed te gaan.) Als student was ik uitgegaan met jongens die aantrekkelijk maar oppervlakkig waren, van wie ik zeker wist dat ze in emotioneel opzicht niets voor me betekenden. Of ze me na een avond stappen nu belden of niet. Of ze zich mij herinnerden of niet. Soms was ik stomverbaasd wanneer een van deze jongens verliefd op me werd, alsof een stripfiguur plotseling tot leven was gekomen en beweerde dat hij echt was en een ziel had.

Nee. Dat kon niet waar zijn.

Het stond papa niets aan dat hij niet wist wie mijn vrienden waren. Hij had liever gezien dat ik ging trouwen met een zoon van een van zijn rijke zakenrelaties en hier in Mount Olive ging wonen. Hij vermoedde dat ik dingen achterhield; ik had iets eigenzinnigs over me, wat in tegenspraak was met mijn beleefde dochtergedrag en mijn mooie gezichtje. Hij was slim genoeg om te weten dat ik me aangetrokken voelde tot mannen, maar hij had nooit kunnen bevroeden dat ik vermeed me met mannen in te laten die ik niet naar mijn hand kon zetten.

Ik had over het algemeen geen sterke, seksuele gevoelens. Seks was uitwissen, vergeten. Vluchtig en onpersoonlijk, als zin in eten en drinken: gemakkelijk te bevredigen en eenmaal bevredigd zo weer vergeten. Het had iets puurs, vond ik. Emoties drongen zich niet op.

Ik was zesentwintig en had nog nooit van een man gehouden. Het leek bijna alsof mijn moeder me raad had gegeven: niemand vertrouwen, Merilee! Niets voelen. Maak niet dezelfde fout als ik door van een man te houden, je hart zal gebroken worden.

Natuurlijk had mijn moeder niet op zo'n intieme manier met me gesproken. Niet één keer. Nooit.

Langzaam, met dertig kilometer per uur, reed ik door het park over Ravine Road. Mijn hart bonsde toen ik de picknickplaats naderde waarvandaan, zo werd aangenomen,

Lilac Jimson ontvoerd was. Achter een softbalveld, achter een parkeerplaats, de picknickplaats die zo grondig door-zocht was door de politie en de reddingswerkers... Zelfs op klaarlichte dag hing er een sfeer van geheimzinnigheid. De bomen die hier stonden, waren enorme eiken, statige, oude bomen die de picknicktafels en banken in het niet verzon-ken. Ik remde, zette de auto stil en keek. De verhalen van Lilacs zussen over wat er die avond gebeurd was, waren vaag en tegenstrijdig geweest, maar over het algemeen werd aangenomen dat de elfjarige daar achtergelaten was.

Zestien jaar geleden. Lilacs lichaam was nooit gevonden. Niemand had zich gemeld om te vertellen wat er met haar gebeurd was. Niemand die iemand kende die nog leefde en wist wat er met haar gebeurd was.

Lilac zou nooit bij een vreemde in de auto zijn gestapt, dacht ik bij mezelf. Ze was het soort meisje dat wegrende voor vreemden. Maar als de ontvoerder iemand was geweest die ze kende, iemand die ze vertrouwde, iemand die haar daar 's avonds alleen langs de kant van de weg had zien lopen en gestopt was om haar een lift aan te bieden...

Honderden mensen, meest mannen, waren ondervraagd door de politie. Het was zeer waarschijnlijk dat de ontvoer-der ertussen had gezeten. Toch was hij door de mazen van het net geglipt. Niemand had hem ervan verdacht, want Lilac zelf zou hem er niet van verdacht hebben.

Ik reed verder. Over de houten brug over de rivierbedding, onder overhangende bomen door. Een nauwelijks zichtbare stroom water liep onder de brug door, verborgen tussen rotsen en lage bomen. Lilacs ontvoerder zou deze route ook genomen hebben, dacht ik bij mezelf. De snelste weg uit Highlands Park en naar het platteland.

Maar de rand van Mount Olive was in de afgelopen jaren volgebouwd met benzinestations, wegrestaurants, discountwinkels, autozaken en winkelcentra. Ik voelde slechts afkeer voor dit aangetaste landschap en moest er niet aan denken dat Roosevelt Jimson hier woonde. Het was zo'n trotse man. Zo'n arrogante man. *Je hoeft bij mij niet aan te komen met dat blanke-meisjesgedoe. Alsof je Jimson niet kent.*

Een aantal kilometers ten zuiden van Mount Olive werd de aanblik landelijker. Hier stonden kleine houten huizen, stacaravans op betonblokken, stalletjes langs de kant van de weg en boerderijen met gesloten luiken op stukken land die te huur of te koop waren. Het kostte me moeite om Katskill Road 3196 te vinden en minderde vaart om de nummers die op de brievenbussen gekrabbeld waren beter te kunnen lezen. Ik kende niemand die ten zuiden van Mount Olive woonde, een gebied dat doorliep tot Eden, in Wyoming, en van de Cattaragus Counties tot aan de rivier de Alleghany en de grens met Pennsylvania, zo'n honderdvijftig kilometer verderop. Het was een ruig, prachtig landschap met steile gletsjerheuvels en weidse panorama's waarover wolken-schaduwen en de schaduwen van roofvogels hoog in de lucht zich voortjoegen.

Uiteindelijk vond ik nummer 3196: een vervallen boer-derij, gedeeltelijk bedekt met gevelplaten, naast een ben-zinestation annex buurtwinkel die Cappy's heette. Er ston-den geen schuren meer bij. Het land eromheen was lang geleden al verkocht. Op het vrijwel grasloze voorerf van de boerderij stonden oude auto's: één met een bordje met TE KOOP op de voorruit. Een donkere vrouw zat voor het huis op de treden van de veranda, samen met een klein kind. Een jonge vrouw: rondborstig, mooi, in een korte broek met mouwloos topje. Het was alsof ik een stomp in mijn maag kreeg: Jimson was waarschijnlijk getrouwd. Iets waar ik, in mijn ijdelheid, in mijn wanhoop, nooit aan had gedacht.

Geen wonder dat Jimson me met een blik van seksuele

minachting had opgenomen: 'Ik heb jou niet nodig.'

Ik parkeerde de auto op de oprit van Cappy's en ging naar binnen om een blikje cola light en een rol schuimkoekjes te kopen bij de eigenaar van de winkel, een oude, zwarte man met kort, grijs kroeshaar. Ik vroeg me af of hij Cappy zelf was, deze mollige, vriendelijke, vaderlijke man die zijn gouden kronen bloot lachte. 'Alsjeblieft, dame. En u wordt bedankt.'

Ik dacht vage trekken van Roosevelt Jimson in de man te zien. Het hoekige gezicht, de vorm van zijn neus. Maar Cappy, als hij zo heette, had een veel donkerder huid, een bredere torso en kortere benen dan Jimson.

En hij was veel vriendelijker.

Buiten bleef ik aarzelend staan en keek naar de wulpse vrouw die op de treden van de veranda zat. Ze was begin dertig, had een brede neus, brede neusvleugels en een grote, hartvormige mond. Haar gelaatstrekken waren wat grof, alsof met krijt getekend. Ze droeg een strakke, korte broek van blauwe jersey en een topje dat als een badpak om haar weelderige bovenlijf zat. Ze schaterde van het lachen en plaagde haar dochtertje, dat een roze pyjamajasje droeg en een afgezakte luier. Ik glimlachte naar het kind en riep: 'Wat een schatje! Hoe oud is ze?'

De vrouw was, net als de eigenaar van Cappy's, meteen vriendelijk. Het leek heel gewoon dat we begonnen te praten. Ik sprak vol bewondering over het kind, Buena: twee jaar oud, verlegen maar alert, met nieuwsgierige, donker glanzende ogen. En een mooie, chocoladebruine huid.

In een opwelling vroeg ik de vrouw: 'Ben jij Selena Jimson? Lilacs zus?'

Het was een vergissing. Bij het horen van de naam 'Lilac' verdween de glimlach meteen van haar gezicht.

'Ja, ik ben S'lena. Waar ken je Lilac van?'

Zowel moeder als dochter staarde me nu aan. De moeder had een sombere blik in haar ogen gekregen, vol achterdocht. Ik vertelde Selena wat voor mij waar was: 'Lilac zat bij mij in groep zes van de Thomas Jeffersonschool. Lilac was mijn vriendin.' Ik wachtte even en stamelde: 'Ik mis haar. Ik denk nog vaak aan...'

Selena boog zich met een haast stuurse discretie moederend over haar dochtertje om mij de tijd te geven om bij te komen. Of naar mijn auto terug te lopen en weg te rijden. Zo abrupt over Lilac beginnen was een vergissing geweest. Selena en haar dochtertje hadden samen lol gemaakt en ik was tussenbeide gekomen. Het twee jaar oude meisje wist niets van Lilac, die haar tante zou zijn geweest als ze nog geleefd had. Het was verkeerd om over de doden te beginnen in het bijzijn van zo'n onschuldig wezentje.

Ik hield Buena de rol schuimkoekjes voor om het goed te maken. Het kleine meisje keek naar haar moeder en Selena knikte. 'Wat zeg jij dan, Buena?' Buena pakte een koekje, begon eraan te knabbelen en mompelde 'dank u'.

Ogen als die van Lilac. Lange, donkere, glanzende wimpers.

Selena was een van Lilacs oudere zussen wier naam veelvuldig in de media genoemd was. Selena en Marvena: de tieners die hun jongere zusje waren 'vergeten' en zich uren later pas herinnerden dat ze haar in het park hadden achtergelaten, toen het al te laat was.

Selena Jimson en Marvena Jimson. Verslaggevers die Alina Jimson, de rouwende moeder van het verdwenen meisje, niet de les hadden willen lezen, hadden de zussen herhaaldelijk en hard de mantel uitgeveegd. Ik had gehoord dat beide meisjes daarna van schaamte nooit meer naar school waren gegaan.

Ik zei tegen Selena dat het me speet dat ik over het

onderwerp was begonnen. Ik was even terug in Mount Olive vanwege 'mijn vaders begrafenis'.

Wat klonk dat vreemd, formeel en definitief: mijn vaders begrafenis.

Selena's ogen waren groot en expressief, meevoelend. Mompelend betoonde ze haar medeleven met het verlies van mijn vader.

Ik hoorde mezelf naïef zeggen: 'Ik woon al heel lang niet meer in Mount Olive. Maar ik denk nog vaak aan hier, aan toen ik klein was. Ik denk nog vaak aan... Ik mis...' Mijn ogen vulden zich met tranen. Selena en ik keken elkaar aan, terwijl Buena vrolijk babbelde.

Selena kwam zuchtend overeind. Ze was kleiner dan je van zo'n warmbloedige, mollige vrouw zou verwachten. Met zachte stem zei ze: 'Wij missen haar ook. Maar ze is weg, dat is zeker.'

Ik zei: 'Soms hoorden we – later, op de middelbare school, bedoel ik – dat Lilac ergens "gezien" was. In Florida, of...'

Selena schudde geërgerd haar hoofd: 'Onzin.'

Selena wilde praten, maar wel zo dat Buena niet kon meeluisteren. Ze vertelde me dat iedereen in het gezin stapelgek werd van zulke verhalen, 'gewoon verzonnen, nergens op gebaseerd', waarin gesuggereerd werd dat Lilac weggelopen was of er met een vriendje vandoor was gegaan. Ze was elf! Of dat ze door drugshandelaren in Port Oriskany meegenomen was als chantagemiddel, omdat haar vader hun geld schuldig was. 'Allemaal van die lelijke dingen waarvoor we ons moesten schamen. Alsof we ons zo al niet ellendig genoeg voelden; Lilac weg, de politie kon haar niet vinden en daarom gingen mensen maar leugens verzinnen om het nog erger te maken, en niet alleen blanken, hoor. O, nee.'

Ik raakte Selena's hand aan, die beefde. Ik pakte haar

hand en sloot mijn vingers eromheen.

Haar warme, sterke vingers omklemden mijn vingers. Het was een vreemd, verwarrend moment. Want ik was niet iemand die andere mensen aanraakte, en zeker geen vreemden. Ik deinsde er instinctief voor terug om aange- raakt te worden, of om iemand aan te raken. Ik beefde ook, was bang. Want het gevoel was heel sterk.

Ik vertelde Selena hoe ik het zag: dat mensen niet gemeen wilden zijn, maar hun juist hoop hadden willen geven dat Lilac nog leefde. Ze hadden het alleen op een wat onge- lukkige manier gebracht.

'Als ze namelijk nog leefde, zou dat betekenen... zou dat kunnen betekenen... dat de rest van ons ook...'

Ik zweeg. Ik wist niet meer wat ik wilde zeggen. Selena veegde met beide wijsvingers haar ogen af, iets wat ik gek genoeg zelf ook vaak deed. Buena hield zich vast aan haar moeders mollige knieën met kuiltjes en keek omhoog naar ons. Waar praatten wij toch zo ernstig over? Ik dacht eraan hoe onbeduidend mijn zoektocht was naar het uit glas geslepen hart. Hoe kleinzielig het was om er zo door ge- obsedeerd te raken.

Ik vroeg Selena naar haar familie.

Ze vertelde me dat Marvena drie kinderen had en in Port Oriskany woonde. Haar moeder was een paar jaar geleden overleden. En dan was haar broer Roos'velt er nog, die bij haar en Buena en oom Cappy inwoonde. Met tussenpozen. 'Roos'velt gaat zijn eigen gang, dat heeft hij altijd al gedaan.'

Selena sprak met getergde trots over haar broer.

Ik vertelde haar dat ik de afgelopen paar jaar geen contact meer had gehad met Roosevelt. Zodat ze ging denken dat ik hem gekend had op de middelbare school. En ze zich ging afvragen of we iets gehad hadden: of ik een van Roosevelt Jimsons blanke vriendinnen was geweest.

'Roosevelt is bij mijn vader op bezoek geweest in het ziekenhuis, vlak voordat mijn vader overleed, maar we hebben geen gelegenheid gehad om te praten.'

'Is Roos'velt bij jouw vader op bezoek geweest? Waar kende hij hem dan van?'

Ik vertelde Selena hoe mijn vader heette. En ik vertelde haar van de studiebeurs voor de politieacademie. Selena keek me aan en knipperde met haar ogen, ze was onder de indruk. 'Meneer Graf is jouw vader?'

Ik zag er klaarblijkelijk niet meer uit als het rijke meisje van Lincoln Avenue. Met mijn zweterige slierten haar in het gezicht, het bleke gezicht, vaalwit als brooddeeg.

'Jouw vader? Die vroeger burgemeester van Mount Olive is geweest? Dat was een heel aardige man! Gaf geld aan oudere scholieren zoals Roos'velt, die hun leven verprutst hadden, zodat ze terug naar school konden.' Selena fronste haar voorhoofd, ze was diep ontroerd. 'Ach, ja, dat heb ik een paar dagen geleden op tv gezien. Dennis Graf. Dat heb ik gezien, heel treurig.'

Ik bedankte Selena en zei dat ik eigenlijk voor Jimson was gekomen.

Selena zei fel: 'Jimson! Nou, die heeft het lang niet zover geschopt. De helft van de tijd is hij de hort op, niemand weet waar hij dan uithangt. Hij woont op het moment hier, betaalt huur en heeft een baan in het winkelcentrum, bewaker bij Wal-Mart, omdat hij geschorst is bij de politie; september vorig jaar een rechtszaak aan zijn broek gehad vanwege het gebruik van "buitensporig geweld" en dat was niet de eerste keer. Mijn broer is een driftkikker, net als zijn vader. Kwam als jongen al in moeilijkheden, werd van school getrapt, maar beterde later zijn leven, en kreeg toen die beurs voor de politieacademie in Rochester; er waren maar vijf mensen uitgekozen, uit Mount Olive bedoel ik, en

Roos'velt was daar een van; hij deed het heel goed, kwam terug en werd ingelijfd bij het politiekorps van Mount Olive; ze mochten hem graag, maar hij is een driftkikker, raakte compleet gefixeerd op één soort mannen, je weet wel, die kerels die achter kleine kinderen aan zitten: pe-do-fielen. Dat soort. Roos'velt en zijn maat hadden een van die kerels opgepakt en mee naar het bureau genomen, maar er gebeurde iets, Roos'velts hand schoot uit en die viespeuk raakte nogal ernstig gewond, moest naar het ziekenhuis, bleek dat zijn kaak en nog wat andere botten gebroken waren. Je hebt er misschien wel van gehoord, de kranten stonden er vol mee, veel aandacht op tv. Die vent die hij in elkaar geslagen had was een zwarte. Hij had mazzel dat Roos'velt nog maar zo kort bij de politie zat, anders had het nog veel slechter met hem kunnen aflopen. Viespeuken zoals hij, zoals die kerel die... Lilac meegenomen heeft, verdienen het niet om te blijven leven. Maar Roos'velt werd geschorst, kreeg geen salaris meer en moest in therapie om "zijn woede te leren beheersen", dus zei hij dat ze de pot op konden met hun therapie. Maar wij zijn ook kwaad op Roos'velt: hij kwam van de academie af en was zo trots, en wij waren apetrots op hem. Wij allemaal. En dan ver-knalt hij het en komt bijna zelf achter de tralies terecht. De lul.'

Ik was stomverbaasd toen ik dit hoorde. Het herhaaldelijk geuite 'Roos'velt' zong als een muziekakkoord na in mijn hoofd. Ik vond het leuk om Selena Jimson met zoveel getergde trots over Roos'velt te horen praten, zoals alleen iemand dat kon die van hem hield. Hoewel ik gehoord had wat Selena over zijn huidige baan had gezegd, vroeg ik haar er toch naar, om haar nogmaals te horen zeggen dat hij bewaker was bij Wal-Mart.

'Maar hij draagt geen wapen', zei Selena lachend, terwijl

ze zich bukte om Buena op te tillen. 'En dat is maar goed ook, want als Roos'velt wel een wapen had gehad, zou hij allang iemand neergeschoten hebben.'

# Bewaker

Ik zag hem op gepaste afstand staan in Wal-Mart.

In Wal-Mart, in het Northlandwinkelcentrum. Waar ik nog nooit een voet binnen had gezet.

De man was onmiskenbaar Roosevelt Jimson. Lang, stevig gebouwd, gebrande-gemberkleurige huid. Begin dertig. Neiging tot fronsen. Met afzichtelijke, borstelige bakkebaarden die als enorme, zwarte harige spinnen aan zijn kaken hingen.

Jimson stond bij de kassa's. Als hij een hekel had aan zijn werk, als hij geloofde dat het beneden zijn waardigheid was, en hij als politieman en wetsdienaar eigenlijk uitgerust diende te zijn met knuppel, zaklantaarn, revolver, portofoon en een set handboeien aan zijn glanzende leren riem, in plaats van alleen een krakende walkietalkie, dan was dit niet aan hem te zien.

Wal-Mart! Geen winkel waar ik kwam.

Wanneer ik in Manhattan ging winkelen, bezocht ik een heel ander soort winkels, en in elk geval winkels die veel kleiner waren. Wal-Mart was een gigantisch warenhuis. Dit relatief nieuwe filiaal in het winkelcentrum besloeg een hele hoek en er lag een enorme parkeerplaats omheen. Zo'n gigantische, open ruimte die zijn eigen wind leek op te wekken en (op een midzomerdag) ijzig koud kon aanvoelen. Ik zag dat Jimsons uniform bestond uit een fris gestreken lichtblauw overhemd met korte mouwen en een broek van donkerblauwe serge. Zijn schoenen leken op soldatenkistjes. Als ik dichterbij had durven komen, zou ik het koperen insigne en de gevlochten epauletten hebben kunnen zien, die leken op die van een politieman.

Jimson, een jonge zwarte rekruut in het overwegend blanke politiekorps van Mount Olive, was dus geschorst voor het gebruik van 'buitensporig geweld' tegen een verdachte pedofiel. Ik hoopte dat hij de politie niet voorgoed verlaten had; ik hoopte dat hij zijn chef niet zo erg beledigd had dat deze hem niet meer terug wilde hebben in het korps.

Ik wilde dit niet denken. Ik wilde dat Jimson meer was dan bewaker bij Wal-Mart voor de rest van zijn leven.

'Typisch iets voor jou, Jimson! Om iets goeds te verpesten.'

Ik deelde Selena's wrevel. Ik was kwaad op Jimson alsof we ruzie hadden gehad.

'En mijn vader teleur te stellen. Dennis Graf, die jou geholpen had...'

Nu ik Jimson zag, begon ik eraan te twijfelen of hij iets gestolen had uit mijn vaders ziekenkamer. Die fantasie van mij die plotseling uit een droom van emotioneel/seksueel verlangen omhoog was gekomen, ebde langzaam weg in het heldere fluorescerende licht van dit gigantische warenhuis. *Meisje, wat zou ik met jouw rotzooi moeten? Ik heb van jou niets nodig.*

In mijn fantasie had ik me ingebeeld Jimson met de diefstal te confronteren. Het hart had me bij voorbaat al in de keel geklopt. Maar nu, in deze drukke winkel, terwijl ik vanaf mijn schuilplaats tussen de keukenartikelen naar Jimson stond te gluren, begreep ik dat dit niet zou gebeuren: ik was broodnuchter.

Dan maar nuchter, verdomme. Ik neem voor jóú geen borrel.

En zo was het ook. Ik nam verdomme voor Roosevelt Jimson geen borrel, en met hem ook niet. Geen denken aan.

Terwijl ik Jimson bespioneerde viel het me op dat vrouwelijke klanten die naar hem keken hem totaal onverschillig lieten. Alles wat er om hem heen gebeurde, liet hem zelfs onverschillig. Af en toe keek hij naar kinderen die langsliepen, volgde hij een kind even met zijn ogen, maar daar bleef het bij. Zijn houding was stram, militaristisch, maar vooral emotieloos, gereserveerd. Alleen iets wat hem plotseling uit zijn evenwicht bracht en de sleur van winkelen in Wal-Mart doorbrak, zou deze man hebben doen opkijken en tot actie hebben aangezet.

En toen slenterden er drie meisjes langs Jimson. Ik was me er vaag van bewust dat deze drie meisjes een paar minuten eerder ook al langs hem waren gelopen. Het waren sexy-slanke blanke meisjes, tieners met opgemaakte ogen, ringetjes in hun neus, gepiercete wenkbrauwen en zachte ronde buiken, gedeeltelijk ontbloot boven hun laaghangende spijkerbroek. Ik zag hoe de meisjes naar de knappe zwarte man lonkten, in de hoop zijn aandacht te trekken, hoe ze op hun onderlip beten en loom glimlachten, huiverden, giechelden, naar elkaar keken en naar hem; en uiteindelijk verlegen werden toen de zwarte man met het borstelige sikje hen bleef negeren.

Ik trok me schielijk terug, alsof ik ook door hem afgewezen was. Opeens wilde ik weg, voordat Roosevelt Jimson míj zag.

# Sexy

Ik zei dat ik geen sterke, seksuele gevoelens had, en over het algemeen klopte dat ook. Bij mij sloegen de opwinding en de sexy rillingen vooral toe wanneer ik geschenken kocht.

Mijn polsslag versnelde. De adrenaline vloeide.

Nadat ik Wal-Mart was uit gevlucht, deed ik op de kinder-afdeling van Macy's neuriënd mijn inkopen. Een perzik-kleurig, katoenen speelpakje trok mijn aandacht en zette zich als een vishaak vast in mijn huid. *Hier! Koop mij.* Ik hoorde mezelf tegen de verkoopster zeggen: 'Ze is twee. Mijn nichtje. De dochter van mijn zus. Een schatje.' In een vlaag van koopwoede kocht ik het speelpakje, een roze mutsje met zonneklep, een wit gebreid vestje, een T-shirt bedrukt met gele eendjes en een paar donzige, rode pan-toffeltjes. De verkoopster, een moederlijk type, keek me stralend aan: 'Wat een lieve tante bent u. Uw zus en u moeten wel een heel hechte band hebben.'

Ik beefde van geluk. Niets geeft je zo'n goed gevoel over jezelf dan het kopen van geschenken voor een kind.

Op het cadeaukaartje, in de vorm van een konijntje, liet ik zetten: VOOR BUENA JIMSON. En op het adreskaartje:

SELENA JIMSON
KATSKILL ROAD 3196
MOUNT OLIVE, NEW YORK, 13028

Ik overwoog hoe ik de kaart zou ondertekenen. Als ik er 'Merilee Graf' onder zette, zou Jimson het te weten kunnen komen en dat wilde ik niet, als ik er niets onder zette zou Selena argwaan kunnen krijgen.

Ik besloot te ondertekenen met: 'Lilacs vriendin uit groep zes; ik hoop jou en Buena nog eens terug te zien.'

# Verboden

Een klein slokje maar, Merilee. Alleen om te proeven.

Het was geen dag om te drinken. Het was een heldere, winderige dag die je, of je het wilde of niet, een goed gevoel gaf over jezelf.

Drie dagen na mijn vaders begrafenis belde ik naar het ziekenhuis om te informeren naar het uit glas geslepen hart. En hoorde Elaine Lundts stugge stem toen ze me vertelde wat ik eigenlijk al wist: 'Ik ben bang dat uw vaders "glazen hart" nog niet gevonden is, mevrouw Graf. Maar we blijven ernaar zoeken en er navraag naar doen onder het personeel.'

*En dat moet ik geloven!* Ik wilde iets sarcastisch/obsceens mompelen en de hoorn op de haak smijten. Maar ik bedankte de vrouw alleen en legde rustig de hoorn neer.

Drie dagen na mijn vaders begrafenis zette ik de blauwe hortensia in mijn huurauto om hem bij ons huis in de tuin te zetten. Bij het keistenen huis dat ik zou erven. Halverwege Center Street, een steile heuvelachtige straat die Lincoln Avenue kruiste en ook wel 'de Ridge' werd genoemd, begon ik dwangmatig te slikken. Met een bang voorgevoel draaide ik Lincoln Avenue in. Mijn nek deed pijn door mijn stijve houding naar voren om door de voorruit naar de oude platanen te kijken aan weerszijden van de straat, die er met hun hoge, pilaarachtige stammen, bleke loshangende schors en puntige bladeren die van de hitte begonnen om te krullen, uitzagen als illustraties in een sprookjesboek.

Papa was al beginnen te mopperen dat de buurt rondom de Ridge 'naar de haaien' ging, wat overdreven was natuurlijk. Maar sommige platanen gingen dood, en andere waren zo rigoureus gesnoeid dat ze op rechtopstaande boomstammen leken met een lepreuze huidaandoening. De meeste huizen van particulieren zagen er goed onderhouden uit, maar aan andere was hun leeftijd af te zien, zoals aan ons huis. Deze kasten van huizen – van veldsteen, graniet, baksteen, kalksteen, keisteen – gebouwd in de eerste decennia van de twintigste eeuw, werden steeds meer gebruikt voor commerciële doeleinden: recht tegenover ons huis stond een opvallend, neo-Georgiaans landhuis dat ooit eigendom was geweest van een prominente bankier uit Mount Olive maar nu 'De Olmen' heette: een luxe appartementencomplex voor senioren. Aan Lincoln Avenue stond ook nog een elegant, oud huis van bruinrode zandsteen, waarin nu fotostudio De Sales en de balletschool van Dudley Marks gevestigd waren. Het grootste huis aan Lincoln Avenue, dat net als ons huis het predikaat 'historisch monument' had gekregen, was nu het Soth Kunstcentrum.

'Ik kan mijn erfenis ook weggeven. Ik hoef er niet te wonen.'

Ik zei het hardop, uitdagend. Alsof ik met mijn vader aan het bekvechten was, of met oom Jedah.

Ik parkeerde mijn auto langs het trottoir. En liep de oprit op. Dit was vreemd voor mijn doen. Misschien werd ik geobserveerd. Ik droeg de kolossale hortensia. De blauwe bloemblaadjes die er als geverfd uit hadden gezien, waren bijna allemaal bruin geworden, of er afgevallen. De bladeren begonnen ook al bruin te worden en om te krullen, hoewel ik de plant trouw water had gegeven. (Had ik hem misschien te veel water gegeven?) Ik zette de plant neer op het pad en keek omhoog naar het huis. *Wat een prachtig huis! Wat een... opvallend huis...*

Iedereen zei dat tegen ons, maar bij daglicht zag je dat het een lelijk huis was. Bij keistenen lijkt het altijd alsof ze te zwaar zijn en te dicht op elkaar zitten. Ze hebben zo'n sombere glans, alsof ze onafgebroken geteisterd worden door koude regen. De ramen in zulke oude huizen zijn kleiner dan de ramen in nieuwere huizen en die in ons huis, verzonken in de massieve gevel, zagen eruit als doffe, halfgesloten ogen. En het zware leien dak zag eruit als een laag hellend voorhoofd.

Het huis had aan de voorkant een portiek van graniet en in het midden van de ronde oprit stond een één meter hoge marmeren fontein met faun die niet meer werkte. In de fontein lagen afgebroken boomtakken en een waaier van dode eikenbladeren. Tussen de scheuren in het plaveisel waren lange distels omhooggeschoten. In een recente storm waren bomen en sierstruiken beschadigd. Ik stond slikkend en met een droge mond naar de erker te kijken, waar het gevlekte zonlicht van het raam weerspiegelde als het gezicht van een kind.

*Een klein slokje maar, Merilee! Alleen om te proeven.*

De erker waar ik op hem had gewacht. Op papa. Op een man die ik papa noemde en op wie ik als kind vol verwachting had gewacht.

Ik liet de hortensia op het pad staan en liep naar de schuur achter het huis, waar het tuingereedschap stond; roestig, tientallen jaar oud gereedschap. Ik koos een schop met een houten steel. Mijn handen waren zacht, ik was niet gewend aan dit soort lichamelijke arbeid en moest lachen om wat ik van plan was, om mijn eigen naïviteit. Niemand in ons gezin had ooit getuinierd: papa niet en mama, die het huis zelden had verlaten, zeker niet. Ik herinnerde me hoe verbaasd ik altijd was als ik bij vriendinnen thuis kwam en hun moeder buiten tussen de bloembedden in de tuin zag werken: was dit wat vrouwen deden? Normale vrouwen?

Ik had van mijn naïviteit een soort geschenk gemaakt dat ik mensen aanbood.

Aan meisjes, jongens. Mannen. *O, Merilee! Wat ben je toch grappig.*

Het kostte me moeite om die rothortensia in de grond te krijgen, in de met onkruid overwoekerde rozentuin aan de voorkant van het huis. Toen ik ermee klaar was, deden mijn zachte meisjeshanden pijn en waren er twee nagels afgebroken.

Al die tijd was ik me, met een gevoel van onbehagen, bewust geweest van het huis. Het kwam op me over als een vervallen monument: een mausoleum. Die zware, lelijke keistenen!

Ik zocht in mijn jaszak naar de huissleutel. Tante Cameron had me de sleutel gegeven; er zat een plastic sleutelhanger aan waarop iemand 'Graf, Lincoln 299' geschreven had. Even dacht ik dat ik de sleutel verloren had, maar dat was niet zo.

Toen ik studeerde en alleen af en toe thuiskwam, verloor ik mijn huissleutel altijd. En ook later, toen ik vaak verhuisde en veel reisde, had ik sleutels van het huis verloren.

Deze sleutel had ik echter nog wel. Ik hield hem stevig vast. Er was geduld voor nodig om de voordeur open te maken, want mijn hand beefde en het slot was oud. Zodra ik de hal binnenstapte, dacht ik: dit is een vergissing. Maar ik draaide me niet om. Ik deed de deur achter me dicht. Mijn neusvleugels trokken samen van de vreemde, muffe geur van aarde die zich in de afgelopen jaren door het huis verspreid had, nadat papa de meeste kamers afgesloten had.

Om energie te besparen, had hij gezegd.

Ik had me afgevraagd of dit als een verwijt bedoeld was. Mijn oude, zieke vader, die altijd zo afstandelijk had gedaan tegen zijn gezin, die nu liet doorschemeren dat hij eenzaam was. Die in dit grote, oude familiehuis woonde en eenzaam was. Maar hij had er zelf op gestaan hier te blijven wonen. En het had mij geen goed idee geleken om hem erop te wijzen dat het voor een man alleen op zijn leeftijd misschien beter was in een kleiner, comfortabeler huis te gaan wonen.

Ik stond in de holle, donkere woonkamer. Het licht was gefilterd hier, de glas-in-loodramen moesten nodig gelapt worden. Ik was vergeten hoe afschrikwekkend deze statige kamer was, die ik als meisje al zo veel mogelijk had proberen te mijden. De inrichting was laat Victoriaans, van 'museumkwaliteit' werd er gezegd, maar niet erg comfortabel. Het vloerkleed was enorm groot en loodgrijs van kleur; aan de muren hingen verstofte spiegels, Chinese perkamentrollen, boekenplanken van bewerkte jade, ivoor en teakhout. Het opvallendste voorwerp was een Steinwayvleugel, hoewel de mooie roodbruine lak nu bedekt was met een laag stof en de klep van het ivoren toetsenbord gesloten was. Ik voelde me heel even schuldig. Ik geloofde niet dat de vleugel nog vaak bespeeld was sinds ik, na jaren van ellende, mijn pianolessen opgegeven had.

Ik was tien geweest toen ik begon en zestien toen ik ermee opgehouden was. Het verbaasde me nu dat ik, hoewel ik over het algemeen een brave, volgzame dochter was, over de lessen geklaagd had tegen mijn moeder.

*Ik haat die oude piano! Ik haat, haat, haat het om de hele dag opgesloten te zitten in dit huis! Ik haat het dat ik geen aanleg heb voor pianospelen, en dat mensen net doen alsof ik dat wel heb.*

Mijn vader was degene geweest die erop aangedrongen

had dat ik pianoles nam, iets wat hij zelf lang geleden ook had gedaan, op dezelfde vleugel. Mijn moeder had het niets kunnen schelen.

Ik liep niet naar de vleugel toe. Vanaf de plaats waar ik stond, ongeveer vijf meter ervandaan, zag ik mijn rode lesboek *Klassieke pianofavorieten*. Vrijwel elke bladzijde van dat boek was door mijn pianolerares, mevrouw Deiter, en door mijzelf met potlood van commentaar voorzien. Elke pagina vertegenwoordigde dezelfde mate van frustratie, ellende en lijden die je voelt wanneer je verstandskies getrokken wordt terwijl die slechts gedeeltelijk verdoofd is.

Zestien was ik toen ik er eindelijk mee op mocht houden, op die akelige zaterdag in juni, 1994. Toen mijn vader plotseling geërgerd gezegd had: Goed, dan.

De aanblik van het lesboek en de vleugel riep plotseling walging bij me op. Ik had het gevoel alsof ik geen lucht meer kreeg. Ik zou een raam moeten stukslaan.

*Haat het om net te doen alsof...*

Achter de woonkamer bevond zich de mooie eetkamer (er waren twee eetkamers, die beide nauwelijks gebruikt werden) met vaal geworden bloemenbehang en nog meer zware, bewerkte mahoniehouten Victoriaanse meubels. Ik kon me weinig maaltijden meer voor de geest halen aan de lange, glanzende tafel in deze kamer, want we aten gewoonlijk (mijn moeder en ik, of ik alleen) in de keuken. Een paar keer, bij een speciale gelegenheid, een verjaardag of een feestdag, hadden de andere leden van de familie Graf zich bij ons aan tafel gevoegd en de tien tot twaalf overige stoelen bezet, waarbij Jedah Graf plagerig glimlachend het wijnglas had geheven om een toost uit te brengen op mijn moeder, die van gêne ineenkromp...

*Op Edith! Onze lieve gastvrouw.*

Mijn moeder had weinig van doen met deze overvloedige

maaltijden. Die werden op papa's aanwijzingen door een kok of een huishoudster bereid.

Op de mahoniehouten buffetkast, al net zo'n sierlijk meubelstuk als de Steinwayvleugel, stond een negentiende-eeuwse Duitse klok met ebbenhouten wijzers die lang geleden op 4.44 uur was blijven staan.

Ik vroeg me af wat ik tijdens die maaltijden gegeten had. Ik was als kind een kieskeurige eter geweest met een zwakke maag.

De eetkamerstoelen, die al jarenlang roerloos en met precies uitgemeten tussenruimte om de tafel heen stonden, hadden ongewoon hoge rugleuningen, als bij een troon. Ik kon me vaag herinneren op zo'n stoel gezeten te hebben, waarbij mijn tenen nauwelijks de grond raakten.

Daar was papa's verbaasde stem weer: *Edith, waar ga je heen?* Vlak voordat die overging in ergernis: *Dat is onbeleefd tegenover onze gasten, dat weet je toch*, gevolgd door, terwijl mijn moeder gehaast de kamer verliet zonder achterom te kijken: *Mijn vrouw voelt zich niet goed, neem het haar maar niet kwalijk.*

Meestal deden we dat ook niet. We vergaten haar ook.

Aan de andere kant van de gang was papa's werkkamer. Uit gewoonte had ik de deur dichtgelaten. Want toen ik klein was, was die deur ook altijd dicht geweest. Ik duwde hem nu schuchter open. Er kon niemand in de kamer zijn, maar toch voelde ik dat mijn nekharen van angst overeind gingen staan.

Dit was belachelijk, want ik was in de afgelopen weken diverse keren in papa's werkkamer geweest. Hij had me hiernaartoe gestuurd om boeken, tijdschriften en kranten op te halen. Ik had het uit glas geslepen hart in een van de bureaulades gevonden en meegenomen.

Nu papa weg was hing er in deze kamer, die zijn toevluchtsoord was geweest, een melancholische sfeer. Het was nog steeds een mooie kamer maar de dood waarde er rond. De voorwerpen die er lagen en stonden, hadden iets aandoenlijks gekregen, net als papa's achtergelaten toiletspullen in het ziekenhuis. Het prachtig bewerkte paard van jade op zijn bureau, naar verluidt vijftiende-eeuws Chinees antiek; het levensgrote gouden hoofd van een twaalfde-eeuwse Tibetaanse boeddha; de Indonesische maskers aan de muur; het Chinese vloerkleed met sierlijke patronen, dat er versletener uitzag dan ik me herinnerde. En daar stond de zware leren bank waar ik als meisje op had gezeten en vol bewondering naar papa had gekeken achter zijn bureau; er hingen geelkoperen lampen aan de wand, vaal geworden gordijnen van goudbrokaat voor de ramen, spinnenwebslierten aan het elegante witte lijstwerk langs het plafond. Daar stond de globe naast papa's bureau, die hij door de magische aanraking van zijn vingertoppen kon laten draaien.

Ik zou de globe houden. Wat ik met de rest van mijn vaders kostbaarheden zou doen, wist ik nog niet.

Het Victoriaanse bureau, met zijn talloze vakjes en lades en vergulde handvatten, ingelegd met teakhout in geo-metrische patronen die aan islamitische kunst deden den-ken. Ik had in het verleden een keer geprobeerd om alle lades van het bureau open te maken, maar sommige waren op slot geweest en ik had nergens een sleutel kunnen vinden.

Achter het bureau stond een archiefkast, waarvan de on-derste lade op slot zat. En tussen twee boekenkasten bevond zich een deur die ook op slot zat en die toegang gaf tot een kast.

Ik trok aan de deur van mijn vaders drankkast en was verbaasd toen die openging. In de kast, op stoffige glasplaten, stonden uitnodigend talloze glanzende flessen: whisky, bourbon, wodka, gin, Schotse single malt whisky. Naast de bijna lege fles Schotse whisky stond een glas dat eruitzag alsof eruit gedronken was.

Snel deed ik de deur van de drankkast dicht.

Ik nam aan dat de afgesloten lades en de kast zakelijke documenten bevatten, belastingpapieren, oude brieven. En papa had ook nog een kluisje in de bank in Mount Olive, dat nog niet geopend was. Ik verwachtte niet dat ze iets zouden bevatten wat voor mij van belang was. Net als de afgesloten, muffe kamers in het huis, met inbegrip van de hele derde verdieping, de bediendekamers en de oude kelder met aarden vloer. Die hoefde ik ook niet te zien.

Een golf van angst sloeg door me heen. *Je wilt het niet weten.*

Ik keek peinzend naar de boekenkasten, die tot aan het plafond reikten. Papa's kostbare boeken. Vele waren antiek, eerste edities. De meeste waren zeer groot, in leer gebonden, met gouden belettering op de rug. Deze boeken waren voor mij als klein meisje verboden vruchten geweest (want stel dat ik een bladzijde stukscheurde of vuilmaakte, of een boek liet vallen waardoor de rug brak?) Alleen wanneer papa toekeek, mocht ik de bladzijden omslaan en me verwonderen over de oude kaarten, de reproducties van kunstwerken en de foto's van plaatsen en mensen die er in mijn ogen zo vreemd uitzagen, dat ze van een andere planeet afkomstig hadden kunnen zijn. Papa leek het leuk te vinden wanneer ik hem vragen stelde, maar dan moesten het wel de juiste vragen zijn.

Was hij op die plaatsen geweest? vroeg ik dan.

Papa lachte en zei: Ja, natuurlijk.

Nam hij me een keer mee op reis? vroeg ik.

Papa glimlachte vreemd en zei dat iemand me mee op reis

zou nemen, maar dat hij dat misschien niet was.

'Maar waarom niet, papa? Ik wil met jóú mee.'

Ik had het hardop gezegd. Mijn stem klonk zacht en verbaasd, niet verwijtend.

Een paar keer had ik het gewaagd om onuitgenodigd papa's werkkamer binnen te gaan, en had ik zo'n verboden boek uit de kast gehaald en het snel doorgebladerd, zoekend naar iets, zonder te weten naar wat.

Soms was ik geschokt als ik gevonden had wat ik zocht, en werden mijn ogen zo groot als schoteltjes.

Nu, als volwassen vrouw die door heel weinig wat in boeken stond nog geschokt werd, haalde ik een van mijn vaders grote kunstboeken uit de kast naast zijn bureau. Het was een dik boek met foto's van heilige hindoetempels, gemaakt in 1920 door een Britse fotograaf. De titel stond er in rode drukletters op: *Beelden van God*. Ik bladerde door de dikke bladen van perkamentpapier met fotogravures, en bleef wat langer stilstaan bij de opvallender, 'exotischer' afbeeldingen. Er zaten tempels bij voor hindoegoden zoals Krishna in zijn incarnatie als krijger, de dansende vernietigende god Shiva en zijn gemalin, de destructieve moedergodin Kali. Ik stond te kijken naar een felgekleurde foto van wat een bizarre kluwen slangen leek te zijn, in basreliëf, boven een tempel voor de scheppergod Brahma, in Khajuraho. Toen ik beter keek, zag ik dat de slangen in werkelijkheid mensen waren, een kronkelende ketting naakte, copulerende lichamen van mannen en vrouwen met uitdrukkingsloze, sensuele gezichten.

Het boek bevatte zelfs diverse 'erotische' afbeeldingen. Deze zaten, totaal misplaatst, tussen grimmige, verontrustende foto's van vreselijk overbevolkte straten in Calcutta, Benares en Delhi. Met bedelaars, kreupele, uitgehongerde kinderen, oude mannen en vrouwen, uitgemergelde lichamen in vodden op smerige trottoirs terwijl anderen, gekleed in prachtig gekleurde Indiase gewaden, langs hen liepen zonder acht te slaan op hun lijden.

Ik klapte het boek vol afschuw dicht. En schoof het opzij.

Ik wist dat Indiase erotische afbeeldingen beschouwd werden als iets moois, iets heiligs zelfs. Maar deze sensuele kunst was zo onverschillig vermengd met menselijk lijden. Dat was het obscene eraan, niet het seksuele.

Papa had geheimzinnig geglimlacht. *In alle culturen tref je taboes aan die die schoonheid mogelijk maken.*

Ik stond voor de drankkast, die even prachtig met teak-hout was ingelegd als het bureau. Het vuile glas had ik in mijn hand, alsof ik het wilde afwassen, maar in plaats daarvan veegde ik alleen met mijn mouw over de rand van het glas. Mijn hart klopte snel, uitdagend.

Ik had nog nooit single malt Schotse whisky geproefd, hoewel ik diverse mannen kende met een verfijnde, dure smaak die het boven elke andere drank verkozen.

Deze whisky was van het merk Dalhousie. Een zware, bruine fles die nog voor een kwart gevuld was. Ik schonk een klein beetje in het vuile glas, niet meer dan twee centimeter.

Ik zag papa geamuseerd naar me kijken. *Alleen om te proeven, Merilee!*

Dat zou ik doen: alleen proeven.

Ik hoestte. De donkere vloeistof was zo sterk dat mijn mond en keel er meteen van in brand stonden en ik vrijwel niets meer proefde.

Ik wachtte tot het branderige gevoel verdwenen was. Want ik wist dat het voorbij zou gaan.

Ik liep terug naar papa's bureau en probeerde weer de afgesloten lades open te krijgen.

*Nee. Je wilt het niet. Je wilt het niet weten.*

Met het glas in mijn hand en terwijl het branderige gevoel in mijn mond en keel zich uitbreidde naar mijn bloedvaten, zocht ik op andere plaatsen in mijn vaders werkkamer naar lades, kasten en geheime vakjes. Er stond een teakhouten tafel naast de leren bank met een lade die op slot leek te zitten... Nee, toch niet, hij klemde alleen en ik trok hem open.

In de la lag een stapel handgeschreven brieven, daterend uit de jaren tachtig. Ik keek ze door en koos er een uit die geschreven was op 3 maart 1988, op geparfumeerd lavendelblauw papier.

Geachte heer Graf,

Hierbij wil ik u harteluk bedanken. U bent een goed christen. Zonder de Graf Studiebeurs, die mijn zoon Benjamin in staat stelt de technische school van Chautauqua County te bezoeken, zou hij geen toekomst hebben gehad met zijn 'strafblad als jeugddelinquent' hoewel die periode nu achter hem ligt. Ik ben u seer dankbaar en zal voor u bidden.

Hoogachtent,
Irene Bagley
Upper Ridge Road 744
Mount Olive, NY

Alle brieven in de teakhouten lade waren van deze strekking, handgeschreven uitdrukkingen van dankbaarheid. Ik dronk het laatste beetje single malt Schotse whisky op en vulde mijn glas opnieuw met een bescheiden hoeveelheid, niet meer dan een bodempje. Ik nam een slok en las. De vlammen sloegen door me heen. Mijn ogen vulden zich met tranen. Mijn vader had zo veel levens beroerd, zo veel levens veranderd, hij was zo goed en vrijgevig geweest. Ik nam nog een slok en begon te huilen. Ik veegde met beide handen mijn ogen af. Waarom huilde ik? Wat had ik verwacht te vinden tussen mijn vaders spullen?

# Kelder

Ging ze maar dood! Dood! Dood!

Ik was dertien. Zat net op de middelbare school. En riep mama met mijn hoge meisjesstem.

In de kelder vond ik haar. In het oude gedeelte met de aarden vloer, waar nooit iemand kwam.

Door het hele huis riep ik haar. Met mijn hoopvolle stem die als een ballon de lucht in ging en een klank had die je nooit met angst zou associëren. 'Mam? Waar ben je? Ik ben het...'

Alsof ik me bekend moest maken. *Ik ben het, Merilee. Je dochter Merilee.*

Omdat ze niet boven was. Niet in de slaapkamer, niet in de kamer waar mijn moeder (en dit mocht ik misschien niet weten) werkelijk sliep, en niet in de badkamer, waar ze zich (deur dicht, op slot) soms verstopte als ze misselijk was.

En ze was niet beneden. Julia, onze huishoudster, schudde meteen haar hoofd. Nee! Geen idee waar mevrouw Graf was.

Mijn moeders auto, die vreemd genoeg onder de modder-spatten zat, stond ongebruikt in de garage.

Hoeveel dagen, weken. Sinds die auto gebruikt was?

Hoeveel dagen, weken. Sinds Edith Graf het keistenen huis aan Lincoln Avenue 299 verlaten had?

Ooo, als ik mijn moeder haatte, als ik haar dood wenste, was dat niet te horen aan die lieve meisjesstem die van schrik, en niet van angst, woede of razernij, de lucht in ging.

*...Merilee, je dochter. Weet je nog?*

Ik ging de kelder in en deed het grote licht aan. Onze moderne kelder, de 'spelletjeskamer', met lichtbeige gepleisterde muren en een warme, roodbruine Mexicaanse tegelvloer, met hypermoderne tv, cd-speler met luidsprekerboxen, een open haard van veldkeien die, voorzover ik mij kon herinneren, nooit aangestoken was, en comfortabele banken en stoelen waarop, voorzover ik mij kon herinneren, nooit iemand gezeten had.

Alsof Edith Graf hier beneden zou kunnen zijn!

Ik duwde de deur naar de wasruimte open, naast de spelletjeskamer. Ik duwde de deur naar papa's 'werkruimte' open, voorzien van werkbank en timmergereedschap, een hobby waar hij al jaren geen tijd meer voor had.

Ik duwde de deur, die akelig warm aanvoelde, naar de stookruimte open, waar twee verwarmingsketels stonden te brommen.

*Waar? Waar? Waar ben je?* Ten slotte duwde ik de deur naar de oude kelder open, de kelder met de aarden vloer, waar nooit iemand kwam.

Maar de deur duwde tegen iets aan, tegen iemand aan.

Dit was de 'authentieke' kelder. Terwijl de rest van het huis verbouwd, uitgebreid en gemoderniseerd was, was deze vochtige, donkere ruimte onaangeroerd gebleven. Mij was verteld dat er lang geleden een stenen waterbak in dit gedeelte van de kelder had gezeten, en een grote inloopkast waar potten met ingemaakt fruit, jam en gelei, koel bleven in de zomer. Als klein meisje had ik één keer hier naar binnen gegluurd. Ik had niet de behoefte gehad om op onderzoek uit te gaan.

Niemand kwam ooit in de oude kelder, maar daar lag mijn moeder, ineengezakt op de vloer, in haar badjas, de blote benen onder zich gevouwen. Ze kromp ineen toen ze me zag, maar bleef naar me omhoogkijken. Vette slierten haar hingen in haar gezicht. Haar adem rook zuur, naar warm rottend hooi.

Toen ik mama wilde aanraken, duwde ze mijn hand weg.

Toen ik me bukte om haar overeind te helpen, duwde ze me grommend weg.

*Nee, nee, nee, raak me niet aan. Ga weg. Ik ben ziek.*

# Erfgename

'...*En aan mijn dochter Merilee, in bewaring gehouden tot haar dertigste verjaardag, een kwart van mijn vermogen, evenals het huis met erf aan Lincoln Avenue 299, Mount Olive, New York. Genoemd vermogen zal naar behoren beheerd worden door...*'

De erfenis werd geschat op ongeveer acht miljoen dollar, werd mij verteld. Tot aan mijn dertigste verjaardag, en tegen die tijd zou dat bedrag aanzienlijk hoger zijn, zou ik jaarlijks een vast bedrag ontvangen, uitgereikt door de executeur-testamentair van het vermogen, Jedah Graf.

Iedereen keek me vol verwachting aan. De leden van de familie Graf en een aantal vreemden. We waren allemaal begunstigden van Dennis Grafs vermogen. Maar ik was Merilee, zijn dochter en erfgename. Je zou haast denken dat ik de loterij had gewonnen, of dat de bliksem mijn hoofd in tweeën had gespleten.

Werd van mij verwacht dat ik iets zei? Ik denk het wel. Mijn tong zat aan mijn gehemelte vastgeplakt. Mijn adem stonk naar rottend hooi. Ik had de afgelopen nacht slecht geslapen. En verwachtte de komende nacht ook weer slecht te slapen.

Ik hoorde hoe de woorden met vlakke, pedante stem van het papier werden voorgelezen. Dennis Grafs woorden, vreemd vervormd en afgezwakt uit de mond van de sombere meneer Weiden.

Ik was lopend naar het notariskantoor van Krampf, Hodgkins, O'Nan & Weiden gegaan, vlak bij het gerechtsgebouw van Mount Olive, één straat verwijderd van het gebouw van bruinrode zandsteen waarin Graf Imports Inc. vroeger had gezeten. In het kantoor van meneer Weiden was ik niet bij de familie gaan zitten omdat ik geen zin had om te praten.

Ik droeg papa's horloge los om mijn pols, als een armband. Het was een zwaar witgouden horloge met een elastische band en een grote, ovale wijzerplaat. Het was een Zwitsers horloge, Genève. Terwijl de notaris papa's testament voorlas, had ik de wijzerplaat bestudeerd. De hoofdkleur was diep donkerpaars en glom als edelsteen. Deze ondergrond was voorzien van gouden lijnen, als gouddraad, meest dunne lijnen maar op sommige strategische plekken waren ze dikker om cijfers te verbeelden, geen echte cijfers zoals 1, 6 of 12, maar symbolen van cijfers. Je moest het ontwerp van de wijzerplaat precies kennen om van zo'n gestileerd horloge de tijd kunnen aflezen.

De stilte was pijnlijk geworden. Meneer Weiden had uiteindelijk gevraagd of ik nog vragen had. Ik wist niet goed wat ik aan moest met een vreemde die me 'Merilee' noemde, alsof hij me kende.

Ik zei: 'Ik denk... dat ik het huis ga weggeven. Ik denk niet dat ik in dat huis ga wonen.'

Mijn vader had giften nagelaten aan een aantal liefdadigheidsorganisaties: het Fonds voor Gehandicapte Kinderen van West-New York, de Chautauqua County Zorgverlening en de Chautauqua County Vrijwilligersbond tegen Ongeletterdheid. Een van deze organisaties kon het huis wel gebruiken, vond ik. Ik kon me niet voorstellen dat er een ander gezin in ging wonen.

Mijn familieleden waren niet blij met deze aankondiging. Mijn ooms, tantes en oudere neven en nichten. Ze hadden al heel lang een hekel aan me en hadden daar nu een reden

voor gevonden. Tante Cameron zei met bewonderenswaar-
dige zelfbeheersing: 'Als Dennis dat prachtige huis aan een
liefdadigheidsinstelling had willen geven, had hij dat wel in
zijn testament gezet. Maar dat heeft hij niet gedaan, hij
heeft het huis aan jóú nagelaten.'

Jedah Graf kwam tussenbeide als een volwassene die het
opnam voor een verward en getergd kind. 'Natuurlijk zal
Merilee doen wat volgens haar de wens van haar vader is. En
ze heeft tijd genoeg, want het duurt nog maanden voor het
testament bekrachtigd is.'

Maanden! Ik wilde hardop gaan lachen, voelde me opgelucht als een kind.

'Maanden' was een onmetelijke hoeveelheid tijd in mijn
zombiebestaan. Hij had net zo goed 'oneindig lang' kunnen
zeggen.

In de gang vóór Weidens kantoor stond de man die ik niet
langer 'oom Jedah' wilde noemen glimlachend op me te
wachten. Op de een of andere manier was het gebeurd, was
het 'oom Jedah en Merilee' die hun krachten gebundeld
hadden en samenzwoeren tegen die saaie familie Graf.

Die sterkedrank nuttigden in tante Camerons huis. Die
afkeurende blikken en afkeurend gemompel opwekten.

Jedah liep met me mee naar de trap. Jedah sprak me
vermanend en met gezag toe.

'Merilee, je hebt niet geslapen. En je hebt vast niets gegeten. Je weet hoe ongerust Dennis zou zijn als hij zijn
mooie dochter en erfgename zo bleek zou zien. Daar moeten we iets aan doen.'

Ik was bang voor Jedah Graf. Ik had een lichamelijke
afkeer van Jedah Graf. Hoewel ik zijn kracht en houding
bewonderde. Zijn zacht gemoduleerde stem als die van een
geoefende zanger.

Ik lachte voorzichtig, zei geen 'ja' maar ook geen 'nee'.

Sinds de lunch bij mijn tante thuis had ik Jedah Graf gemeden. Ik herinnerde me dat hij iets heel vreemds tegen me had gezegd, vlak voordat mijn tante op mijn arm tikte en aankondigde dat de lunch klaarstond.

Terwijl ik naast Jedah Graf liep, voelde ik me zo klein als een kind, onbelangrijk.

Ik wilde niet met de auto terug naar het huis waar ik logeerde, ik wilde lopen. En toch gebeurde het: Jedah Graf bracht me met de auto naar huis: 'We hebben heel veel te bespreken, lieve kind. Je bent je er toch van bewust dat je leven een dramatische wending heeft genomen.'

Ik had gebeld met een vriend in Manhattan. Een drink-maatje. Ik had hem vaag beloofd dat ik over een paar dagen terug zou zijn en hem heel graag wilde zien. Het was laat geweest, na twee uur 's nachts. Ik was er niet eens meer zeker van wat ik precies tegen hem had gezegd. Mijn ha-perende, nachtelijke woorden waren vervlogen in het bleke midzomerlicht van de staat New York. Als Jedah van mijn plannen geweten had, zou hij ze als lastige vliegen hebben weggewuifd.

'...een leven dat je nu in andere banen moet leiden. Geen gelanterfanter meer, geen vrijheid blijheid... hoewel God weet én oom Jedah weet hoe aantrekkelijk zo'n leven kan zijn...'

Oom Jedah zuchtte en glimlachte. Hij hoefde maar heel licht mijn arm aan te raken om me zijn richting op te krijgen. Niet naar de stoeprand, maar naar een pad met uitgesleten oude klinkers dat naar een parkeerplaats leidde.

Ik had het leuk gevonden dat de pietluttige Weiden in het notariskantoor diverse keren toegegeven had aan Jedah Graf. Hij had door zijn corpulentie een bijna vorstelijk voorkomen. De bleke huidplooien in zijn hals leken op de witte plooikraag van een Spaanse edelman. Zoals altijd zag hij er onberispelijk gekleed uit in een zomerpak van lichte stof met duifgrijze strepen. Hij had een mooi, blozend gezicht en een intense blik in zijn ogen. Niets in mijn vaders testament was een verrassing voor hem geweest natuurlijk.

Jedah reed altijd in dure auto's, in de nieuwste modellen, daarom was ik ook niet verbaasd toen ik zag dat zijn huidige auto een goudmetallic groene Porsche was. Hij hielp me galant bij het instappen, deed het portier voor me dicht en liep toen om de auto heen om zich achter het stuur te laten glijden, zoals je een arm – een stevige, gespierde arm – in een mouw laat glijden. Ik hield mijn adem in – zou het lukken? – en staarde naar zijn dij, terwijl de stof van zijn broek zich om het vlees spande, slechts een paar centimeter van mijn eigen dij verwijderd.

Het interieur van de Porsche was zeer luxueus. En rook naar nieuw leer. Er zaten donkergetinte ramen in. En kuipstoelen, dicht naast elkaar, waarin chauffeur en bijrijder onbedoeld intiem achteroverleunden.

Zodra Jedah het contactsleuteltje omdraaide galmde een gepassioneerde sopraanstem door de auto. 'Voor Callas is het nog net even te vroeg.' Jedah zette de radio uit. (Hij vertelde dat hij geabonneerd was op satellietradio. Opera, klassieke muziek. Wat we net hoorden was *La Traviata*.)

De auto zette zich in beweging. Het was te laat om het portier open te gooien en eruit te springen. Ik tastte naar mijn gordel en deed hem als een braaf meisje om.

Jedah reed als een vorst door de smalle straten van Mount Olive. Via het historische district naar de bredere, drukkere hoofdstraat, nauwelijks zijn ongeduld verhullend voor de langzamere, minder competente rijders in gewone auto's. Zijn stem klonk vertrouwelijk, licht dwingend: 'Ik wist,

Merilee, dat Dennis jouw erfenis zou vastzetten, en ik wist van het huis, natuurlijk. Wat je misschien niet weet is dat het testament dat vanmorgen voorgelezen is, jaren geleden overhaast is opgesteld, na jouw moeders overlijden. Dennis had het willen aanpassen maar is daar niet meer aan toegekomen. Hij heeft zich nooit goed gerealiseerd dat hij... dat hij niet meer thuis zou komen.' Jedah zuchtte en lachte bedroefd.

Ik keek naar Jedahs hand die op het stuur lag. Een enorme hand. Maar de nagels waren gemanicuurd. De manchetten van zijn overhemd waren smetteloos wit. Ik vermoedde dat Jedah Grafs kleren op maat waren gemaakt, zelfs zijn overhemden. Toen ik op de middelbare school zat, had mijn vader een keer verteld dat hij zijn pakken in Hong Kong liet maken.

Toch gedroeg Jedah zich ongedwongen, wat paste bij een man van zijn omvang, macht en gezag. Ik had het leuk gevonden hoe Jedah in Weidens kantoor mijn bitse tante Cameron intimideerde.

Waarom had deze vrouw toch zo veel kritiek op mij? Zoals ze vroeger op mijn arme moeder ook altijd zo veel kritiek had gehad.

'...pas nadat ik hem verteld had hoe dringend het was. Voordat je arme moeder stierf...'

We reden langs de rivier. Jedah had niet gevraagd waar ik heen wilde en ik had er niet aan gedacht het hem te vertellen.

'...een schok voor hem, natuurlijk. En niet alleen in emotioneel opzicht, maar ook in rationeel opzicht, zou je kunnen zeggen. Want het klinkt misschien ongelooflijk, Merilee, maar jouw vader heeft jarenlang geweigerd om een testament te maken. Ik denk dat hij zo veel van het leven hield, zo gefixeerd was op een glorieuze toekomst, dat hij het gevoel had onsterfelijk te zijn...'

Ik werd afgeleid door Jedahs geur, een heel intieme, weeë geur: de eau de cologne van geperste bloemblaadjes, de olie in het strakke, zwartgeverfde haar. Ik had, als een geïntimideerd kind, het akelige gevoel dat Jedah Graf mijn gedachten kon lezen.

'...een voorstel willen doen, lieve kind, dat je vast redelijk zult vinden. Omdat je vaders testament zo haastig gemaakt is, en hij geen tijd heeft gehad om...'

Jedahs woorden stroomden als warm water over me heen. Ik kreeg het gevoel dat Jedah Graf iets van me wilde waar hij heel erg op gebrand was zonder me te vertellen wat het was, en dat het ook beter voor me was om het niet te weten. *Deze man wil jou beschermen. Wees er blij om.*

Ik vroeg me af of mijn moeder hem misschien ook verkeerd ingeschat had. Misschien was hij ook wel dol op haar geweest.

'...van plan het huis grondig te renoveren. Het leien dak moet nodig gerepareerd worden, de verwarmingsketels moeten vervangen worden, en Dennis was van plan om de oude kelder met aarden vloer dicht te metselen. Je vader was zo'n perfectionist, hij zou het vreselijk gevonden hebben dat jij het huis na zijn overlijden in zo'n vervallen staat kreeg...'

Ik staarde naar buiten. Even dacht ik met schrik dat we naar Highlands Park reden. Maar Jedah reed rechtdoor bij de kruising met Ravine Road.

'...toen je moeder nog leefde, natuurlijk. De drukte van al die timmerlui, dakdekkers en metselaars in en om het huis zou te veel van haar zenuwen gevergd hebben. Arme Edith!'

Toen ik ingelicht werd over mijn moeders dood, had ik niet geweten hoe ik daarop moest reageren. Een gevoel van willoosheid was als een masker over me heen gegleden, waardoor ik alleen zwak kon ademhalen. Vrienden in Mount Olive en op school hadden met me te doen gehad en dus probeerde ik mijn gevoelens daaraan aan te passen om aan hun verwachtingen te voldoen. Zoals lachgas bij de tandarts: je bleef voldoende bij bewustzijn om te beseffen dat je pijn hoorde te voelen, maar je voelde geen pijn.

Heel lang had ik weinig gevoeld, alleen de dwangmatige behoefte om te geeuwen. In Jedah Grafs auto voelde ik kramp in mijn kaken.

'...slaperig, lieve kind. Leg je hoofd maar op mijn schouder, als je wilt.'

Jedah zei het liefkozend. Ik kromp ineen en stamelde dat ik niet slaperig was. Alleen een beetje moe.

En voegde er bijna onhoorbaar mompelend aan toe: '...oom Jedah.'

Oom Jedah. Ik had gezworen met deze gewoonte op te houden, maar het leek niet te lukken. Meer dan vijfentwintig jaar spreken hadden me geconditioneerd.

Het kerkhof achter de presbyteriaanse kerk in Mount Olive bleek onze bestemming te zijn. Jedah reed de Porsche zo ver mogelijk het smalle grindpad op; daarna stapten we uit en liepen we de rest van de weg. Toen we boven op de heuvel waren aangekomen, was Jedah buiten adem. Toch had hij nog steeds een gezonde, rode kleur. Hij leek te genieten van de inspanning. '...een verrassing voor je, lieve kind. Ik hoop dat het je goedkeuring kan wegdragen.'

Ik zag dat mijn vaders grafsteen was geplaatst aan het hoofdeinde van het pas gedolven graf. De gladde, granieten steen was een exacte kopie van de steen die papa voor mijn moeders graf had uitgekozen.

Een moment lang stond ik er bevend naar te kijken. Ik zag vanuit mijn ooghoek dat Jedah naar me keek, zoals een volwassene die hoopt dat een kind een geschenk leuk vindt.

Ik zag hoe mooi de grafstenen waren, duur maar niet pretentieus. DENNIS WILLIAM GRAF 1931-2004. EDITH SCHECHTER GRAF 1946-1997. Het ene graf was bedekt met een laag verse aarde waarin graszaad gestrooid leek te zijn. Het andere graf was bedekt met welig gras dat kortgeleden was gemaaid.

'...ik koop het huis van je vader wel van je over, Merilee. Ik neem het je wel uit handen. We zullen het door een makelaar laten taxeren, en wat de prijs ook is, ik geef je er vijftigduizend dollar meer voor.' Jedah ademde snel. Hij veegde zijn voorhoofd, dat glom alsof het met briljantjes bedekt was, af met een witte zakdoek. 'Je bent nog zo jong, lieve kind! Zo'n "historisch" pand zou alleen maar een last voor je zijn, een blok aan je been.'

Ik begon te huilen en sloeg mijn handen voor mijn gezicht. Voor mijn van verdriet vertrokken gezicht, dat nu niet meer zo mooi was. Oom Jedah trok zich discreet terug. Ik wist dat hij vlakbij stond, ik wist dat hij over me waakte, maar hij raakte me niet aan, probeerde me niet in te tomen en liet me huilen zolang de tranen kwamen.

Van het kerkhof reden we naar oom Jedahs huis.

# De verleiding

'Eet, eet! Er moet weer wat leven in je komen, Merilee. Dat zou híj gewild hebben.'

In een grote, voorverwarmde kom zat een volle, romige, gemberkleurige soep, gegarneerd met peterselie en croutons. De geur was overweldigend. Ik bracht een ranke soeplepel met lange steel naar mijn mond en proefde.

Ik was met tegenzin meegegaan naar Jedah Grafs herenhuis. En ik nuttigde met tegenzin de maaltijd met hem. Hij had me op een zonnig plekje in zijn koude keuken plaats laten nemen, waar hij met de precisie van een teder fronsende moeder die haar pasgeboren baby verzorgde, onze beide kommen had gevuld met soep uit een terrine. Ik had hem proberen uit te leggen dat ik geen honger had en de gedachte aan eten me tegenstond, maar toen ik de keuken van mijn oom binnenkwam, de soep rook die in een warme oven stond, en de eerste lepel nam, had ik een razende honger gekregen.

Hij had de soep eerder die morgen klaargemaakt, zei Jedah. Hij hield ervan om bij zonsopgang eten te bereiden.

Ik nam een lepel vol van de scherpe, romige soep. Ik beefde ondertussen van de honger. De hand waarmee ik de lepel naar mijn mond bracht, begon te trillen en oom Jedah pakte mijn hand om hem stil te houden, alsof het de gewoonste zaak van de wereld was.

'Lekker, hè? Raad eens wat voor soep het is.'

We zaten in de ruime alkoof van zijn compacte, glimmende keuken. We waren aan drie kanten omgeven door ramen die uitkeken op een ommuurde achtertuin. Jedah Grafs herenhuis was een achttiende-eeuws huis van bruinrode zandsteen aan Stuyvesant Square in het oudste district van Mount Olive. Ik had een glimp opgevangen van glanzende hardhouten vloeren, felgekleurde vloerkleden, grote moderne meubels in harde kleuren. Geen gordijnen voor de ramen, alleen witte jaloezieluiken. Her en der kunstwerken – beelden uit hout en steen, schilderijen, wandkleden – net als mijn vaders Noord-Afrikaanse en Aziatische kunstwerken, alleen niet zoveel. De sfeer in ons huis aan Lincoln Avenue was druk en claustrofobisch, terwijl die in Jedahs herenhuis sober en ingetogen was. Het gerucht ging in de familie dat de excentrieke vrijgezel Jedah meer dan een miljoen dollar had uitgegeven aan de renovatie van dit herenhuis van drie verdiepingen, dat aan een smalle straat met kinderkopjes stond in het semi-commerciële district van Mount Olive. Mijn vader was de enige geweest die door Jedah uitgenodigd was om op bezoek te komen.

Ik voelde me bevoorrecht. En ongemakkelijk. Ik had verwacht dat Jedah een huishoudster zou hebben, maar er leek niemand in huis te zijn behalve wij. Af en toe rinkelde er een telefoon, maar Jedah nam hem niet op.

Op de achtergrond klonk zachte operamuziek. Ik hoorde alleen plagerige uitschieters, kabbelende, omfloerste crescendo's en losse akkoorden.

Jedah Graf was gek op koken! Zodra we zijn keuken binnenkwamen, werd hij bedrijvig en enthousiast. Hij trok zijn jasje uit, deed zijn gouden manchetknopen uit en rolde de mouwen van zijn witte overhemd op tot aan zijn ellebogen. Het was een schok om die hammen van onderarmen te zien, gespierd als die van een bootwerker. De disharmonie tussen de netjes gemanicuurde nagels en de dikke laag donkere haren op de onderarmen van deze man van middelbare leeftijd.

Ik bood aan hem te helpen met het bereiden van de maaltijd, maar hij weerde me zwijgend af. Hij ging bedreven en efficiënt te werk in zijn keuken; zijn bewegingen leken gechoreografeerd, geritualiseerd te zijn zelfs; je kon zien hoezeer hij de gedachte verafschuwde dat een buitenstaander zich ergens mee ging bemoeien, hoe goed bedoeld ook.

'Ga zitten, ga zitten! Opeten nu het nog heet is. Weet je echt niet wat voor soep het is?'

De damp van de soep steeg op naar mijn gezicht en versluierde mijn blik. Ik had zo'n honger dat het water me in de mond liep. Ik was bang om onbeschaamd over te komen als ik in het bijzijn van mijn kritische familielid als een gulzigaard begon te eten.

Het was net seks, deze honger. Even onverwacht en verbazingwekkend. Je besefte niet hoe groot die honger was. Je besefte niet hoe weinig ervoor nodig was om de controle over jezelf te verliezen.

Ik dacht dat het misschien een gebonden champignonsoep was. Maar hij was pittiger, gekruider van smaak.

'Het is kastanjesoep. Heerlijk, hè?'

Ja. De soep was inderdaad heerlijk. Ik zei tegen Jedah dat ik nog nooit zulke lekkere soep gegeten had. En dat ik niet wist dat er zoiets bestond als kastanjesoep.

Jedah lachte. Alsof hij mijn naïviteit leuk vond.

'Soep is er in allerlei soorten, Merilee. Alles wat organisch is, kan vloeibaar gemaakt, gedistilleerd of aangelengd worden: kortom, tot soep worden gemaakt.'

Ik lachte en huiverde, en zocht naar mijn glas met water.

Jedah serveerde bij de soep een salade van rucola, witte waterkers, walnoot en witlof met een dressing van ei en citroen. Hij serveerde warm stokbrood met harde korst, mineraalwater in een mooie blauwe fles, en iets wat hij een 'donkere, fruitige' pinot noir noemde. De soepkommen had hij meegenomen uit Toscane, zei Jedah; ze waren gemaakt van prachtig geglazuurd aardewerk in felle kleuren. De grote saladeborden waren een Zweeds ontwerp en gemaakt van zuiver kristal. De waterglazen waren groot en zwaar; de wijnglazen met gedraaide voet waren delicaat als geblazen glas. Ik had niet alleen honger maar ook een enorme dorst, maar ik wist dat ik alleen mineraalwater moest drinken, geen wijn.

Voor een man van zijn omvang, met een duidelijk overdadige eetlust, at en dronk Jedah met een welgemanierde zelfbeheersing, als iemand die het gewend was om zichzelf in toom te houden. Hij zat tegenover me aan tafel (een elegant ontwerp van zwart walnotenhout, gedekt met chic, modern tafelzilver, het tegenovergestelde van het sierlijke, geërfde tafelzilver in ons huis aan Lincoln Avenue) en torende boven me uit als een opbollende stapelwolk aan de hemel, onaangenaam dichtbij.

'Ik heb natuurlijk verse kastanjes gebruikt. Geroosterd, gepeld en gepureerd met wortel, ui en selderij; versgemalen peper en nootmuskaat, en gedroogde tijm. Kippenbouillon en volle room. En nog één ander, cruciaal ingrediënt, lieve kind: weet je welk ingrediënt dat is?'

Om de kritische blik van mijn familielid te ontwijken, sloot ik mijn ogen. Ik dacht eraan dat hij steeds al van plan was geweest me hiernaartoe te brengen; hij had al vóór de bijeenkomst in het notariskantoor geweten dat ik met hem mee naar huis zou gaan.

Hij moest ook geweten hebben dat ik met hem mee zou gaan naar het kerkhof en bij het graf van mijn ouders in tranen uit zou barsten. Dat ik zou twijfelen om zijn huis aan

Stuyvesant Square binnen te gaan, maar het toch zou doen. Dat ik aan zijn tafel zou gaan zitten en mee zou eten.

De afgelopen nacht en de nacht daarvoor had ik languit en met mijn kleren aan op bed gelegen, alleen mijn schoenen had ik uitgeschopt. Ik had eten gemeden. Ik had eten met anderen gemeden. Om tien uur 's avonds was ik naar het House of Chung gereden, een afhaalrestaurant bij het spoorwegstation, en had ik op de donkere parkeerplaats in mijn auto een stroperige maaltijd naar binnen gewerkt van kleffe, witte rijst met garnalen zo klein als insecten. Later had ik niet kunnen slapen; ik was de badkamer in gestrompeld, had een vinger in mijn keel gestopt en over-gegeven.

'Je moet beter voor jezelf zorgen, Merilee. Nu je "erfge-name" bent.' Jedah knipoogde en lachte. Hij ging verzitten, maar zo dat het leek alsof hij zich over me heen wilde buigen. 'Want als je dat niet doet, zullen de jaren van jeugdige schoonheid nog sneller voorbijgaan dan ze nu al doen.'

Het was me niet gelukt het geheime ingrediënt in de soep te identificeren en ik hoopte dat Jedah er niet op terug zou komen. Hij begon me te vertellen over zijn 'liefde' voor eten en drinken, die dateerde van zijn eerste buitenlandse reis, samen met mijn vader, naar Rome, Napels, Sicilië en Ma-rokko in de lente van 1975. Eenmaal thuis had hij diverse kookcursussen gevolgd, één zomer bij het Culinary Insti-tute of America in Hyde Park ('Weleens van gehoord, lieve kind? Nee?') en hij had eenmalige lessen gehad van mees-terkoks in Parijs, Rome, Bangkok en Tokio. 'Niemand van de familie Graf weet van mijn geheime leven als kok, alleen je vader wist het en die keurde het af, geloof ik. Dennis vond het maar niks dat zijn "rechterhand" zijn tijd en energie verspilde aan andere dingen dan Graf Imports Inc.'

Jedah lachte en zuchtte. Even was papa's aanwezigheid bijna voelbaar.

Zonder te vragen of ik meer wilde hebben, vulde Jedah mijn bijna lege kom opnieuw met soep, en daarna zijn eigen kom. Ik had nog steeds honger en was hem dankbaar. In het notariskantoor had ik me afzijdig gehouden van de anderen, ik had niet met ze willen praten, maar eigenlijk voelde ik me net een uitgehongerde zwerfkat, blij met elk vriendelijk gebaar, hoe klein ook.

'Heerlijk om je zo te zien eten, lieve kind. Onze eerste keer samen. Je ziet eruit alsof je uitgehongerd bent en behoefte hebt aan voedsel.'

Ik lachte en bloosde. Oom Jedah kon mijn gedachten lezen! Als klein meisje had ik het vanzelfsprekend gevonden dat volwassenen mijn gedachten konden lezen.

Het was toen van cruciaal belang geweest om brááf te zijn. Om over te komen als een brááf kind. Zoals ik door mijn oplettende familieleden gezien wilde worden.

Jedah ging verder en zei, alsof we het al de hele tijd hierover hadden, dat het een 'wijze, verstandige beslissing' van mij was om mijn vaders huis aan hem te verkopen en hem 'de zware verantwoordelijkheid' voor de renovatie en de herstelwerkzaamheden op zich te laten nemen. Hij wist wat Dennis aan het huis en de garage had willen laten doen en met welke plaatselijke aannemer hij in zee had willen gaan. 'Als het werk over een paar jaar klaar is, zal ik de eigendomsakte overdragen aan een van je vaders uitverkoren liefdadigheidsinstellingen die onderdak nodig hebben. Een organisatie die past in Lincoln Avenue nu het bestemmingsplan veranderd is. Ik zit aan het Fonds voor Gehandicapte Kinderen te denken. Dennis zou daar blij mee zijn geweest.'

'Maar...'

Ik wilde protesteren. Waarom kon ik het huis niet zelf weggeven? In papa's naam? Waarom moest Jedah erbij betrokken worden? Er gebeurde hier iets wat ik niet begreep, de logica ontging me. Ik kon niet meer helder denken. Mijn tong leek opgezwollen. Jedah onderbrak me en legde een warme, zware hand op mijn arm.

'Merilee, ik heb het je uitgelegd! Je vader was een perfectionist die niet gewild zou hebben dat iemand, en zeker niet zijn dochter die zo weinig van woningbezit en financiële verantwoordelijkheden af weet, het huis in deze vervallen staat zou betrekken. Een huis dat op de monumentenlijst staat, maar eigenlijk een bouwval is. Zoals je weet heeft Dennis na het overlijden van je moeder een groot deel van het huis afgesloten en er praktisch in afzondering gewoond. Al dat kostbare antiek en die kostbare kunstwerken, maar het dak, de elektrische bedrading, de riolering en de verwarmingsketels moeten nodig vervangen worden. Dennis heeft alleen in 1997 een testament opgemaakt omdat ik erop aandrong. In zijn ogen was het een voorlopig testament. Hij koos jou als zijn voornaamste erfgename op een moment dat hij nog helemaal niet aan doodgaan dacht. "Wanneer Merilee dertig is" was voor hem iets wat toen nog heel ver weg lag; je was pas negentien toen het testament werd opgemaakt. Begrijp je?'

Oom Jedahs ogen. Ik had ze mijn leven lang gezien, of niet willen zien. Zo donker, zo intens. En die warme, zware hand op mijn blote onderarm.

'Ik... ik weet het niet, oom Jedah. Ik...'

Jedah luisterde geduldig, liet me stamelen. Ik wist niet meer wat ik zei. Ik kon me niet meer herinneren wat hij me gevraagd had. Ik voelde de vloer onder mijn stoel wegglijden. Mijn eerste impuls was om de hand van de man te pakken, me eraan vast te klampen.

'...toch uitgelegd dat het nog maanden duurt voor het testament bekrachtigd is? Waarom zou je je de lasten van een eigen huis op de hals halen als je toch van plan bent om het aan een liefdadigheidsinstelling te geven? Je kunt je niet voorstellen hoe groot de verantwoordelijkheid daarvoor is, lieve kind. Vooral omdat het een huis betreft dat op de monumentenlijst staat. De financiële en wettelijke details. De afspraken met de aannemer. Ik wil je dat alles besparen. Ik ben de executeur-testamentair van je vaders vermogen, ik zie het als mijn plicht om dat te doen. Maar belangrijker is nog dat ik je vriend ben, lieve kind. Ik ben de enige in Mount Olive die om je geeft. Ik neem aan dat je niet in Mount Olive wilt blijven. Je vrienden in New York zullen wel onder de indruk zijn als ze horen dat je een rijke erfgename bent.'

Ik volgde het allemaal niet meer zo goed. Ik was me niet zeker van Jedahs toon. Ik zei tegen hem dat ik geen vrienden had. Dat ik het contact met de mensen die ik in New York kende had verbroken en ze al bijna vergeten was.

'En je minnaars? Ben je die ook al bijna vergeten?'

Ik sloeg mijn ogen neer, voelde me in verlegenheid gebracht. Minnaars? Had ik minnaars gehad? Of waren het alleen mannen geweest met wie ik naar bed was geweest. Hier in Jedah Grafs keuken in Mount Olive had ik ze niet bij naam kunnen noemen.

Ik schudde zwijgend mijn hoofd. Jedah knikte verheugd. Hij vond het leuk dat ik mijn verleden aan het vergeten was.

'Je leven vóór je vaders dood, en erna. Ik denk dat ik het begrijp. Het staat je vrij jezelf opnieuw uit te vinden. Je bent een intrigerende, jonge vrouw, Merilee, hoewel wat oppervlakkig en ondefinieerbaar. Ik denk nu zelfs dat je, als je mij toestaat je het huis uit handen te nemen, nog wel een poosje in Mount Olive zou willen blijven.'

Ik had mijn salade bijna helemaal opgegeten en de fles mineraalwater bijna helemaal leeggedronken; zonder het te beseffen had ik diverse slokken van de fruitige pinot noir genomen. In mijn kom was nog soep achtergebleven, die Jedah me nu hielp opeten, want ik was me vreemd slaperig gaan voelen en kon mijn lepel nauwelijks meer omhoog krijgen.

Mijn hoofd voelde zo zwaar! Ik wilde hem op tafel leggen, op mijn gekruiste armen. Het leek alsof ik voorover viel, de duisternis in. Ik zou de soepkom waarschijnlijk omgegooid hebben als Jedah niet zo snel, en verbazend lichtvoetig voor zo'n dikke man, naar me toe was gekomen om me vast te houden, om mijn slappe lichaam in zijn armen te wiegen. 'Merilee! Mijn lieve nicht. Laat oom Jedah maar voor je zorgen.'

Ik glimlachte in mijn slaap. Ik voelde me zo gelukkig. De leegte in me was opgevuld. Ik voelde me weer warm, ik rilde niet meer. De ranzige smaak van rottend hooi in mijn mond was verdwenen. De smaak van mijn eigen zure adem. Ik kon me alleen nog de heerlijke romige soep herinneren, die me zo'n vredig gevoel had gegeven. En dacht: hij houdt van me, hij zal me beschermen. Dit is het bewijs.

Alleen wakker worden in een onbekend bed.

Het was schemerdonker. Voorbode van de nacht. Achter een raam tegenover mijn bed; een muur van schaduw.

Het raam was hoog en smal, en er hingen geen gordijnen voor, alleen witte jaloezieluiken die halfgesloten waren.

Ik had zo diep geslapen! Een donkere, zalige slaap, de hele dag door, minstens negen uur lang. Ik realiseerde me dat ik naakt was onder de schone katoenen lakens. Dat ik in bad was geweest en rook naar badolie van geperste rozen-blaadjes.

Ik tastte naar het knopje van de schemerlamp op het nachtkastje. Mijn vaders horloge was van mijn pols gehaald en lag op het nachtkastje, rechtop zodat ik de tijd kon zien: het leek halfnegen. Mijn kleren lagen netjes op een stoel. Mijn schoenen stonden netjes naast elkaar voor de stoel alsof ik er zo uit gestapt was.

Naakt! In deze kamer die ik niet kende. Niet iemands slaapkamer, maar een logeerkamer, leek het: een sober ingerichte kamer met witte muren, een staande spiegel en een stoel bekleed met klaproosrood chintz.

*Hij heeft me naakt gezien. Hij heeft me in bad gedaan.* Dit besef, dat mijn afschuw en woede zou moeten opwekken, gaf me een gevoel van grote dankbaarheid. *Als een baby in bad gedaan.*

Jedah Graf had me gevoed en gebaad. Hij moest me naar boven gedragen hebben terwijl ik sliep. Hij had me uit-gekleed, me in het warme badwater gelegd en me gebaad. Zijn aanraking moest zacht zijn geweest, want ik was niet wakker worden. De onderkant van mijn haar was nog steeds vochtig.

Voorzover ik me kon herinneren had niemand me ooit zo zacht beroerd. Misschien alleen mijn moeder, vele jaren geleden, voordat die vreselijke verandering in haar had plaatsgevonden. Maar misschien ook niet.

Ik lag doodstil in het bed, dat weelderig aanvoelde. Ik had de gewoonte om in mijn slaap mijn armen om me heen te slaan, om mijn ribbenkast heen, alsof ik mezelf in bedwang wilde houden. Want als klein meisje was ik altijd bang geweest dat ik omhooggetrokken zou worden, het plafond in. Ik sloeg mijn armen stevig om me heen, onder mijn kleine, harde borsten langs en voelde mijn hart bonzen, maar heel ver weg, alsof het van iemand anders was en aan diens grillen was overgeleverd.

Ik meende muziek te horen, die van beneden kwam. Gezang – een bariton, een sopraan – dat zich in een duet verhief. Ik kon er niet uit opmaken of het een liefdesduet of een woordenwisseling was.

Ik kon me vaag herinneren, alsof het een zoete droom was geweest, dat ik opgetild werd door de armen van een man. Door de dikke, gespierde armen van een man. Dat ik zijn roodaangelopen gezicht van dichtbij zag, zijn adem rook. En de zware geur van haarolie. Ook als ik niet opgetild, naar boven gedragen en uitgekleed had willen worden, ook als ik niet naakt in het badwater gelegd had willen worden om als een baby gebaad te worden, ik had me er toch niet tegen kunnen verzetten.

Dit waren de feiten: mijn lichaam, dat uitgeput en pijnlijk had aangevoeld, als door een aanhoudende griep geveld, voelde nu volkomen uitgerust. Mijn huid, die rauw had aangevoeld, voelde nu genezen. En die diepe, zalige slaap had weer rust in mijn hoofd gebracht.

Ik zwaaide mijn benen uit het bed. Weer die schok van het naakt zijn. Snel pakte ik mijn vaders horloge en schoof het om mijn pols. Ik was opgelucht toen ik een kamerjas over de armleuning van de met chintz beklede stoel zag liggen, zodat ik mijn kleren en mijn ondergoed, die naar mijn lichaam roken en gewassen moesten worden, niet hoefde aan te trekken.

Ik wikkelde de kamerjas om je heen, het was een kimono, een prachtig kledingstuk gemaakt van kostbare donker-paarse zijde. De stof voelde zacht aan op mijn huid. Hij was me een beetje te groot en viel tot net over mijn knieën. Ik knoopte de ceintuur vast. Ik stond nog wat onzeker op mijn benen na mijn diepe slaap; ik had het gevoel alsof ik een verdovend middel toegediend had gekregen, of te veel gedronken had. Vlak voordat ik de glazen knop van de slaapkamerdeur omdraaide kwam de verschrikkelijke gedachte bij me op: ik zit opgesloten, ik ben zijn gevangene. Maar de deur ging gemakkelijk open en spotte met mijn kinderlijke angst.

Ik liep de gang op. Zelfs boven lag een glanzende hardhouten vloer. Mijn blote tenen kromden zich. Toen ik de trap had bereikt, hoorde ik de muziek beter: een opera, waarschijnlijk een Italiaanse. Ik glimlachte bij de gedachte dat alle mannen die ik gekend had hun eigen muziek hadden gehad. Muziek die heel belangrijk voor hen was geweest. Rockmuziek, jazz, klassieke muziek. Zelfs country-and-western en bluegrass. Zelfs new-agemuziek. Muziek was gesyncopeerd lawaai dat de stilte moest verdringen. Ik had mannen gekend die met een walkman op naar heavy metal luisterden, terwijl ze in de sportschool hun oefeningen deden, of achter de computer zaten te werken. Ik had een man van dik in de veertig gekend die beslist elke plaat, cd en bootlegopname van Bob Dylan wilde hebben. Ik was nooit intiem bevriend geweest met een man die van opera hield. Opera trok me niet zo, maar misschien kon ik het mooi leren vinden.

Ik liep de trap af naar wat de eerste verdieping van het herenhuis moest zijn. Ik hoorde beneden een telefoon gaan; Jedah nam op.

Waarom ik deed wat ik hierna deed, weet ik niet: in plaats van door te lopen naar beneden, naar de begane grond van het herenhuis (van bovenaf gezien, langs de beklede traptreden naar beneden, gezellig verlicht), liep ik de gang in, langs een rij dichte deuren. Achter een van deze deuren was een linnenkamer. Achter een andere een kantoortje met een computer, printer en faxapparaat. Achter weer een andere deur een badkamer. En achter de deur aan het einde van de gang bevond zich een grote, mooi ingerichte slaapkamer.

Ik deed het grote licht aan. Witte muren, dakraam, rode, geweven tapijten als zwevende pioenrozen, witte jaloezie-luiken voor gordijnloze ramen. Het bed was enorm groot, bedekt met een sprei van gebrocheerde zijde en een tiental sierkussens. Op een tafeltje met voetstuk stond een uit jade gebeeldhouwd paard, net zo een als het Chinese paard van mijn vader. En door de hele kamer, op glanzende opper-vlakken, soortgelijke beelden uit Azië en India. Aan de muur hingen grote inkttekeningen van Japanse hofdames of geisha's uit een vroeger tijdperk: hun hoog opgestoken, zwarte haar, geaccentueerde gelaatstrekken, seksuele uit-straling en de manier waarop ze koket hun waaier tegen hun lichaam hielden, deden denken aan erotische kunst.

Op het tafeltje naast het kingsize bed lag een stapel boe-ken: met erotische kunst van Gustav Klimt, Egon Schiele en Picasso. Maar ook van minder bekende kunstenaars. Tegen-over het bed hing een gigantisch televisiescherm met vlak ernaast rekken vol met video's en cd's. Ik dacht met een soort kinderlijke triomfantelijkheid: porno! Oom Jedahs geheim.

Ik liep verder de kamer in. Het fascineerde me om Jedah Grafs slaapkamer binnen te gaan. De geur van geperste bloemblaadjes, evenals de onderliggende geur van haarolie, was duidelijk waarneembaar. Ik wist dat als ik de kastdeur opendeed en aan Jedahs kleren rook, die geur overweldi-gend zou zijn.

Ik vond erotische kunst niet aanstootgevend, pornografie ook niet. Ik dacht het niet, tenminste. Iedere man en jongen die ik gekend had, had zich tot dergelijke afbeeldingen aangetrokken gevoeld. Sommigen van hen hadden samen met mij pornofilms en video's willen bekijken. Ik maakte mezelf wijs, zoals zoveel vrouwen deden, dat pornografie in wezen onschuldig was, om de gedachte te verdringen dat het niet zo was, maar de ingelijste Japanse erotica aan de muur van Jedah Grafs slaapkamer waren verontrustend, want op sommige tekeningen, op de meeste zelfs, waren de meisjes erg jong.

Aan de muur naast Jedahs gigantische bed hing een wellustige afbeelding van een meisje van tien, elf jaar oud. De tekening was zo gedetailleerd dat hij van een foto nagetekend leek te zijn. Het zwarte haar van het meisje was in geishastijl opgestoken met glinsterende kammen. Het meisje, halfnaakt, in een kimono die haar veel te groot was, dofte zich op alsof ze voor de spiegel stond. Het meisje, sierlijk getekend met zwarte inkt, schokte je door haar karmozijnrode rozenknopmond en rode tepels op haar platte borsten.

Een zwartgelakt kamerscherm gedecoreerd met obscene afbeeldingen van mannelijke en vrouwelijke genitaliën om- ringd door bloemen. Met hier en daar een kindergezicht ertussen.

Op een bureau lagen glossy pornobladen en reisgidsen met advertenties als: 'Exotische twaalfdaagse vakantie naar Bangkok: een reis "vrij als de wind" voor de avonturier die op zoek is naar het exotische.' In een van de reisgidsen stonden foto's van jonge meisjes in schooluniform: witte sokjes aan, het zwarte haar recht afgeknipt en met een pony tot op de wenkbrauwen. Sommige meisjes waren zwaar opgemaakt, andere niet.

Ik duwde de reisgidsen weg, wilde er niet verder in kijken.

Ik voelde afschuw, walging in me opkomen. Seksvakan- ties! Dit waren dus de buitenlandse reizen die Jedah Graf ondernam.

Ik was kwaad nu. Begon de bureaulades open te trekken,

en graaide tussen het dure ondergoed van mijn familielid en tussen zijn sokken. *Je wilt dit niet weten,* maar ik zocht toch verder, tot mijn vingers op een koud, plastic voorwerp stootten dat in de onderste la lag: een grote, geel-zwarte vlinder, gevangen in plexiglas, ongeveer vijftien centimeter in doorsnee.

Was dit de vlinder die papa jaren geleden voor mij mee-genomen had uit Thailand? De vlinder die ik had willen weggeven maar teruggekregen had, nadat mijn moeder naar de moeders van mijn vriendinnen had geschreven? Of was deze vlinder van Jedah Graf en leek hij alleen op die van mij?

De vlinder had jarenlang in mijn kamer op de venster-bank gelegen. Hij was voor mij verbonden met schaamte: *Merilee, hoe kon je dat nou doen!* Later, toen ik op de mid-delbare school zat, was hij opeens verdwenen. Ik dacht dat hij achter mijn bureau was gevallen, of onder mijn bed lag. Ik had er niet uitgebreid naar gezocht. De poster met de foto van Lilac Jimson was ook weg. Ik had me er weinig zorgen om gemaakt. Toen ik eenmaal populair werd bij de jongens had ik heel andere dingen aan mijn hoofd gehad.

Na die nacht waarin ik op papa had gewacht en wreed door hem was afgewezen, werd hij afstandelijk. Dat deze man, die nauwelijks kon verhullen hoezeer zijn dochter hem verveelde, zich nog druk zou maken om een souvenir dat hij voor haar meegenomen had uit Thailand, of om het feit dat de roze parelketting, 'het erfstuk', verdwenen was, was moeilijk te geloven.

Mama was degene geweest die zich er druk om had ge-maakt. In haar paniek om papa's woede niet op te wekken, was ze tussenbeide gekomen toen ik geschenken weggaf aan meisjes die er meer recht op hadden dan ik.

Langzaam draaide ik de vlinder van plexiglas rond tussen

mijn vingers. De grote vleugels aan de bovenkant leken effen zwart te zijn, maar als je goed keek zag je dat ze zwart gestreept waren; de kleinere vleugels aan de onderkant waren prachtig getekend, symmetrische zwarte lijnen als inktstrepen, op een ijle zachtgele ondergrond. Op het plastic oppervlak zaten krasjes die me bekend voorkwamen, maar ik kon niet met zekerheid zeggen dat dit voorwerp ooit van mij was geweest.

Hierna trok ik een opgevouwen vel stevig papier uit de la. Ik zag meteen dat het de felgele poster was met de dringende oproep in zwarte letters die er nog even alarmerend uitzagen als in 1988:

ELFJARIG MEISJE VERMIST

LILAC JIMSON

Arme Lilac! De poster was erg verkreukeld, maar Lilacs glanzende ogen en brede glimlach waren er nog steeds.

Toch kon ik niet met zekerheid zeggen of de poster van mij was. Er waren zoveel posters van Lilac in Mount Olive verspreid, waarom zou Jedah Graf het nodig hebben gevonden om juist die van mij uit mijn bureaula te halen?

In de bureaula lagen verder: een paarlemoeren haarborstel van een vrouw met rode haren erin (van wie? Ik kende niemand met rood haar), een donker geworden zilveren bedelarmbandje, een make-uptasje met vieze poederdonsjes, zwarte nylons met ladders. Ik haalde er een Duits beeldje van een mollig kind met van die akelig gezonde appelwangetjes uit, dat sprekend leek op de beeldjes die tante Cameron overal in huis had staan. En er lag een slordig opgevouwen vel briefpapier in, waarop in groene inkt een wanhopige boodschap gekrabbeld was:

Alsjeblieft niet meer
Ik ben zo ongelukkig
Wil je me bellen
Een teken van je
Krenk me niet nog meer

E.

E? Edith? Ik had mijn moeders handschrift niet vaak gezien, maar dit leek er wel op. Verbaasd las ik de boodschap
een paar keer over.

Ik werd bang nu. Ik trok de zware la zo hard naar me toe
dat hij op de vloer viel en er iets naast mijn voeten neer-
kletterde: het uit glas geslepen hart.

Ik pakte het snel op en staarde er vol ongeloof naar. Oom
Jedah had het meegenomen! Hij had al die tijd precies
geweten waar het was.

Ik draaide het glazen hart rond tussen mijn vingers om te
zien of er een barst in was gekomen. Het was nog heel,
volkomen gaaf: nog even mooi als ik het in gedachten had,
het leek alleen iets kleiner te zijn.

Ik zat op mijn hurken op de hardhouten vloer, omringd
door zijden mannensokken, pyjama's en bovenmaatse
boxershorts. Ik hield het glazen hart in mijn hand, terwijl
door mijn eigen hart de adrenaline pompte. Ik moet er
angstig hebben uitgezien, geschokt. Ik wist niet meer waar
ik was, zo verward was ik.

Ik hoorde niemand aankomen. Ik had zijn zware voet-
stappen op de trap niet gehoord. Geluidloos was hij achter
me komen staan. Bijna teder zei hij: 'Merilee.'

Daar stond Jedah in de deuropening, fronsend, in hemds-
mouwen. Die reus van een man, fronsend. Zijn gezicht met
het brede voorhoofd en de brede kaken roodaangelopen,

van gêne of verbolgenheid. Ik krabbelde overeind, op mijn hoede als een bedreigd dier. En dacht: hij zou me kunnen wurgen. Niemand zou erachter komen.

Ik was woedend en wilde tegen hem schreeuwen. Ik hield het glazen hart in mijn vuist en schudde die vuist naar Jedah om hem te laten zien dat ik het wist: 'U hebt het gestolen! U had het al die tijd in uw bezit! Hoe kon u zoiets doen, oom Jedah! U hebt me voor gek gezet!'

Jedah keek naar het glazen hart en naar zijn kleren die op de vloer lagen.

Kalm zei hij: 'Merilee, doe niet zo belachelijk. Het is heel onbeleefd van je om mijn spullen te doorzoeken. Ik zou haast zeggen: hoe dúrf je!'

'U hebt van papa gestolen, en van mij gestolen. Al die tijd...'

'Dat is niet het glazen hart van je vader, Merilee. Als je beter had gekeken, had je gezien dat het kleiner is dan het hart dat jij aan je vader hebt gegeven. Nou, geef het terug en bedaar wat.'

'Ik walg van u! U bent een viezerik! Ik haat u! Ik zal papa's huis nooit aan u verkopen.'

'Merilee, dat glazen hart is van mij, ik heb het tien jaar geleden in Venetië gekocht. Kijk maar, het woord "Venezia" staat erin gegraveerd.'

Dit was ongehoord. Onverdraaglijk. Alsof ik een dergelijke leugen zou geloven. 'Oom Jedah, dit hart is van mij. In dat van mij staat ook "Venezia" gegraveerd. Hoe durft u te beweren...'

Ik zou langs hem naar buiten zijn gerend als hij me de weg niet had versperd. Ik kon er zelfs niet op vertrouwen dat hij me niet tegen zou houden.

In zijn stem klonk ironie door, spot. Zoals een volwassene een emotioneel kind toespreekt; hij stak zelfs zijn vlezige hand naar me uit: 'Geef me het hart, Merilee. Voordat je het in je hysterie nog kapot laat vallen.'

Ik begon te schreeuwen. Ik lachte. Ik schudde met mijn vuist naar de man.

'Ik ben niet hysterisch! U... u bent een dief! Een leugenaar! Een viespeuk! Ik heb ze wel gezien, hoor. Die reisgidsen! Als papa dat geweten had! Hij zou ervan gewalgd hebben! Ik zal nooit en te nimmer het huis aan u verkopen, nog in geen...'

Zonder waarschuwing stapte Jedah naar voren. Weer verbaasde ik me over de veerkracht van deze corpulente man. Zijn glimlach verdween toen hij me een klap in het gezicht gaf, zo hard dat ik achteruit wankelde, waarbij het glazen hart uit mijn hand vloog.

Ik kon het niet geloven. Oom Jedah had me geslagen. Mijn rechterwang brandde van pijn. Mijn ogen liepen vol tranen. Ik dook als een in het nauw gedreven dier in elkaar en hapte naar adem. Ik had nog nooit een klap gehad. Ik was nog nooit mishandeld. Mijn ouders hadden er zelfs nooit mee gedreigd om me een tik te geven. Jedah bukte zich grommend om het glazen hart op te rapen en te bekijken. De uitdrukking op zijn gezicht was hautain, minachtend. Hij zou nooit zijn verontschuldigingen aanbieden, hij was nog steeds kwaad op me.

Ik had op dat moment uit de kamer kunnen ontsnappen, maar mijn benen waren te slap om me te dragen. Mijn gezicht gloeide en was nat van de tranen.

'Het is nog heel. Maar niet dankzij jóú.'

Jedah veegde het uit glas geslepen hart af aan de mouw van zijn overhemd. Hij keek me alleen maar aan, alsof hij de aanblik weerzinwekkend vond. Daarna zei hij streng: 'Ga naar boven en trek je vuile kleren weer aan. En neem deze goedkope presse-papier die kennelijk zo belangrijk voor je is, maar mee: je mag hem houden.'

Hij hield me het uit glas geslepen hart voor. Ik had geen andere keus dan het aan te nemen.

# De boeteling

*Wat je je niet herinnert, is niet gebeurd. En als het wel gebeurd is, is het jou misschien niet overkomen maar een ander.*

Na het overlijden van mijn moeder raakte ik bevriend met een meisje dat ook een familielid had verloren, maar we spraken nooit over ons verlies, omdat alles wat we zouden zeggen zo sentimenteel, futiel of vol woede was dat je kaken ervan gingen trillen. We waren drinkvriendinnen. We pasten bij elkaar: brunettes met versmeerde ogen en vermoeide, mooie gezichtjes, vriendelijke zuiplappen, geen agressieve zuiplappen, zuipende meisjes die erop stonden voor hun eigen drankje te betalen en liever naar bruine kroegen buiten de campus gingen dan naar studentencafés en studentenfeestjes. We bouwden een reputatie op, zowel op de campus als erbuiten, omdat we ons van onze studiegenoten onderscheidden door onze sobere manier van drinken die niet gulzig maar meditatief was, zoals een katholiek de kralen van de rozenkrans door de vingers laat glijden tijdens het bidden. We werden niet tot drinken verleid omdat we iets te vieren hadden, wilden flirten, bacchanalen wilden houden, of op seks uit waren, maar alleen om dronken te worden. We dronken nooit snel om dit proces te bespoedigen en moesten daardoor ook zelden kotsen, tenminste niet in het openbaar. We dronken liever samen dan met mannen, omdat we wisten dat mannen, zelfs aardige mannen, als drinkers onbetrouwbaar gezelschap waren.

We waren buitenbeentjes die niet steeds luidruchtiger werden naarmate we meer dronken, maar steeds stiller. We waren geen giechelaars maar piekeraars. We waren soms grappig als we dronken, maar nooit gevat. We waren niet sardonisch. We waren zelfs niet sarcastisch. We waren eerst negentien, en daarna twintig. We waren geen zussen maar werden soms aangezien voor een tweeling. We hadden allebei geld: creditcards, contant geld. We dronken eerst alleen in het weekend samen, toen drie avonden per week, vier, vijf. Uiteindelijk dronken we elke avond samen, hoewel niet altijd (niet per se!) de hele avond en nacht door; dat was tenminste niet onze bedoeling, want we studeerden ook nog en waren 'serieuze' studentes, of waren dat ooit geweest. We konden zo ophouden met drinken als we dat wilden, dachten we. We letten erop gezond te eten, behalve wanneer we dat vergaten, of geen tijd hadden. We hadden liever zacht of vloeibaar voedsel dan vast voedsel, waar we harder op moesten kauwen. We zaten liever aan een tafeltje dan aan de bar; omdat je eerder van een barkruk af kon vallen dan van een stoel of een bank. We hoorden liever bluesmuziek op de jukebox dan poprock. We gaven de voorkeur aan drankjes met feestelijke namen in feestelijke kleuren: orange blossom, bloody mary, tequila sunrise, jamaican sunset, puerto rican sunburst, tropicana sunrise, cosmopolitan, metropolitan, apple cream jack hammer, sloe gin fizz, jungle juice, desert juice, sidecar, chocolat noir. We meden bier en ale, die de gênante eigenschap hadden om meteen naar onze kleine blazen te lopen, waardoor we onzeker zwaaiend, wankelend en strompelend de richting van het damestoilet op moesten. We meden stoere, sterke, mannelijke drankjes in borrelglaasjes. Mijn lievelingsdrankje was een poosje Absolut-wodka met Cointreau en wat bosbessensap, en het lievelingsdrankje van mijn vriendin was een galliano wallbanger. Ons gelach klonk niet uitbundig of hysterisch, waardoor andere klanten huiverend of grinnikend onze richting op keken; ons gelach was eerder geluidloos, een soort schudden en beven met een gelaatsuitdrukking die vrolijkheid moest suggereren, geen pijn.

We waren elkaars beste vriendin in de periode dat we samen dronken. Toen ik aan het eind van de winter in 1998, na diverse inzinkingen, het drinken opgaf, groeiden we uit elkaar, zonder spijt en zonder achterom te kijken.

Tijdens die periode dat we samen dronken, deelden we het intieme gevoel van het vergeten, dat het zoetste van alle intieme gevoelens is. We deelden de witte vlekken van geheugenverlies, als op vuil geworden zeildoek. Soms werden we wakker op de vloer in iemands kamer, CeCi, of ik, of allebei, of in de foyer van een studentenvereniging, of in een huis buiten de campus in een onbekende buurt. We werden wakker in bed tussen verkreukeld beddengoed, of op de stinkende achterbank van een auto. Hoewel we drinkers waren die mannengezelschap wilden mijden, kwamen we soms toch op mysterieuze wijze in het gezelschap van mannen terecht, dat wil zeggen, van mannenlichamen in comateuze toestand, net als onze eigen lichamen. Maar soms (als we geluk hadden) werden we alleen wakker, in een soort zweeftoestand, schommelend tussen de zoetheid van het onbewuste en de barstende koppijn van een kater, en zolang onze kleine blazen het toestonden. Het logische vervolg op 'waar zijn mijn kleren?' was de praktische raad: wat je je niet herinnert, is niet gebeurd. En als het wel gebeurd is, is het jou misschien niet overkomen.

Zo ging het daarna in Mount Olive.

Terwijl mijn oom Jedah Graf dreigend als een enorme

donderwolk die vanaf het Ontariomeer zuidwaarts geblazen werd, in mijn hoofd zat. En ik, nog niet helemaal wakker, voelde hoe die sterke armen me als tentakels vasthielden. Die rubberachtige meegaandheid van dik, warm vlees. Op zijn huid, die er zoveel blozender en gezonder uitzag dan mijn huid, lag een vage, schubachtige glans, en zijn ogen, die strak op me gericht waren, er was geen ontkomen aan, hadden dezelfde glans.

Vaak hoorde ik Jedahs stem, zo terloops, zo vriendelijk informatief, dat ik omkeek om te zien wie het was die zei: Merilee! Ik ben de enige die om je geeft.

Eind juli verhuisde ik van het huis van mijn nicht naar een appartement in een houten huis bij de rivier. Ik vertrok uit het comfortabele huis van mijn nicht aan Summit Boulevard in de hoop buiten de radar te blijven van de oplettende leden van de familie Graf. Nu woonde ik op de derde en bovenste verdieping van een beige geverfd houten huis in Bushover Street. Een vervallen buurt, door makelaars tactvol 'gemengd' genoemd. Het was geen buurt waar ik iemand kende, of waar iemand mij kende en het was geen buurt waar je de dochter van wijlen zakenman/filantroop Dennis Graf verwachtte aan te treffen, maar het was wel een buurt die me opslokte en verborg.

Op een middag reed ik terug naar het huis aan Lincoln Avenue dat ik zou erven. Op de kilometerteller van mijn auto zag ik dat het huis 3,7 kilometer verwijderd was van het huis aan Bushover Street. Deze keer zette ik de auto op de oprit. Ik liep rechtstreeks naar mijn vaders werkkamer en negeerde de tussenliggende kamers. Ik doorzocht het teakhouten bureau nog een keer, trok aan de afgesloten lades, die nog steeds stevig op slot zaten. Ik trok aan de onderste la van de archiefkast: op slot. Ik probeerde de kastdeur: op slot.

Ik had het gevoel dat iemand me geamuseerd gadesloeg. Wat ben je toch nog een kind, Merilee. Een dom kind.

Ik dacht: sloten kunnen geforceerd worden, ik zou een slotenmaker kunnen bellen om ze open te maken. Ik zou het echter niet doen. Ik zou nooit een vreemde in mijn vaders werkkamer laten om zijn spullen te beschadigen.

Ik had de fles Dalhousie single malt Schotse whisky weg-gegooid nadat ik hem leeggedronken had. Ik had het glas afgewassen en teruggezet op de glasplaat in de drankkast. Deze keer bleef ik uit de buurt van de drankkast want het was geen dag om te drinken.

Ik was verbaasd toen ik het boek *Beelden van God* op de leren bank zag liggen. Ik dacht dat ik het teruggezet had in de boekenkast, en zette het nu alsnog snel terug.

Ik was niet van plan om een van de andere kunstboeken van mijn vader te bekijken. Ik had er geen enkele behoefte aan om te zien wat er achter die elegante, grote boek-omslagen schuilging.

Voor het eerst sinds ik terug was in Mount Olive daalde ik af naar de kelder, waar het zelfs in de spelletjeskamer rook naar schimmel en rioolwater. Het had de nacht ervoor ge-stormd, waardoor er hier en daar lekkage was ontstaan. Ik liep in de richting van de oude kelder, waar de geur van vochtige aarde en verrotting het sterkst was. Ik had me voorgenomen een kijkje te nemen in de kelder met de aarden vloer, maar kon mezelf er niet toe brengen om de vuile houten deur open te duwen, uit angst dat deze mis-schien tegengehouden zou worden door iets wat erachter lag, of iemand die erachter lag.

Ik wachtte. Zonder te weten waarom of waarop.

Een vreemde, loden passiviteit overviel me. Net als tijdens die laatste maanden op de universiteit, toen ik niet meer naar college ging en bijna de hele dag sliep tot het voor mijn vriendin CeCi en mij tijd was om de kroeg in te gaan... Maar nu had ik geen vriendin. Ik had zelfs geen minnaar. Ik had alleen mijn gedachten aan oom Jedah om me angst aan te jagen en te troosten. Die man, die me zo hard in het gezicht had geslagen dat ik er zeker van was geweest dat ik iets had horen breken.

Waarna ik vol zelfmedelijden mijn gezicht had aange-raakt, dat warm en koortsachtig aanvoelde. En dat verwon-derd in de spiegel had bekeken.

En verwachtte de barsten te zien in mijn witte huid als van porselein. Maar er waren geen barsten te zien geweest.

# Troost

'Merilee.'

Hij lachte, hoewel hij duidelijk nog steeds kwaad was. Ik was een nukkige puber, hoewel berouwvol.

Tot zijn afschuw zag hij dat ik bleek en ondervoed was, hij berispte me dat ik zo slecht voor mezelf zorgde nu ik in die belachelijke buurt woonde, driehoog, zonder lift; waar was ik mee bezig? Hij bracht me naar zijn mooie huis van bruinrode zandsteen aan Stuyvesant Square 8, waar in een warme oven een cassoulet op ons wachtte, en we aten als hongerige wolven in zijn glanzende witte keuken, net als de vorige keer. Deze keer, na een korte aarzeling, stond hij me wel toe hem mee te helpen.

Deze keer bepaalde hij hoeveel wijn ik mocht drinken bij elke gang. 'Geen druppel meer, Merilee! En geen druppel minder.'

De wijn was een lichte rode beaujolais van een wijngaard in Mendocino, Californië, waar oom Jedah een belang in had, misschien als investeerder. De cassoulet was machtig, verrukkelijk en vol lamsvlees, worst, spek, gezouten varkensvlees en witte bonen.

'Eet, eet! Je ziet er half verhongerd uit, geen prettig gezicht.'

Mijn kleine mond werkte langzaam. Oom Jedahs grote, gulzige mond werkte snel.

De oplettende Jedah zag dat ik moeite had met het wegkauwen van de worst, die hij *kielbasa* noemde. Hij boog zich naar voren om de plakken voor mij in kleinere stukjes te snijden.

Er was een lichte komkommerraita bij. En als dessert: crème brûlée.

'Ik wil dat je alles opeet, Merilee. Gebruik je tong.'

Mijn tong! Ik lachte want oom Jedah maakte toch zeker een grapje.

Oom Jedah bracht me niet naar zijn slaapkamer op de eerste verdieping (waar ik niet naartoe wilde) maar naar een kamer op de begane grond waar ook een tv stond, om een 'speciale' video te bekijken.

'Ga zitten, Merilee. Je moet getroost worden.'

De bank was lang, laag en licht gebogen. Hij was bekleed met steenrode suède, zacht als de huid van een ongeboren wezentje. Oom Jedah wilde dat ik naast hem kwam zitten, in de kromming van zijn linkerarm. Wat was hij dik, alsof het nuttigen van de maaltijd hem nog ronder had gemaakt en een air van welbehagen en edelmoedigheid had gegeven. Normaal zou ik me zorgen hebben gemaakt om de 'speciale' video, maar ik had twee en een halve glas wijn bij die bijzondere maaltijd gedronken. Normaal zou ik me zorgen hebben gemaakt om de intieme nabijheid van mijn excentrieke oom, maar Jedahs houding jegens mij die avond was steeds vriendelijk, hoewel wat afkeurend, geweest. Hij was niet streng tegen me geweest, er kon geen sprake van zijn dat hij me iets wilde aandoen. Ik had alle reden om aan te nemen dat hij me vergeven had voor wat ik gedaan had, en wat hem zo kwaad had gemaakt.

De lange uren slaap hadden me vergeetachtig gemaakt. Witte vlekken, als die op dat oude vuile zeildoek, sleepten zich door mijn geheugen. Slapen is vergeten. Diep slapen is vergeven.

Tijdens de maaltijd, die als een heilig ritueel meer dan een uur in beslag nam, had oom Jedah er met geen woord over gesproken dat ik het keistenen huis aan hem moest ver- kopen. Hij had alleen terloops opgemerkt dat de 'blauwe hortensia' die ik in de voortuin had geplant dood was ge- gaan, omdat niemand hem water had gegeven.

De schrik moet zichtbaar zijn geweest op mijn gezicht, want oom Jedah pakte lachend mijn hand en kneep erin: 'Oom Jedah heeft je altijd op het radarscherm, lieve kind. Voor je eigen veiligheid.'

De kamer waarin we zaten deed me denken aan mijn vaders werkkamer, alleen waren de meubels hier strak en modern. In plaats van een antiek bureau had oom Jedah een bureau met glazen blad en chromen onderstel. Maar er stonden ook een drankkast en een archiefkast. En boeken- kasten die tot aan het plafond reikten, gevuld met grote boeken en kunstvoorwerpen – houtsnijwerk, beeldhouw- werk – die ik liever niet van dichtbij wilde bekijken, want ik vermoedde dat het primitieve naakten waren.

'Je bent samen met hem het graf in getrokken en ik zal je er weer uit trekken.'

Ik hoorde niet wat hij zei, niet precies.

Oom Jedah zwaaide de afstandsbediening in zijn rechter- hand als een toverstokje heen en weer. Ik zette me schrap toen de video begon. Eerst kon ik de beelden niet goed thuisbrengen. Toen zag ik een gigantisch, zwartgespikkeld varken met bleke, roze tepels dat zeker vijfhonderd pond woog en lui en gelukzalig op haar zij lag. Een moment lang was alleen het varken in beeld. Toen verscheen in een hoek van het scherm een blind, haarloos wezentje dat naar het varken toe kroop en gulzig begon te drinken: geen biggetje, maar een mager, jong hondje. De camera zoomde in op het jonge hondje, dat aan een enorme roze tepel zoog. De oogleden van het varken trilden van puur genot. Ik was zo verbaasd dat ik begon te lachen. Dit was wel het laatste wat ik verwacht had. 'Fascinerend, hè, Merilee? Gewoon relaxed naar kijken. En je door mij laten troosten. Leg je hoofd op mijn schouder.'

Zo slaperig! Ik deed wat oom Jedah me opdroeg.

III

# Oom Jedah van dichtbij

'Uiteindelijk zul je het praktische besluit nemen om het huis aan mij over te dragen, lieve kind. Ik denk het wel.'

Jedah Graf! Dit familielid van mij was veel excentrieker dan mensen wisten of konden vermoeden. Ik glimlachte bij de gedachte dat papa er geen goed woord voor over zou hebben gehad als hij geweten had van het privé-leven van zijn 'rechterhand'.

Want dit was een man die vond dat het leven verslonden moest worden: kauwen, van de smaak genieten, doorslikken en verteren.

Een man voor wie alles wat geen nut had (met betrekking tot voedsel in zijn meest elementaire betekenis) uitgescheiden moest worden.

Zo'n man logeerde alleen in de beste hotels als hij op reis ging: oude hotels, die meestal een historische uitstraling hadden. In deze hotels dineerde hij in het gerenommeerde restaurant, of buiten etenstijd in de elegante herenbar, waar hij voorgerechten bestelde van het barmenu dat quasi-slordig met krijt op een schoolbord was geschreven (gefrituurde oesters en inktvis, volkoren sandwiches met rosbief, *salmon cru*, gerookte tonijn, dure, geïmporteerde kaassoorten). Zo'n man dronk alleen de meest exquise wijn, Schotse whisky, cognac, rum, brandewijn en likeur. Soms stak hij, onder het genot van een drankje, een dure sigaar op. In die zwak verlichte herenbar met zijn indrukwekkende verzameling glanzende flessen (die zich op magische wijze in aantal verdubbelden in een spiegel die de hele lengte van de bar besloeg) was hij zonder meer de dikste en imposantste figuur, vorstelijk in omvang. Hij was beleefd vriendelijk tegen de barkeeper, maar niet familiair. Want Jedah kon alleen familiair zijn tegen sociaal gelijken. En profil zag zijn bolle gezicht met vlezige wangen er zowel koninklijk als jeugdig uit; zijn blozende huid glinsterde, alsof die bepoederd was met een dun laagje nauwelijks zichtbare mica-schilfers; zijn dikke zwarte haar golfde in dandyachtige vleugels omhoog van zijn voorhoofd. Zijn ogen waren het opvallendst: groot, intelligent en alert, met zulke scherp afgetekende wimpers dat ze zwart gemaakt leken te zijn. In die ogen lag vaak een ondoorgrondelijke, mysterieuze blik. *Maak me gelukkig en ik zal heel aardig voor jou zijn.*

Als minnaar zou zo'n man geen lichamelijk actieve rol vervullen, want lichamelijk actief zijn stond voor hem gelijk aan slaafsheid. Een vorst bedient niet, maar laat zich bedienen. Dit had niets met Jedahs omvang te maken, zijn enorme lijf dat hem er al heel lang van weerhield om zijn eigen dijen en genitaliën te zien, maar alles met zijn gevoel van innerlijke beschaving. Hij was zo lang Dennis Grafs rechterhand geweest, dat hij mijn vaders ijzeren wil overgenomen had, en hij leek, voorzover ik kon zien, nog onafhankelijker te zijn dan mijn vader. (Want papa was tenslotte getrouwd en had een sterke band met zijn gezin gehad.) Zo'n man kon geen seksueel genot voelen, zelfs geen seksuele opwinding, tenzij hij de zaak naar zijn hand kon zetten.

Ik zag Jedah Graf voor me in luxueuze hotels in het buitenland, terwijl hij stilletjes overlegde met portiers en Amerikaans geld uitdeelde aan de juiste personen. Een discreet klopje op de hoteldeur van de Amerikaanse heer en een heel jong, heel mooi meisje arriveerde als een vers boeket bloemen.

En een grote, vlezige hand die het boeket naar binnen trok zonder dat er een woord werd gezegd.

Ik was een meisje vol grappen en grollen dat niets liever wilde dan haar oom Jedah aan het lachen maken.

Vooral wanneer dit een wereldse man als hem overrompelde.

Terwijl ik het beige schort uitschudde dat ik in een la in de keuken gevonden had, en om mijn middel probeerde te knopen hoewel het als een tent om me heen hing, voelde ik me als een kind dat aan een verkleedpartij meedeed. Ik streek met mijn vinger over het rode stiksel op de voorkant van het schort, alsof ik in braille de vreemde, raadselachtige zinspreuk las. ETEN IS AANRAKEN, DOORGEVOERD TOT HET BITTERE EINDE.

Jedah zag het en lachte. Ik werd met de dag 'vrolijker' – 'verrukkelijker' – zei hij.

'...haatte mijn pianolessen; weet u waarom? Omdat ik zo verschrikkelijk mijn best deed om geen fouten te maken, maar hoe banger ik was om fouten te maken, hoe meer fouten ik maakte, want ik had totaal geen aanleg voor pianospelen, ik was een brave leerlinge, aan de piano én op school, maar ik had eigenlijk geen talent. Waarom papa er zo op gebrand was dat ik jarenlang les bleef nemen, heb ik nooit begrepen. Hij luisterde vrijwel nooit naar me als ik speelde. Hij was 's avonds vaak weg en als hij wel thuis was en me vroeg iets voor hem te spelen, ging hij achter me staan om over mijn schouder de muziek mee te lezen, waar ik doodnerveus van werd, want als ik een fout maakte, of aarzelde, voelde ik dat hij me elk moment kon onderbreken, hoewel hij dat lang niet altijd deed... Die dag, een zaterdag in juni, zette hij me af bij het huis van mijn pianolerares aan Onigara Street, maar mevrouw Deiter voelde zich niet goed, dus ging mijn les niet door. Ik besloot niet te wachten tot papa me weer kwam ophalen, maar lopend naar huis te gaan. Het was maar drie kilometer. Ze wilden niet dat ik alleen bij de weg liep, na Lilac Jimson waren meisjes gewaarschuwd om dat niet te doen, maar soms deed ik het toch, we deden het allemaal, maar niemand wist het. Bovendien was ik zestien nu en geen kind meer. Ik vond het leuk dat mevrouw Deiter ziek was en hoopte dat ze de week daarop ook nog ziek zou zijn. Ik was ongeveer halverwege, liep de heuvel op in Center Street, ter hoogte van het park, en verwachtte elk moment papa's auto weer te zien. En er kwam ook een glanzende zwarte auto aan zoals die van papa, en er zat ook een man achter het stuur, maar ik wist niet zeker of het papa was; ik stak aarzelend mijn hand op, zo, op deze manier, en toen gebeurde er zo iets vreemds: op het moment dat ik mijn hand opstak, leek het alsof de glanzende zwarte auto plotseling uitweek, als door een rukwind; hij reed me voorbij, remde en ik draaide me om en zag de auto langs de kant van de weg staan; ik raakte in paniek omdat de bestuurder papa niet was; een man opende het portier van de auto en leunde naar buiten, maar het was papa niet, het was een onbekende man met een zonnebril op, ik had de aandacht getrokken van een vreemde, iets waarvoor ik gewaarschuwd was, waar we allemaal sinds Lilac voor gewaarschuwd waren, en nu hing deze man half uit zijn auto naar me te gluren; ik dacht dat hij naar me glimlachte en ik wilde hem uitlachen en toeroepen: je kunt me toch niet pakken! Ik was bang en verontrust en vroeg me af wie hij was, of hij de vader was van iemand die ik kende, en ik wilde net het park in rennen toen ik opeens zag dat het papa toch was... Papa had mij kennelijk ook niet herkend. Hij had niet verwacht dat hij me over straat zou zien lopen, langs Center Street omhoog. Ik was gewoon een meisje voor hem geweest, zomaar een meisje, een meisje in spijkerbroek en T-shirt, en vlak voordat hij mij herkende en ik hem herkende, leek het alsof er een blik, een bepaalde blik, tussen ons gewisseld werd.'

Mijn stem haperde en zweeg. Ik ademde snel alsof ik de heuvel in Center Street op gerend was. Lachte in een plotselinge aanval van angst: je kunt me toch niet pakken als ik het park in ren. Oom Jedah gaf me met een por te kennen dat ik op moest houden met lachen. Dat deed hij altijd, tegen mijn arm duwen, of mijn ribbenkast, of mijn borstkas, om me tot kalmte te manen als ik te opgewonden werd. Een por die het midden hield tussen kietelen en pijn doen. Hij had mijn glas bijgevuld met iets wat kersenrood van kleur was maar minder zoet smaakte dan je zou denken.

'Ga verder.'

'O, papa was zo kwaad op me. Zijn gezicht liep rood aan van boosheid en ik was bang voor hem, hij wilde me dagenlang niet vergeven, wilde me niet aankijken en ik... ik had geen idee waarom niet.'

'Nee, Merilee. Ga verder met wat je aan het vertellen was.'

Ik zette me schrap voor de volgende por van oom Jedah, die deze keer harder zou zijn.

Ik was angstig, overstuur. Mijn blote tenen jeukten en kromden zich. Ik kon me niets meer herinneren van die dag, alleen dat ik daarna nooit meer naar het huis van mevrouw Deiter terug was gegaan en nooit meer op de piano hoefde te oefenen. Wat er ook gebeurd was, was als afval door een windvlaag de lucht in geblazen en alle kanten

op gewaaid. '"Ga verder?" Maar ik weet niet hoe het ver-
dergaat, oom Jedah.'

Oom Jedah keek me aan met een geamuseerde blik in zijn
ogen. En begon langzaam te glimlachen.

De zilveren ring met afgekante hoeken uit Mexico aan
Jedahs dikke wijsvinger drukte als een brandijzer tegen de
onderkant van mijn keel. Toen de druk toenam, kreeg ik
geen adem meer en begon ik te kokhalzen; toen de druk
afnam, kreeg ik weer adem.

'Maar dat weet je wel, Merilee. Je weet hoe het verder-
gaat.'

*Hij nam me ergens mee naartoe. Een weg die naar het park
leidde. Zijn gezicht stond streng, als uit steen gebeiteld. Doe je
spijkerbroek naar beneden, zei hij. Je onderbroek. Ik begon te
huilen. Friemelde aan mijn kleren. Hij verloor zijn geduld en
begon met zijn vlakke hand op mijn achterwerk te slaan. Ik lag
voorovergebogen op een picknicktafel. Het tafelblad was bekrast
met initialen. De rubberzolen van mijn gymschoenen gleden
weg in het natte gras. Het zou toen geweest kunnen zijn, of
later. Het zou die dag geweest kunnen zijn of een andere dag. Ik
huilde niet meer. Of misschien moest ik nog gaan huilen. Of het
was nacht en ik lag in bed, in het donker, onder de dekens,
terwijl ik voorzichtig mijn bips beroerde, die gloeide en opgezwollen was van striemen die elkaar kruisten en overlapten als
in een ingewikkeld vlechtenpatroon dat ik niet kon zien maar
me alleen kon inbeelden.*

Toen hij in slaap viel begon zijn vlezige gezicht als smel-
tend varkensvet zijn vorm te verliezen. Zijn ademhaling
werd langzamer en dieper: hu, hu, hu begeleid door een
nat klakkend geluid dat over zou kunnen gaan in gesnurk
of een plotselinge rochel. Zijn mond verslapte, speeksel

glansde op zijn onderlip. Ik hield het uit glas geslepen hart boven zijn gezicht om het te bestuderen, het werd meteen uitvergroot: de huid had een ruwe structuur met lijnen, plooien, kloven en putjes. Er zaten verkleuringen op de huid en plekken die een olieachtige glans hadden. Ik vroeg me af of dit micro-organismen waren die een eigen leven leidden. Wat ik zag fascineerde me en wekte mijn afkeer op. Ik had het uit glas geslepen hart meegesmokkeld naar oom Jedahs slaapkamer. Ik bestudeerde zijn kaken, waar haarstoppels als prikkeldraad uit omhoogschoten. (Jedah moest zich twee keer per dag scheren, zei hij. Want zijn baardgroei was 'onstuitbaar'.) Zijn neus, die hem vanaf enige afstand een air van waardigheid gaf, zag er door het glazen hart uit als een tumor of kropgezwel, opgezwollen, verkleurd, een wirwar van gebroken haarvaatjes onder het huidoppervlak. Zijn lippen waren gigantisch door het glas gezien, vreemd gegroefd, met een misselijkmakend zachte huid als die van een regenworm. Ik was zo driest om het vergrootglas boven zijn linkeroog te houden, dat half-gesloten was, de rand van de vaalgele oogbal net zichtbaar onder het ooglid. Jedahs lange, vrouwelijke wimpers zagen er van dichtbij uit als enge stekels en de huid rondom zijn oog was slap, gerimpeld en okerkleurig, als van rottend fruit. Wat ik van het oog zelf kon zien had de slijmerige matte glans van een oester of mossel.

'Oom Jedah?'

Ik hing over de slapende man heen. Zijn adem klakte nat, stokte en ging daarna over in gesnuif als dat van een geschrokken dier, maar hij werd niet wakker. Ik had gehoord dat oom Jedah zelden langer dan een uur achter elkaar doorsliep. Vanwege zijn enorme lijf had hij moeite met ademhalen en daarom lag hij altijd half rechtop in bed, het hoofd en de schouders ondersteund door kussens, maar erg lang bleef hij in deze houding niet liggen omdat hij woelde in zijn slaap.

Jedah was naakt onder de dekens. Dikke lagen vlees, de vette torso hier en daar bedekt met kroeshaar, bolle borsten, zo groot als die van mij, met tepels als bosbessen. Ik werd gefascineerd door de rubberachtige veerkracht van zijn lichaam, dat me deed denken aan een dikke, vette slang. Zijn genitaliën waren klein in vergelijking met zijn omvang: slap met een zachte huid als wormvormige lippen en de kleur van verschaald bloed. De penis stak als een naaktslak uit de enorme, harige buik, het scrotum was een kwabbig zakje ter grootte van een mannenvuist dat pulseerde en trilde vanwege de iets hogere lichaamstemperatuur dan de rest van Jedahs lichaam. (Oom Jedah beweerde dat een lichaamstemperatuur van hoger dan 36,6 °C noodzakelijk was om zijn sperma vers te houden. De afscheiding van Jedahs sperma was ook 'onstuitbaar'.) Ik was zo driest om alle lichaamsdelen van mijn oom onder het uit glas geslepen hart te bestuderen. Ik lachte, en was ademloos en opgewonden. Wat oom Jedah me te drinken had gegeven (devil's kisses, heerlijke wodka met een alcoholgehalte van honderdzestig procent) likte en vlamde aan de randen van mijn bewustzijn als een woeste branding die op de kust sloeg, luidruchtig, verblindend, fataal als je misstapte en viel. Ik was opgewonden, maar ook moe. Het plan was om het huis van mijn oom stilletjes te verlaten en naar mijn eigen huis terug te gaan, maar op de benedenverdieping van Stuyvesant Square 8 waren alle lichten uit en ik voelde me nu al eenzaam. *Hij is de enige. De enige die om me geeft. Die me kent en me vergeeft.* Ik verstopte het uit glas geslepen hart onder een van de sierkussens op Jedahs enorme bed.

Hierna laat mijn geheugen me enigszins in de steek. Nadat ik naast deze omvangrijke, slapende man was gaan liggen, die nu langzaam en diep ademhaalde – hu, hu, hu – waardoor ik dacht dat hij nog wel even door zou slapen, heb ik me waarschijnlijk tegen hem aan gedrukt, tegen dat opgezwollen, warme lijf van hem, tegen de troostvolle oom Jedah, die met een geïrriteerd gemompel opzij schoof om plaats voor me te maken. De kromming van een zware arm, de ronding van dikke blozende wangen, waar ik waarschijnlijk mijn eigen gloeiende gezicht zacht tegenaan heb gedrukt. Of sterker nog, waarschijnlijk heb ik mijn gezicht in zijn hals, in de vette huidplooien van zijn hals begraven. En gewacht op de vergetelheid van de slaap.

# Ster

'Mer-i-léé.'

Mijn nicht Beverly van middelbare leeftijd klom hijgend alle trappen op in het houten huis aan Bushover Street om een beroep op me te doen. Beverly glimlachte charmant zoals alle Grafs, maar had een geschrokken en gekwetste blik in haar ogen.

'...we willen je vaker zien! Iedereen mist je en maakt zich zorgen om je. "Het lijkt wel of Merilee in shock verkeert", zeggen mensen. Je belt niet terug, je mijdt je eigen familie. Je vriendinnen van de middelbare school bellen míj. Iemand zei zelfs...' Beverly zweeg even en keek bezorgd de volle kamer rond, die de slordige aanblik bood van een haastig bijeengegaarde droom die verkeerd voor de geest was gehaald, niet meer dan de achtergrond van een bestaan, '...je bent regelmatig 's avonds bij Jedah Graf. Je bent bij hem thuis geweest...'

Beverly's stem schoot uit, alsof de gedachte dat ik tijd doorbracht met Jedah Graf in zíjn húís te schokkend was voor woorden.

Ik had Beverly beleefd gevraagd of ze wilde gaan zitten, in een versleten stoel met te dikke kussens, maar ik was zelf te rusteloos geweest om te gaan zitten, en leunde tegen de armleuning van een andere stoel, of de bank, met mijn blote voeten plat op de vloer, als iemand die op het punt stond om weg te rennen. Ik wist dat mijn haar in mijn gezicht hing en dat mijn huid grauw van kleur was en glom, maar ik probeerde hoffelijk te blijven tegen mijn bezoek, me voor te doen als het beminnelijke, brave meisje, hoewel ik hoopte dat ze gauw wegging en me met rust liet.

Ik had mijn energie al vrijwel opgebruikt voor deze nieuwe dag, simpelweg door me van mijn bed naar de badkamer te slepen en mijn gezicht met roestig water te wassen. De binnenkant van mijn mond voelde aan als een oude, smerige spons die in de zon te drogen was gelegd.

'Is alles goed met je, Merilee? Je ziet er zo...'

Beverly stak haar hand naar me uit. Ik deinsde terug voor haar aanraking, want oom Jedah zou erover ingelicht moeten worden en hij zou het afkeuren.

Ik zei: 'Ik vind dat het prima met me gaat, Beverly. Ik wil alleen een poosje alleen zijn. Zeg dat maar tegen tante Cameron en de anderen. En bedankt.'

'Ik ben er niet van overtuigd dat het "prima" met je gaat. Je ziet er zo koortsachtig uit en je gedraagt je zo vreemd.' Beverly was op de hoogte van mijn drankverleden en de rest. Ik zag dat ze me wilde vragen wat ik gebruikt had. Dat ze zich naar me toe wilde buigen om mijn schuldige adem te ruiken.

'Ik gedraag me voor mijn doen normaal, Beverly. Ik hou er niet van bekritiseerd te worden.'

'Niemand bekritiseert je, Merilee. We maken ons zorgen om je.'

'Dat weet ik! En ik stel jullie bezorgdheid ook op prijs. Maar ik moet dingen bespreken met Jedah Graf, je weet toch dat hij de executeur-testamentair van mijn vaders vermogen is? Ik moet een besluit nemen over het huis. Dat is veel gecompliceerder, een overlijden is veel gecompliceerder dan ik gedacht had, en oom Jedah...' Ik zweeg en had bijna gezegd: Oom Jedah is het enige wat ik nu nog heb van papa.

Beverly toonde zich welwillend. Ze wilde me troosten. Toch begonnen we ruzie te maken. Beverly leek me voor Jedah Graf te willen waarschuwen en ik zei boos dat Jedah de enige was die om mijn vaders nalatenschap gaf en om mij. Beverly werd woest en haar ogen verrieden dat ze zich niet meer alleen gekwetst maar ook diep beledigd voelde: 'Dat is gewoon niet waar, Merilee. We geven allemaal om je, maar je houdt ons op een afstand, dat heb je altijd al gedaan. Je moeder was precies zo... Arme Edith!'

Arme Edith? Ik geloofde mijn oren niet. Hoe kon Beverly in godsnaam dit pijnlijke onderwerp aanroeren?

'Nou, als de familie echt zo bezorgd was geweest om "arme Edith", dan hebben ze hun gevoelens al die jaren zeer goed verborgen weten te houden. "Arme Edith" had wel wat vrienden kunnen gebruiken in Mount Olive.'

'Dat is belachelijk, Merilee! Je moeder meed ons, net zoals jij nu doet. We hebben geprobeerd met haar in contact te komen; hoe vaak heeft mijn moeder haar niet proberen te bellen, maar het was altijd: "Nee, nu niet, sorry, ik kan nu niet praten, ik voel me niet goed, tot ziens." Waarna Edith in paniek de telefoon neerlegde. Niemand begreep iets van je moeders gedrag en na een poosje hebben we het maar opgegeven, dat kun je ons toch moeilijk kwalijk nemen.'

'Ik wil er niet over praten, Beverly. Ik voel me ook niet goed en ik wil alleen zijn.'

Beverly fronste haar voorhoofd. Haar oud geworden meis-jesgezicht was roodaangelopen van verbolgenheid. 'Je bent veel te veel alleen, en als je niet alleen bent, ben je bij hém.'

Beverly hees zich omhoog uit de versleten crapaud. Hoe-wel ik steeds gehoopt had dat ze weg zou gaan, voelde ik, nu ze echt aanstalten maakte om te vertrekken, iets van spijt. Oom Jedah zou van dit bezoek, dat hij als indringing zou bestempelen, op de hoogte gesteld willen worden, en hij zou willen weten wat mijn aandeel daaraan was geweest. Beverly zei met zachte stem, terwijl haar gezicht donker van schaamte kleurde om wat ze ging zeggen: 'Bij die zogenaamde oom van je! Wij geloven niet eens dat die man een echte Graf is, hij komt uit een ander, vreemd nest, je ziet het aan zijn ogen. Ik begrijp niet waarom oom Dennis hem zo vertrouwde. Vraag Jedah maar eens of hij je wil vertellen hoe hij een paar jaar geleden in grote moeilijkheden kwam waar hij zich maar ternauwernood uit wist te redden. Hij had in Chautauqua Falls – maar het kan ook in Port Oriskany zijn geweest, waar hij een huis heeft – een jonge vrouw die hij ergens had opgepikt verdovende middelen toegediend om haar te "verlammen". Hij moet de vrouw afgekocht hebben, of de politie, want er is nooit een aanklacht tegen hem ingediend, en Dennis kreeg het zelfs voor elkaar dat er niets over in de kranten kwam te staan. Dat is nou die dierbare "oom Jedah" van jou.'

Ik wilde het niet horen. Ik drukte mijn zweterige handpalmen tegen mijn oren en zei tegen mijn kwaadaardige nicht dat ze weg moest gaan, omdat ik alleen wilde zijn.

Beverly boog zich naar me toe. De kleur steeg naar haar wangen. 'Die rode plek op je keel, Merilee. Die eruitziet alsof iemand een scherp voorwerp in je huid heeft gedrukt. Die heeft de vorm van een ster, Merilee. Ik vraag me af van wie die ster is.'

# De Beugel

...een soort ijzeren rugbeugel die doorliep tot aan de nek en het achterhoofd. Zodat mijn ruggengraat, nek en hoofd vastzaten. Mijn armen zaten stijf om mijn (naakte, platgedrukte) borsten geslagen, in een houding zoals die op urnen wordt afgebeeld, en waren vastgezet met een ijzeren hekwerk dat alles op zijn plaats hield. En mijn benen waren zo wijd gespreid dat de pijn ondraaglijk was, alsof de dijen uit hun kom werden getrokken; wijd gespreid, mijn (naakte) buik, dijen en vagina ontbloot.

Dit was De Beugel, zoals oom Jedah hem noemde. En hij had me beloofd dat mijn beproeving slechts zo lang zou duren als ik het wilde: geen moment langer en geen moment korter.

## 'God vergeef me'

In Port Oriskany aan North River Street, waar mijn oom Jedah een huis had in een buurt met oude rijtjeshuizen, vervallen pakhuizen en fabrieken. Waar de lucht een fosforescerende onderwatergloed kreeg en naar giftige schimmel rook wanneer er een zuidzuidoosten wind waaide. '...moet high worden, snap je? Ik heb het verdomme al moeilijk genoeg.'

Ze hield haar arm gebogen voor zich en maakte met haar vlakke hand korte, stotende bewegingen. Alsof ze wilde zeggen: met mijn leven op horizontaal niveau, op het platte vlak. Ze lachte/was uitzinnig, schitterde. Haar mascaraogen glansden. Al haar gebaren leken op die van een vogel, stekende bewegingen. Ik keek naar de piercings in haar gezicht, die eruitzagen alsof er zilveren stiksels in haar neus, wenkbrauwen en onderlip zaten. Met haar kleine voeten in kniehoge laarzen van slangenleer met stilettohakken paradeerde ze door de kamer alsof ze een dans uitvoerde op gloeiende kolen.

Oom Jedah boog zich geïnteresseerd naar voren. Hij was beleefd, geamuseerd. We hadden hier tenslotte met een echte heer te maken.

'En waarom dan wel, Monique?'

'Waarom? Waarom ik high wil worden?' Monique grijnsde tegen Jedah en zette de handen op haar kleine heupen. 'Wáárom zou iemand nou high willen worden? Is die vraag serieus bedoeld, meneer?'

Jedah mompelde iets wat door kon gaan voor een verontschuldiging. Zoals het een echte heer betaamde.

'Als ik je nou iets geef wat je zal opmonteren, Monique, dan ben jij toch weer een blije meid? Dan ben je me toch dankbaar?'

'Ooo, hé, ik ben u nu al dankbaar, meneer. Dat u me in huis hebt gehaald. Ik weet dat ik u kan vertrouwen.'

'En ik kan jóú vertrouwen.'

Ze wisselden een haast vurige blik. Geen van tweeën keek in mijn richting. Toch impliceerde mijn oom met zijn opmerking dat hij Monique wél kon vertrouwen (die hij vóór vanavond nooit eerder had ontmoet!) maar mij misschien niet.

Oom Jedah meende dit niet. Ik dacht niet dat hij het meende. Het was een spelletje dat hij met onze kleine vriendin speelde. Waarschijnlijk.

Ik zat al sinds halverwege de middag te drinken. Wodka, daarna tequila en nu rum. Mijn hartslag was onregelmatig. Ik voelde irritatie, achterdocht in me opkomen. Ik was bang dat mijn oom plannen had voor een spelletje waarin Monique wel een rol speelde, maar ik niet.

Monique was heel klein, nauwelijks één meter vijftig op haar scherpe stilettohakken. Op het eerste gezicht zag ze er jong uit – jaren jonger dan ik – maar ik zag nu dat ze vermoedelijk ouder was. Haar manier van doen leek op die van een puber, haar gezicht zag er zowel kinderlijk als vreemd gerimpeld uit, alsof het achteloos in een hand verkreukeld was. Haar lippen waren vettig felrood gestift, zoals een kind het aanbrengt, in onschuld en overvloed. Haar kleine vochtige ogen waren roetzwart van oogschaduw en mascara en haar wenkbrauwen waren in dunne gebogen lijntjes geëpileerd. Haar haar was zo vaak met chemicaliën gebleekt dat het geen glans meer had en op stro leek. Haar lage voorhoofd was doorgroefd.

Ze droeg een paarse suède hes versierd met franjes over haar blote borsten, en een strakke zwarte minirok, die haar vreemd bobbelige, bleke dijen onthulde. Onder op haar rug stond in zwarte, gotische letters getatoeëerd: GOD VERGEEF ME.

Monique dronk rum en kwebbelde als een verward vogeltje aan één stuk door. Ze accentueerde haar gekwebbel met lachsalvo's die kwaad klonken, als een ritssluiting die met een ruk omhoog en naar beneden getrokken werd.

Was 'Monique' in het scenario mijn vriendin? Mijn beste vriendin? Was het de bedoeling dat we genegenheid voor elkaar toonden? In het decor dat mijn oom voor ons had uitgekozen? (Een kamer die op een motelkamer leek. Alleen lag er op de vloer geen tapijt, zoals je zou verwachten, maar een soort dekkleed met plastic erover dat op de kale planken lag.) Ik had haar liever niet willen aanspreken, maar oom Jedah had het me opgedragen.

Nu lagen er op de palm van zijn grote hand twee ronde, gele pilletjes: nembutals. Voor Monique.

Oom Jedah knipoogde naar me. 'Niet voor jou, lieve kind. Dat lijkt me niet.'

Het werd laat, en daarna nog later. De verlichting in het huis (een gedeeltelijk ingerichte twee-onder-een-kapwoning) was schaars en alle jaloezieën voor de ramen boven en beneden waren neergelaten. Ik had toen we bij het huis aankwamen de indruk gekregen dat de woningen aan weerszijden van het huis leegstonden. De meeste huizen in dit gedeelte van North River Street leken leeg te staan. Monique danste bij haar eigen, hoge gezang, dronk rum, slikte nembutals en klikklakte opgewonden door de kamer omdat deze rijke heer interesse voor haar toonde. Hij praatte zo formeel, en er klonk duidelijk bewondering door in zijn woorden! Monique vertrouwde hem volkomen, alsof ze dit spel, of een dat er veel op leek, al vele malen gespeeld had.

Voor iemand die zo klein was en misschien niet meer dan veertig kilo woog, leek ze veel ruimte in beslag te nemen. Ze botste tegen me aan, stak me met haar stilettohakken en giechelde: 'Sor-ry.'

Deze vervallen twee-onder-een-kapwoning in Port Oriskany kende ik niet. De woning was sober ingericht met meubels die niet bij elkaar pasten. Het zag eruit als een onbewoond huis en zo rook het er ook. De muren waren kaal en leeg, in tegenstelling tot de muren in oom Jedahs huis van bruinrode zandsteen in Mount Olive. Al het meubilair was gemaakt van synthetisch 'hout' en vinyl dat gemakkelijk schoon te houden was, maar er smerig uitzag. Op de vloer naast het bed, leunend tegen de muur, stond een gebarsten spiegel met een vreemde sierlijst van afgekant glas, die me deed denken aan een spiegel die in het keistenen huis in een kamer op de begane grond aan de muur hing, een kamer die mijn moeder vaag aanduidde met 'vestiaire'. (Alsof 'vestiaire' een term was die ze kende.) Als we alleen waren geweest, zonder die parmantige, kleine Monique, zou ik oom Jedah naar de spiegel gevraagd hebben.

Maar zonder Monique zouden mijn oom en ik hier niet geweest zijn. Dat dacht ik niet tenminste.

Net als in een motelkamer nam het bed een dominante plaats in. Een kingsize bed met een hoofdeinde van glad, synthetisch materiaal dat de glans van satijn moest suggereren. Toen oom Jedah met zijn volle gewicht op de rand van dit bed ging zitten, kraakte de vering luidruchtig. Monique giechelde, alsof de goedgeklede corpulente heer met die gretige blik in zijn ogen een wind had gelaten.

'U bent een lekkere dikkerd! Man o man! Maar geef mij maar een dikkerd, hoor. Ik hou van een man die je kunt vastpakken, aan wie je kunt hangen.' Monique likte haar vettige lippen af en maakte graaiende/grijpende gebaren met haar kleine handjes.

Oom Jedah lachte hartelijk. De vering van het bed kraakte nog luider. Hij was duidelijk zeer gecharmeerd van Monique met haar glimmende gezichtspiercings en uitdagende tatoeage.

Was ik jaloers toen ik zag hoe mijn oom naar Monique keek, hoe hij haar in zijn geheugen leek te prenten, zoals hij weken geleden naar mij had gekeken? Nou, misschien wel. (Het was september nu. Een saaie, regenachtige avond waarop ik, toen we North River Street ingereden waren en omhoog had gekeken, een gewone straatlantaarn voor een volle maan had aangezien.) Had ik een hekel aan Monique, stond ze me tegen, wilde ik dat haar iets ergs overkwam? Nou, misschien wel.

Oom Jedah had me verzekerd dat het maar een spel was. Toen ik hem vroeg wat voor spel, had hij gezegd dat het woord 'spel' al aanduidde dat het niet serieus was en zonder gevolgen zou blijven. Meer hoefde ik niet te weten.

Toen ik hem vroeg wat de regels van het spel waren, hoe je wist of je gewonnen had (of verloren), had hij vriendelijk doch kalm geglimlacht, wat erop duidde dat hij zijn geduld met mij begon te verliezen, en met zijn sterke vingers in mijn nek geknepen.

'Je kunt op oom Jedah vertrouwen, lieve kind. Dat weet je.'

Ik wist het. Ik moest er alleen opnieuw aan herinnerd worden.

Monique in haar paarse hes met franjes waaronder haar witte blote borsten duidelijk zichtbaar waren, had buiten in de regen gestaan, op een smerig trottoir, vóór een slijterij waarvan de etalageramen van ijzeren tralies waren voorzien. Ze had er vanaf de overkant van de straat heel jong uitgezien, ze bewoog zich onbeholpen en potsierlijk en haar mopshondgezichtje glom van de piercings, net als bij die jonge gothicmeisjes die je in het winkelcentrum zag met hun zwarte lippenstift, oogschaduw en ringetjes door de tong. Oom Jedah had haar als een haai op rooftocht in het oog gekregen: 'Daar. Die daar.' Ik dacht: nee, ik doe het niet, toen oom Jedah me de auto uit duwde. Krijg de tering, oom Jedah, ik ga geen hoer voor je oppikken, dacht ik, toen ik glimlachend naar de hoer toe liep. 'Hallo!' Monique keek me uitdrukkingsloos aan. Even verstrakte haar gezicht en kwam er een angstige blik – bijna een pientere blik – in haar ogen. De mensen die haar normaal op dat tijdstip en op die plek in de druilerige septemberregen aanspraken, leken niet op mij en dus vermoedde Monique dat er iets niet pluis was. 'Hé, ben jij van de politie?' vroeg ze en ik zei: 'Zie ik eruit alsof ik van de politie ben?' terwijl het bloed me naar het gezicht steeg, omdat dit bizar uitgedoste en opgemaakte vrouwtje wankelend op haar slangenleren laarzen met stilettohakken me onderzoekend opnam, omdat mijn leven na mijn vaders dood tot dit soort extremiteiten had geleid. 'Mijn oom is degene die je wil ontmoeten. Daar.' Monique keek langs me heen naar de wachtende Porsche aan de overkant van de straat, waarin oom Jedah ons vanachter het stuur gadesloeg. Toen Monique hem en de opzichtige auto zag, begon ze te grijnzen en te zwaaien. Dit leek er meer op: een man.

Terwijl in North River Street de avond overging in de nacht en de regen tegen de ramen sloeg, werd Monique steeds koortsachtiger, opgewondener. Ze dronk rum, met grote, roekeloze slokken. Haar huid leek in brand te staan. Ik vroeg me af wat de combinatie alcohol en methamfetamine met de hersens van een mens deed. De zilveren draden – ringetjes, klemmetjes – in haar gezicht glommen als metalen stiksels. Oom Jedah had Moniques diverse tatoeages bekeken en geïnteresseerd haar verhalen aangehoord over hoe ze eraan gekomen was. ' "God vergeef me" is mijn oudste tatoeage, die heb ik gekregen toen ik nog een kind was. Kijk, hij is wat vaag geworden, omdat ik daar altijd zo zweet.' Monique streek peinzend over de plek op haar rug. 'Ik kan hem alleen in de spiegel bekijken, met de woorden achterstevoren.'

Het was duidelijk dat oom Jedah – 'meneer J.' voor Monique – gefascineerd was door haar, het maakte geen deel uit van het spel. 'Merry' – zoals oom Jedah mij aan Monique had voorgesteld – probeerde niet zichtbaar jaloers te zijn, door tegen zichzelf te zeggen dat oom Jedah niet Monique maar haar mee terug zou nemen naar Mount Olive.

Soms leek het of oom Jedah Monique uithoorde. Door haar te vragen welk dier ze zou willen zijn: een leeuwin, een dolfijn, een olifant, een zilverreiger. Ik slenterde met mijn drankje in de hand de kamer uit en toen ik terugkwam zat Monique vlak naast meneer J. met een van haar bobbelige witte benen over zijn dikke knieën geslagen. Monique transpireerde omdat hard nadenken inspanning vergde, en omdat ze indruk op hem wilde maken. Ze gedroeg zich zowel koket als angstig. '...als ik een leeuwin was, zeg maar, dan zou ik een mooi dier zijn en heel sterk, en dan zou ik heel hard kunnen rennen, maar ik zou elke dag op jacht moeten, op levende dieren moeten jagen, die ik dan moet doden en rauw moet opeten; daar zou ik van walgen, en hoe moet ik jagen als ik oud ben geworden? Stel dat ik iets aan mijn voet – aan mijn poot – krijg, hoe moet ik dan rennen? Nee, dan kan ik misschien beter dolfijn zeggen, zo'n soort zeehond, toch? – geen vis maar een dier – maar als ik een dolfijn was, zou ik in een van die grote vissersnetten verstrikt kunnen raken, die netten in zee die wel twee kilometer lang zijn; dat gebeurt toch met dolfijnen? Ik zou ook olifant kunnen zeggen, want een olifant is lekker groot, maar als ik een wilde olifant was, in Afrika zeg maar, zou er op me gejaagd worden vanwege mijn ivoren slagtanden; ik zou mijn vijanden kunnen aanvallen en doodtrappen als ik dicht genoeg bij ze in de buurt kon komen, maar als het jagers waren, zouden ze me vanaf een afstand neer kunnen schieten, hoe groot je bent maakt dan niks uit. Maar als ik een zilverreiger was – "een mooie, witte oevervogel", zegt u – dan zou ik weg kunnen vliegen, ver weg van de mensen. Naar de bossen in het noorden bijvoorbeeld. Ik heb namelijk een hekel aan mensen. Nou ja, niet aan alle mensen, er zijn uitzonderingen, maar de meeste mensen zijn slecht en willen me pijn doen, dus als ik een vogel was, zou ik weg kunnen vliegen naar een plek waar geen mensen zijn, zodat ik daar zou kunnen overleven.' Monique sloot af met een gierende lach.

Oom Jedah streek over het bobbelige witte been dat zo onbeholpen over zijn dikke knieën lag. 'Een zilverreiger is een uitstekende keuze, Monique. Als uitdrukking van levenskracht. Ik kan je zo voor me zien, als pure levenskracht, vliegend naar het noorderlicht. Een prachtig wezen dat uit alle macht probeert te ontsnappen aan een gekweld bestaan.'

Monique draaide heen en weer van plezier dat ze zo geprezen werd. Ze keek met haar roetzwarte ogen naar mij en verbaasde zich over mijn zwijgen.

'Meneer J.' had Monique ingehuurd voor de hele nacht, voor het ronde bedrag van vijfhonderd dollar. Het was voor Monique niet meer dan normaal om zich af te vragen welke rol 'Merry' had in dit arrangement.

Elke blik die Monique me toewierp, negeerde ik. Mijn gezicht was breekbaar als glas. Er stroomde alcohol door mijn aderen, als een rijker, betrouwbaarder soort bloed. Maar ik beefde en voelde een razende woede in me opkomen.

Oom Jedah zei met een vermanende blik naar mij: 'Ik vrees dat Merry aan het mokken is. Ze is gewoonlijk niet zo tactloos. Maar ze kampt met een in haar ogen tragisch verlies. En het trieste dáárvan is', vervolgde oom Jedah onheilspellend met het air van iemand die zijn woorden zorgvuldig koos, 'dat ze niet weet hoe groot dat verlies is. Nog niet.'

'O, hé... wat voor verlies?' Monique vertrok meteen haar mopshondgezicht in rimpels en keek me met overdreven sympathie aan.

'Merry wil er vast niet met een vreemde over praten.'

'Maar ik wil geen vreemde zijn! Ik wil een van jullie zijn, familie.'

Oom Jedah lachte. Ik had me vol walging afgewend. En dacht: waarom ben ik hier nog? Ik kan weggaan wanneer ik wil. Ik zag mezelf al in de regen door North River Street rennen.

Oom Jedah vroeg Monique in zijn hoedanigheid van beleefde ondervrager naar haar eigen familie, wat tot lang uitgesponnen, onsamenhangende, dronken antwoorden leidde. Monique was als jong meisje het huis uit geschopt, beweerde ze. Ze was er met een man vandoor gegaan. Ze was met de politie in aanraking gekomen. Ze had maandenlang in voorarrest gezeten in de vrouwengevangenis van Port Oriskany. '...ik heb vorig jaar een baby'tje gekregen. Maar het was te klein, veel te klein.' Monique gaf met trillende handen de grootte aan van een jong katje. 'Het had geen levenskansen.' Ze wachtte even, haar onderlip trilde. Ze zag eruit als een kind dat onbekommerd in een sloot was gestapt in de veronderstelling dat hij ondiep was, maar nu besefte dat het zich vergist had. 'Het was dus niet mijn schuld! Die klootzakken arresteerden me en namen me mee naar het politiebureau en ze hadden de baby, die ze gevonden hadden in een... op een plek ergens, ik wist niet hoe het daar terechtgekomen was, in een afvalcontainer, maar ik had het kind er niet in gestopt, en ze deden een paar tests, of zogenaamd, en al die tijd zat ik opgesloten, ik was ziek en op van de zenuwen en het kon me niks meer schelen of ik leefde of dood was, nou ja, ze deden dus die tests, en toen kwam een advocaat me vertellen dat uit het water in de longen was gebleken dat mijn baby al dood was geweest voordat...' Monique sprak snel en opgewonden en keek heen en weer van oom Jedah naar mij, in een verwoede poging onze aandacht vast te houden. Wat een vreemd misvormd kind leek het toch met dat gerimpelde gezichtje en trillende lijf. Ik keek haar vol afkeer aan. Ik kon de dingen die ze zo vrolijk babbelend, als een weermeisje op tv, vertelde haast niet geloven. Het GOD VERGEEF ME op haar rug glom van het zweet.

Monique begon te jammeren dat haar roes was uitgewerkt, 'meneer J.' moest haar snel weer wat geven. Oom Jedah opende de reistas die hij tussen zijn voeten had neergezet. Hij haalde er een zilveren sigarettenkoker uit en gaf Monique een sigaret. 'Deze zul je lekker vinden, lieve kind.'

Ik zag dat oom Jedah handschoenen droeg. Dunne, doorzichtige rubberen handschoenen. Ik liep de kamer uit, naar een ander gedeelte van de woning. En vond een badkamer ter grootte van een inloopkast met een smerige wastafel en toiletpot. Uit een van de kranen kwam een dun straaltje brak water. Ik hoorde Monique gillen van het lachen en oom

Jedahs lagere stem ertussendoor. En dacht: hij gaat haar iets aandoen. En daarna, wat kalmer geworden: hij zal haar niets aandoen, niet met mij erbij als getuige.

Achter in het huis was een bergruimte die vol rommel lag en om bij de deur achter in de bergruimte te komen moest ik over die rommel heen klauteren. Om de een of andere duistere reden was ik op blote voeten. Ik kon me niet herinneren waar ik mijn schoenen gelaten had. De deur zat op slot en forceren kon niet zonder lawaai te maken. Het lukte me een raam te openen dat bedekt was met een laag vuil. Achter het raam was een brandgang en achter die brandgang moest North River Street liggen, die op dit tijdstip verlaten zou zijn. Het regende nog steeds. In de lucht hing een gistachtige, zwavelachtige geur als van gebakken brood dat mislukt was. De nachthemel was egaal zwart met vreemde rode lichtvlekken. Het bood een feestelijke aanblik, een geruststellende aanblik. *Niet veel is echt, en wat echt is, zal niet lang standhouden.* Staalwalserijen, fabrieken aan de westkant. Ik was kreunend van pijn op de vensterbank geklommen. Ik hijgde, was wanhopig. En was in mijn wanhoop weer nuchter geworden. Het raam was vierkant en niet groter dan zestig centimeter, maar het lukte me mij erdoorheen te wringen. Met kromgetrokken rug als die van een aap. Misschien wel net zo als Monique, of mijn vriendin Lilac, had gedaan. Ik liet me op straat vallen en probeerde mijn val met mijn handen te breken. Ik hoorde ze in de kamer achter in het huis. Maar ik had niets meer met ze te maken. Een vrouw die gilde, als een vleermuis, met hoge uithalen. Wegstervend gelach.

Ik kroop achter de vuilnisbakken. Ik had tijdens mijn val mijn linkerenkel verzwikt. Ik wilde schreeuwen maar er kwam geen geluid uit mijn keel. Het gegil achter me uit het huis klonk als geweerschoten. Ik kroop weg om ergens te schuilen. Toen knapte mijn blaas en moest ik ergens anders schuilen. Ik dacht: de regen zal mijn urine wegspoelen, ik zal niet te identificeren zijn. Ik zat met mijn knieën tegen mijn borst gedrukt. Toen oom Jedah me vond, regende het niet meer. Ik voelde een voet in mijn zij. Mijn oom was te corpulent om zich te bukken, als hij dat al gewild had. Ik zag dat zijn gezicht kalm was, ontdaan van elke emotie, hoewel ik verwacht had dat woede en afschuw om mijn gedrag er vanaf te lezen zouden zijn. Hij zei zacht: 'Ga staan, lieve kind. Kom maar mee. Het is voorbij.'

# Het telefoontje naar de alarmcentrale dat niet plaatsvond, 8 september 2004

*Ik wil iets melden. Ik denk dat er een misdaad gepleegd is. Ik denk dat ik er getuige van was. Ik heb de misdaad niet echt gezien, maar ik denk dat er een misdaad gepleegd is. Ik heb geen gevolgen van een misdaad gezien. Ik was niet echt getuige van een misdaad.*

*Ik wil melden dat ik het niet gezien heb. Ik heb het gehoord, maar weet niet zeker wat ik gehoord heb. Ik ben in wezen een goed mens. Ik weet dat ik een goed mens ben. Ik zal de hoorn van de haak nemen en bepleiten dat ik een goed mens ben. Ik zal smeken. Help me!*

# Twee spoken

Hij bedankte me voor de geschenken die ik naar zijn nichtje Buena opgestuurd had: 'Voor het eerst van haar leven dat ze een pakje toegestuurd kreeg dat aan haar geadresseerd was; ze zal je nooit meer vergeten.'

Het kan zijn dat zijn stem wat nerveus klonk. Dat hij me wat argwanend opnam. Of met interesse.

Voorzichtig zei ik: 'Buena is nu eenmaal een mooi kind.' Alsof dat mijn eigenaardige gedrag verklaarde.

Jimson en ik zaten iets te drinken in Judge's Bar & Grill aan de zuidrand van Mount Olive. We voelden ons opgelaten, geprikkeld in elkaar gezelschap. We hadden elkaar niet meer gesproken sinds Jimson mijn vader in het ziekenhuis had bezocht, op de avond voor mijn vader overleed.

Mijn stem was overgeslagen bij het woord 'mooi'. De pijn moet op mijn gezicht te zien zijn geweest. Plotseling overviel me het gevoel dat ik zelf een kind wilde hebben. Een kind als Buena, als Lilac. Ik wilde een kind van deze man. Er zat een gat in mijn hart dat gedicht moest worden, een leegte die opgevuld moest worden, anders zou ik sterven.

Jimson sprak vol enthousiasme over zijn nichtje, en dat 'die klootzak van een vader van haar' haar niet had gewild. Hij leunde met zijn ellebogen op het bekraste tafelblad. Zijn hoofd was kaalgeschoren en zijn kaken waren bedekt met gemene stoppels. Judge's was een plattelandskroeg waar ik nog nooit geweest was, maar Jimson leek zich er thuis te voelen. Uit de ouderwetse jukebox kwam muziek van Johnny Cash in plaats van hiphop, hoewel er tussen de overwegend blanke mannelijke clientèle ook een paar donkere gezichten zaten. Een echtpaar van gemengd ras zou hier niet vreemd aangekeken worden.

Jimson dronk bier uit de fles. Ik dronk gemberbier. Hij had me erom uitgelachen. Om me duidelijk te maken dat hij dondersgoed wist dat ik in mijn mooie, blanke-meisjes-hartje gewoon een zuiplap was.

Als iemand mij goed kende was het Roosevelt Jimson wel. Je zou denken dat we jaren geleden minnaars waren geweest. Op de middelbare school al. En misschien gingen we dat op een dag, als alles goed kwam tussen ons, zelf ook geloven.

Ik was naar Bushover Street verhuisd omdat ik vermoedde dat Selena Jimson vrienden in die buurt had; ik hoopte dat we elkaar op een dag bij toeval op straat zouden tegenkomen en Selena daarna aan haar broer Roosevelt zou vertellen dat ze me gesproken had en wist waar ik woonde, en dat Jimson daarna bij me langs zou komen. En zo was het ook gegaan.

Ik kon Jimson nog niet vragen om binnen te komen, dat was nog te intiem. In plaats daarvan waren we naar Judge's Bar & Grill gereden, waar Jimson het plan opgevat leek te hebben om dronken te worden.

Met zijn ellebogen op het tafelblad. Druk pratend over Buena, en over Lilac. Hij droeg een werkbroek met een donker flanellen overhemd. De mouwen waren tot boven zijn ellebogen opgerold. Er zaten littekentjes, nauwelijks zichtbare putjes en schaafplekken op zijn geschroeid uitziende huid. Zijn oogleden waren halfgesloten en het wit van zijn ogen had een doffe glans. Zoals altijd wanneer ik in de nabijheid van deze man was, begon ik me onzeker te voelen, uit balans. Wilde ik me aan iets vastgrijpen om in evenwicht te blijven. Iets zeggen wat ik voorbereid had, hoewel het er niet het juiste moment voor was, maar mijn woorden waren een geschenk dat ik mooi verpakt had en nu aan hem moest geven, met wat voor starende, uitdrukkingsloze blik ze ook in ontvangst werden genomen: 'Ik weet dat ik je aan Lilac herinner, en dat je aan Lilac denkt wanneer je me ziet. Ik weet dat, Jimson. Maar ik denk dat daar verandering in zou kunnen komen.'

Jimson staarde me inderdaad met een uitdrukkingsloze blik in zijn ogen aan. Heel even maar. Toen wendde hij zijn hoofd af om niet in verlegenheid gebracht te worden.

'Shit, liefje: dingen veranderen vanzelf of veranderen niet. Daar kunnen wij niet veel aan doen.'

Hij was 'een verdomd dom spook' dat geen kant op kon, zei hij. Dat steeds weer alles naliep in zijn hoofd. Zestien jaar nadat Lilac verdwenen was, werd hij nog steeds panisch en badend in het zweet wakker met de gedachte dat Lilac misschien toch ergens in het ravijn lag, of langs de rivieroever, op een plek waar nog niemand gekeken had, en dan wilde hij er meteen naartoe. 'Niemand wil namelijk leven met een spook als ik. Niemand wil een spook in dienst nemen, zoals de politie. Het moeilijkste is nog dat Lilac nooit gevonden is. Wij zeggen: "Lilac is nooit gevonden", en niet: "Lilacs lichaam is nooit gevonden." Want zo wordt er binnen een gezin niet gedacht wanneer er iemand vermist wordt. Als jonge smeris was ik daar gevoelig voor. Ik lette erop wat ik zei. Ik weet hoe het voelt, wanneer een moordzaak niet opgelost wordt. Wanneer een lichaam niet gevonden wordt. Mensen hebben ons, en met name mijn moeder, heel lang gemeden. Ze staken de straat over om niet met ons te hoeven praten. De smerissen vielen mijn vader lastig; hij begon te drinken, werd recalcitrant. Het is maar goed dat hij weg is gegaan. Er was niets goeds uit voortgekomen als hij thuis was blijven wonen. Mijn zussen en ik hebben ons er uiteindelijk bij neergelegd. Ik weet dat Lilac er niet meer is. Dat ze dood is.'

Jimson zweeg, aangeslagen door zijn eigen woorden.

Ik boog me naar voren en pakte zijn hand die op tafel lag. Een gebalde vuist met grote, met littekens bedekte knokkels.

'Dat ik het bij de politie verknald heb, komt alleen omdat ik die tijd niet uit mijn kop kon krijgen. Ik ben vanwege Lilac bij de politie gegaan. Ik had een paar smerissen van het korps in Mount Olive leren kennen; ik mocht ze graag en zij mochten mij. Maar op de middelbare school had ik er een puinhoop van gemaakt. Ik gebruikte drugs en wilde gaan dealen, en op een avond sloegen een paar jongens me in elkaar, oudere jongens uit Rochester; achteraf maar goed dat ze dat gedaan hebben, want het zou van kwaad tot erger zijn gegaan; en ik zou het waarschijnlijk niet overleefd hebben. Op school ging het mis, ik werd een paar keer geschorst en daarna van school gestuurd. Bij elk baantje dat ik kreeg, verpestte ik het en werd ik ontslagen. Mensen die me aardig vonden, of probeerden me aardig te vinden, werden bang voor me. Ik was licht ontvlambaar, om het minste of geringste werd ik kwaad. Het was al erg genoeg voor mijn moeder dat ze Lilac verloren had, en nu maakte ik haar het leven ook nog tot een hel. Toen op een dag zei ma opeens: "Meneer Graf wil met je praten." Ze had voor hem gewerkt. Toen ik op de middelbare school zat. Ik wist niet veel van je familie, maar wel dat er "ziekte" was en dat die verband hield met je moeder. Waarom ma niet meer voor jullie werkte, weet ik niet. Dat wilde ze niet vertellen. Het boeide me ook niet zo. Ik wist nooit waar mijn moeder werkte, alleen dat het "bij blanke mensen op de Ridge" was. Daar kon je "huishoudelijk werk" doen, in die kasten van huizen. Of "klusjes", of het gras maaien. Ik was achttien toen ma me vertelde dat "meneer Graf" me wilde spreken. Ik ben bij hem op kantoor geweest en hij vroeg me waarom ik mijn leven verprutste en of ik wel wist hoeveel verdriet ik mijn moeder deed, en ik schaamde me en zei dat ik dat wel wist, waarop je vader vroeg: "En wat ga je daar dan aan doen, Roosevelt?" Ik antwoordde dat ik dat niet wist en waarschijnlijk beter terug naar school kon gaan, en hij zei dat hij gehoopt had dat ik dat zou zeggen, omdat ik toch een "verdomd pientere vent" was en "soms zelfs te pienter". Dus spraken we af dat ik in de avonduren de middelbare school zou afmaken en overdag bij hem zou werken: kratten inpakken, vrachtwagens inladen voor Graf Imports Inc. Daarna zei hij tegen me dat hij het collegegeld zou betalen voor elke studie die ik wilde volgen, aan een universiteit of technische hogeschool, en toen ik zei dat ik naar de politieacademie wilde, keek je vader me eerst aan alsof hij dacht dat het een grap was, maar ik meende het serieus, waarna hij zei: "Goed dan, Roosevelt, ik zal je helpen. Afgesproken." Hand erop.'

Hij had het erg naar zijn zin gehad op de academie. Hij kon goed opschieten met de leraren. Hij kon goed opschieten met de meeste andere studenten. Tot politieagent opgeleid worden betekent je rang weten, je plaats weten en weten wie de bevelen geeft, net als in het leger, alleen had je buiten diensttijd je eigen leven, en was er geen oorlog. Je zou gedood kunnen worden, maar de kans daarop was heel klein. De meeste agenten hadden nog nooit hun dienstwapen gebruikt. In een kleine plaats als Mount Olive hadden veel agenten in diensttijd zelfs nog nooit hun wapen getrokken. Maar ze waren er wel op getraind en die training was goed: 'Je leert om snel te handelen. Heel snel. Te "reageren" zonder na te denken. Je gaat er anders door naar de wereld kijken, je zintuigen staan op scherp, je pikt als een radar signalen op die gewone burgers nooit zouden oppikken. Je ziet dingen die gewone burgers nooit zouden zien.'

Geef eens een voorbeeld, vroeg ik aan Jimson.

'Hier? Nu? Ik zie bijvoorbeeld waar alle uitgangen zijn. Dat gaat automatisch. Als ik ergens binnenkom, kijk ik meteen waar de uitgangen zijn, inclusief de ramen. Ik zie wie er zijn en of hun handen te zien zijn. Ik hou de barkeeper in de gaten; niet om een bepaalde reden, maar ik ken hem en observeer hem terwijl ik hier met jou zit te praten; niet dat ik echt probeer iets te onthouden, maar het is alsof er een videoband meedraait in mijn hoofd, zoals bij een bewakingscamera, waardoor ik je later, als je me daarom zou vragen, zo kan vertellen met wie hij gesproken heeft; en van iemand die te veel drinkt, of zich lastig gedraagt, onthou ik het gezicht. Ik onthou de gezichten van iedereen die ik zie. Van iedereen die naar ons, naar jou, kijkt. Er hebben een paar kerels naar jou zitten kijken, die hou ik in de smiezen.' Jimson glimlachte toen hij de verbaasde uitdrukking op mijn gezicht zag. 'Dacht jij soms dat ik dat niet zag, Merilee? Jij hier met mij in deze kroeg en welk effect dat op die blanke jongens heeft? En dat jij er niets van in de gaten hebt. Alsof het allemaal langs je heen gaat.'

Nu keek ik nerveus om me heen. Ik was me er niet van bewust dat er iemand naar ons keek. Misschien keek ik niet goed; alles zag er wat vaag en vlekkerig uit. Toen ik de vorige avond naar Monique keek, hadden mijn ogen zich met tranen gevuld tot ik haar niet meer zag, alleen haar contouren, golvend als onder water.

Jimson zei dat het niet erg was; burgers merkten nooit

veel op. De wereld ging aan ze voorbij, alleen wanneer ze erdoor overvallen werden viel het ze op, maar dan was het meestal te laat.

'Een burger is een slechte ooggetuige. Zelfs van iets wat hem of haar zelf overkomt. Als je aangereden wordt door een vrachtwagen, heb je die vrachtwagen niet gezien.'

Je zult wel gelijk hebben, zei ik tegen Jimson.

En ik zei: 'Maar je moet het wel proberen. Je kunt je ogen er toch niet voor sluiten en doen alsof je blind bent?'

Als Jimson mijn strakke gezicht al had gezien toen ik dit zei, liet hij het niet blijken. Er schuilde in deze man een verlangen om dingen niet te zien, om geen getuige te zijn, en dat zou ik moeten respecteren.

Jimson vertelde me hoe hij als groentje bij de politie van Mount Olive toegang had gehad tot computerbestanden en min of meer zelfstandig plegers van seksmisdrijven kon opsporen. Hij was geen rechercheur en had niets in die bestanden te zoeken, maar hij had er informatie uitgelicht en was op zijn vrije dagen naar Port Oriskany, Buffalo, Niagara Falls en helemaal naar Albany en Yonkers gereden, en zelfs naar Scranton in Pennsylvania om een ex-bajes-klant annex babyverkrachter die vroeger in Port Oriskany had gewoond na te trekken. Want er waren meer meisjes van Lilacs leeftijd ontvoerd en nooit teruggevonden, of verkracht, vermoord en gedumpt op soortgelijke plekken als Highlands Park, zonder dat de dader ooit was gevonden. Tussen eind jaren zeventig en eind jaren negentig. Er waren er vijf in totaal geweest, en zes of zeven als je de verdachte 'weglopers' meetelde. Het was natuurlijk niet zeker dat steeds dezelfde dader verantwoordelijk was. En van sommigen was het zo lang geleden dat er geen DNA van ze afgenomen was. En als de lichamen van de meisjes alsnog gevonden en opgegraven werden, zou het DNA van de dader waarschijnlijk verdwenen zijn. 'Ik werd overmoedig. Als je eenmaal in de computer zit, is het einde zoek. Ik wist waar dit toe zou leiden, maar ik kon mezelf niet bedwingen en dacht steeds: nog één erbij, nog één naam erbij om na te trekken, nog één babyverkrachter bij wie ik langs kon gaan, als hij nog leefde tenminste. Ik heb in bijna een jaar tijd met heel veel van die jongens gesproken, van wie er maar eentje zich beklaagd heeft, waarna ik de wind van voren kreeg van mijn chef. Ik deed mijn werk over het algemeen goed. Mijn superieuren mochten me. Er zitten niet veel zwarten bij de politie van Chautauqua County, en ik was een zwarte jongen die ze wel oké vonden, ik had het niet slecht gedaan op de academie, ik kon goed met burgers overweg en had geen moeite met het opvolgen van bevelen, zolang het de juiste bevelen van de juiste officier waren. Ik kon goed opschieten met mijn collega, een Italiaanse gozer van in de veertig, hij mocht me, plaagde me graag, noemde me "Roose". Niemand had me ooit "Roose" genoemd, dat werd mijn bijnaam. De eerstejaarsrapporten over mijn functioneren waren goed. Met uitzondering van de klacht van die babyverkrachter uit Scranton, die beweerde dat ik hem "bedreigd" had met vragen die hij wettelijk gezien niet hoefde te beantwoorden; mijn inspecteur mocht me... En toen kregen mijn collega en ik vorig jaar op een dag een oproep om zo'n zieke smeerlap die aan een klein meisje had gezeten op te pakken. Gelukkig voor mij bleek de klootzak zwart te zijn toen we hem vonden, toen hij bij een huis aan Mission Road de achterdeur uit rende, waar ik hem al stond op te wachten. Hij moest in bedwang worden gehouden. Hij verzette zich tegen zijn arrestatie, ik moest wel geweld gebruiken. Maar goed dat mijn collega erbij was, want anders had ik de klootzak vermoord. Had ik zijn gezicht kapotgeslagen, zijn nek gebroken, zijn rug gebroken. Ik heb hem behoorlijk toegetakeld. Ik gebruikte mijn wapenstok, mijn vuisten, mijn voeten. Het voelde goed zolang het duurde.' Jimson zweeg, een gemeen glimlachje speelde om zijn mond. Hij wreef met een tevreden gezicht over de knokkels van zijn hand. 'Nog een geluk dat de smeerlap niet dood was. Gelukkig voor mij, bedoel ik.'

Ik zei: 'En voor je familie. Voor de mensen die van je houden. Misschien moet je ook eens aan hen denken, en niet alleen aan Lilac.'

Ik had vanuit mijn ooghoeken gezien dat mensen naar ons keken. Ik hoopte dat er niemand, man of vrouw, in Judge's zat die me nog kende van de middelbare school. Toen we de kroeg binnenkwamen, hadden een paar mensen, onder wie de barkeeper, Jimson begroet, maar hij had me aan niemand voorgesteld. Ik vroeg me af of deze mannen Jimsons vrienden waren. Of er mensen bij waren die Roosevelt Jimson kenden maar die niet zijn vrienden waren.

'Waar ik aan denk, liefje, is het heden: hoe kom ik aan werk?'

'Selena zei dat je bij Wal-Mart werkt.'

'Mooi niet dus, verdomme! Niet meer sinds vorige week zaterdag.'

Hij had onenigheid gehad met zijn chef, zei Jimson. Maar hij zou sowieso zijn ontslag hebben genomen. En nu was hij op zoek naar een nieuwe baan. Hij dacht erover om te verhuizen. Het probleem was alleen dat hij Selena, Buena en nog een paar anderen financieel ondersteunde. En dat hij nog zaken moest afhandelen hier.

Ik zei: 'Je zou weer bij de politie kunnen gaan werken, Jimson. Wat er vorig jaar gebeurd is, hoeft toch niet het einde van je carrière te betekenen?'

Ik koos hiermee de zijde van deze man. Ik zei 'wat er

gebeurd is', niet: 'wat je veroorzaakt hebt'. Een feit dat in een hartslag werd uitgewisseld.

Jimson nam een slok om mijn vraag niet te hoeven beant-woorden. Het politiekorps van Mount Olive was een pijnlijk onderwerp voor hem. Ik vermoedde dat Jimsons trots ge-krenkt was. Omdat hij geschorst was. Maar ik wist dat ik beter niet door kon vragen.

Hij vroeg me hoe mijn leven er nu uitzag en ik zei dat ik niet zeker wist of ik wel een leven had. Dit was te vaag voor hem. Hij wilde het niet eens horen. Er kwam een gemene blik in zijn ogen. Hij wilde nog even wat zout in de wonde strooien en zei plagend: 'Ik hoorde dat je "erfgename" bent geworden, liefje. Nooit eerder een "erfgename" ontmoet. Je gaat zeker weg uit Mount Olive? Voor rijke meisjes als jij is hier niet genoeg te doen.'

Ik zei: 'Ik heb hier alles wat ik nodig heb.'

Ook deze opmerking wilde er bij Jimson niet in. Zonder een woord te zeggen stond hij op om naar het toilet te gaan, tenminste, dat nam ik aan, tenzij hij naar huis was gegaan en me daar alleen had achtergelaten, wat ik niet geloofde, want daarvoor was hij te veel een heer. Even later zag ik hem bij de bar nieuwe drankjes bestellen. Met twee ijskoude flesjes bier kwam hij terug bij ons tafeltje. Een ervan schoof hij naar mij toe.

'Kom op, schat. Opdrinken. Je ouwe vriend "Roos'velt" weet wel beter.'

Sinds North River Street in Port Oriskany had ik geen drank meer gehad.

Vandaag zou ook geen drinkdag worden, had ik me heilig voorgenomen. De verleiding was namelijk heel groot om het met een man als Jimson op een zuipen te zetten.

Toch dronk ik het op. Waarbij ik mezelf voorhield dat het alleen bier was. Algauw hadden we dikke lol en konden we het prima met elkaar vinden. De serieuze onderwerpen waren afgehandeld voor die avond. De serieuze onderwerpen die ons nerveus hadden gemaakt waren afgehandeld voor die avond. Een paar slokken koud bier in het juiste gezelschap en in de juiste kroeg, en het leven lacht je weer toe. Alsof je steeds met je voet op het rempedaal hebt gereden. En je die voet er nu af haalt. Boven op een heuvel, op weg naar beneden. De opwinding die je voelt, terwijl je steeds meer snelheid krijgt. Steeds meer vaart. En denkt: dit gaat tenminste de richting op van geluk.

# Aangetekende zending

De volgende dag, 17 september om elf uur 's morgens, bracht de postbode een aangetekend pakje van Jedah Graf. Mijn eerste impuls was er niet voor te tekenen. Toen dacht ik: ik hoef het niet open te maken! Het staat me vrij het te vernietigen.

Sinds die nacht in Port Oriskany had ik oom Jedah niet meer gezien. Ik had hem niet meer gesproken. Ik was doodsbang voor hem en had niet gereageerd op de boodschappen die hij op mijn antwoordapparaat had achtergelaten en die bondig, warrig en licht bedreigend hadden geklonken. Ik had deze boodschappen gewist zonder ze helemaal af te luisteren.

In de bruine envelop zaten twee documenten. Er zat geen begeleidend briefje van oom Jedah in.

Ik dacht: dit is een vergissing. Dit is niet voor mijn ogen bestemd.

Het eerste vel papier dat ik openvouwde was een fotokopie van een rapport van de lijkschouwer van Chautauqua County, gedateerd 25-5-1997. Het rapport ging over 'Edith Ann Graf, 51 (overleden)'.

Mijn handen trilden hevig. Het kostte me moeite het rapport te lezen. Kolommen vol drukletters met technische, medische/chemische termen. Onderaan stond onomwonden: 'Doodsoorzaak: overdosis meperidine/xanax/percodan.'

'Overdosis.'

Mijn moeder was overleden aan een overdosis medicijnen, niet aan een beroerte.

Misschien had ik het wel geweten. Misschien had ik het altijd al wel geweten. Terwijl ik met mijn oude, vertrouwde vriendin CeCi aan het drinken was.

Het tweede document was een handgeschreven brief op stijf oudroze briefpapier met de letter E in reliëf erin geperst. Mijn moeders handschrift in donkerpaarse inkt leek op dat van een kind, op dat van een zieke, bevend, schots en scheef. Mijn ogen werden vochtig toen ik de brief las, het duurde een paar minuten voor het echt tot me doordrong wat er stond.

11 mei 1997

Voor mijn dochter Merilee,

Ik schreif dit om je te laten weten dat je niets had kunnen doen. Ik ~~weet~~ accepteer dat je niet vanme houdt, ik ben geen moeder om van te houden. Ik verwachtte het ook niet van jou, van niemand.

Als je dit leest, ben ik er niet meer. Dat hoop ik.

Hoop had ik eerst ook in mijn huwelijk met je vader. Ik hield zoveel van hem, maar dat was verkeerd, want ik denk dat we meer van God moeten houden, maar ik was zwak en geloofde wat hij me vertelde, tot die onthulling, die van mijn huwelijk een aanfluiting maakte.

Ik was geen goede moeder, probeerde het wel in het begin, tot het te laat was om door te gaan. Ik had nooit naar dit huis moeten gaan, waar ik niet welkom was. Het was een verkeert besluit, ik was onnozel toen, hoewel oud genoeg. Het was zwak van mij om met D.G. te trouwen, ik geloovde dat ik van hem hield, hij was zo anders dan andre mannen. Later ontdekte ik dat hij niet van 'volwassen vrouwen' hielt & vooral niet van een vrouw 'met een eigen mening', zoals hij altijd zei. Hij had in het begin niet zo'n afkeer van me. Nu ben ik in zijn ogen een 'lelijke koe', maar in het begin zei hij dat ik een 'goede vrouw' was. Toen ik ziek werd had ik meer medicijnen nodig dan de dokter me wilde geven. Toen ik medicijnen van xxxxxxxx kreeg, hij mijn hand opendeed & zag wat ik verborg, zei hij: het is jouw leven & wendde zich vol afkeer van me af.

Elke keer als hij wegging, zei hij: het is jouw leven. Wat betekende: als jij je leven wilt vernietigen moet je dat zelf weten. Als ik dan zei: wat moet er dan van onze dochter worden, werd hij kwaat & gaf hij geen antwoord want ik geloof dat hij vergat dat zijn dochter ook in dit huis woonde. Als hij terugkwam van zijn reizen, leek hij bedroeft te zijn & zei hij dat hij niet meer weg zou gaan, maar dan bedacht hij zich weer. Want hij walgde van een 'volwassen vrouw' & en ik denk dat hij ook van een dochter xxxxx.

Ik ben erg moe nu Merilee. Het spijt me dat ik af- scheit van je moet nemen terwijl je op school zit, maar als je deze brief krijgt, zul je het beter begrijpen. Ik heb geprobeert van je te houden, het spijt me.

Je moeder Edith

Het was een afscheidsbrief.

Mijn moeder had zelfmoord gepleegd.

Terwijl ze net een dodelijke hoeveelheid pillen had ingenomen en stervende was, had ze me geschreven. Ze had aan
mij gedacht. Maar ik had de brief nooit gekregen, mijn
vader moest hem achtergehouden hebben. En later mijn
oom Jedah.

Ik begon te huilen. Wat ik tijdens de begrafenis van mijn
moeder niet had gekund. Ik probeerde me te herinneren
wanneer ik haar voor het laatst gesproken had, maar ik wist
het niet meer. Het moest tijdens een van die korte, onver-
schillige telefoontjes naar huis zijn geweest toen ik studeerde. Telefoontjes die ik uit schuldgevoel en met tegenzin
pleegde. Ik probeerde me te herinneren wanneer we elkaar
voor het laatst aangeraakt hadden, maar ik wist het niet
meer.

Ik stond daar met mijn moeders brief in mijn hand, met
dat ene vel briefpapier, en probeerde het me te herinneren.

# De gedenkplaats

Hij zou me laten zien, zei hij, waarom ik het keistenen huis aan hem moest overdragen. Zodra het huis op papier van mij was.

Hij bracht me erheen. Hij leidde me naar binnen. Hij had de sleutels van alle afgesloten kamers. In mijn vaders werkkamer, waar het rook naar stof en schimmel, viel een warme herfstzon over de rijen prachtig gebonden kunstboeken en de gouden, blinde boeddha op zijn voetstuk. Oom Jedah praatte op afgemeten, ingetogen toon tegen me, maar ik hoorde een ondertoon van opwinding, zoals je op een brug het water onzichtbaar onder je door kon horen klateren.

'Een schat, Merilee! Dat zul je vast met me eens zijn. "Waarheid is schoonheid, en schoonheid is waarheid." Je verkeert al zo lang in onwetendheid, ik vrees dat ik er te lang aan toegegeven heb.'

Sinds het aangetekende pakje de vorige dag bezorgd was, had ik niet langer dan een paar minuten op dezelfde plek kunnen blijven zitten, liggen of staan. Mijn gedachten tolden als door een wervelwind aangeblazen door mijn hoofd. Mijn hart sloeg snel en licht als de klapperende vleugels van een kolibrie en leek niet genoeg zuurstof naar mijn hersens te pompen.

Ik had oom Jedah horen praten en zijn mond zien bewegen. Het glinsteren van zijn parelwitte tanden. Maar ik had niet gehoord wat hij gezegd of gevraagd had.

De man stond voor me als een zuil van ondoordringbaar hard materiaal. Over zijn huid lag een reptielachtige glans, zijn gezicht zag er nog steeds jeugdig en rimpelloos uit, hoewel zijn ogen, die vrolijkheid hadden moeten uitstralen, kleiner leken te zijn dan ik ze me herinnerde, en glaziger. Jedah was niet veel groter dan Roosevelt Jimson, maar woog zeker vijftig kilo meer; in een flits, als in een enge teken-film, zag ik voor me hoe Jedah zijn armen om Roosevelt heen sloeg en hem als een enorme python dooddrukte.

'Merilee? Alsjeblieft. Je hebt je ogen open, kijk er dan ook mee.'

Op oom Jedahs vochtige, vlezige handpalm lagen diverse huissleutels. Blijkbaar was het de bedoeling dat ik er een vanaf pakte. Opeens deden we een spelletje. Jedah zei dat ik moest 'uitzoeken' welke sleutel op welk slot paste, maar dat hij me daarbij natuurlijk zou helpen. Het was puur toeval dat ik een sleutel uitkoos die op de lades van het teakhouten bureau paste. 'Voilà! Een goeie keuze, lieve kind. En dan gaan we nu kijken wat erin ligt.' In de lades lagen pakjes met polaroidfoto's. Elk pakje was netjes gedateerd: op de meest recente stond in mijn vaders precieze handschrift: jan. 1995-jan. 1999. Ik had kennelijk een voorgevoel van dat de inhoud van de pakjes schokkend zou zijn, want ik begon vreselijk te trillen en oom Jedah moest mijn handen vast-pakken om ze stil te houden.

Foto's van naakte lichamen. Van vrouwen, en van meisjes. Heel jonge meisjes.

Ik staarde er vol verbazing naar. Ik voelde hoe mijn ge-zicht begon te gloeien, terwijl oom Jedah naar me keek. Met een gulzige, roofzuchtige blik! Ik kon die blik niet verdra-gen. Ik staarde naar de foto's, naar de aaneenschakeling van naakte lichamen. Naar mijn idee gezichtsloos en anoniem, maar dat klopte natuurlijk niet: ze hadden allemaal een naam, een identiteit. Pubermeisjes met kleine borstjes, volwassen vrouwen met grote, volle borsten. Felgekleurde lippenstiftmonden, waar de glimlach op bestorven lag. Schaamhaar en onbeschaamd ontblote vagina's waar al het schaamhaar afgeschoren was. Op een wazige foto stond een naakte, papperig bleke blanke man over een jong Aziatisch meisje heen gebogen dat angstig glimlachend naar hem opkeek, haar ogen halfgesloten alsof ze een klap verwachtte; het meisje was niet ouder dan tien of elf, de man was van middelbare leeftijd of ouder, had een hangbuik waaraan onderaan zilvergrijs schaamhaar ontsproot, en omklemde zijn stompe, stijve penis als een rubberen staf. Op een andere foto grijnsde een volwassen vrouw die op Alina Jimson leek wellustig in de camera, alsof ze dronken was, of stoned; ze lag languit op de leren bank in dezelfde kamer waar wij nu waren, de dikke dijen gespreid terwijl ze met haar vingers haar schaamlippen spreidde, alsof ze een opening in haar buik maakte die de vorm had van een luguber uitziende, glanzend rode wond. Het brede gezicht van de vrouw was zwaar opgemaakt, ik had Alina nooit eerder zo gezien; met dikke hangborsten, een buik in vette plooien en spataderen die als bobbelige blauwe wormen haar benen en enkels sierden.

Alina, die voor ons gewerkt had! Die altijd in zichzelf neuriede en zong als ze aan het stofzuigen, boenen en poetsen was; die me de vriendelijkste, meest smachtende glimlachjes toewierp, hoewel ze haar plaats kende en nooit vergat dat ze slechts de werkster was.

Lilacs moeder... Jimsons moeder.

Ik sloeg de polaroidfoto met een kreet van afschuw weg. Het hele pakje foto's viel op de grond.

Oom Jedah reageerde geamuseerd. 'Mijn puriteinse

nicht! Hoewel je zelf toch ook niet bepaald een groentje bent op seksueel gebied.'

Ik wilde protesteren: Maar ik dacht dat u van me hield! U hebt me beloofd me te beschermen.

'"Taboe" is sentimentele onzin, Merilee. De natuur kent geen taboes omdat de natuur geen beperkingen kent. Jij bent zesentwintig, geen kind meer. Je moet begrijpen dat je vader een man van de wereld was die er een geheim, of zo je wilt een ondergronds leven op na hield, iets wat alle mannen graag willen. Als er schaamte in de lucht hangt in deze kamer, als het schaamrood je naar de kaken stijgt alsof de radiator te hoog staat, dan is dat enkel jouw probleem.'

Oom Jedah hield me weer zijn hand voor, zodat ik een nieuwe sleutel kon uitkiezen. Maar deze keer weigerde ik. Hij lachte naar me en opende toen zelf een kast die vol stond met kunstvoorwerpen die ik liever niet van dichtbij wilde bekijken. Er stond ook een rij videobanden in zwarte cassettes, allemaal netjes van een label voorzien en gedateerd.

'Alleen omdat jij je ogen ervoor sluit, Merilee, betekent dat nog niet dat die wereld niet bestaat.'

Ik schudde afwijzend mijn hoofd.

Ik sloot mijn ogen, die prikten alsof ik in een felle lamp had gekeken.

Alleen de onderste la van de archiefkast zat nu nog op slot in papa's werkkamer. Omdat oom Jedah zo gezet was, kostte het hem moeite om te bukken en de la open te maken. Uiteindelijk gaf hij het hijgend op. Met een streng gezicht hield hij me de sleutel voor, maar ik hield mijn handen als een bang maar koppig kind achter mijn rug. Oom Jedah zei smalend: 'Begrijp je nu waarom je vader nog niet wilde sterven? Hij had zijn schatten willen opruimen voordat iemand anders het huis overnam. Als jij de verantwoordelijkheid voor dit huis aan mij had overgedragen, Merilee, zou deze onnozele, sentimentele "schok" je gespaard zijn gebleven.'

Dit was dus straf. Oom Jedah was kwaad op me en bestrafte me. Ik schaamde me diep. Begon schel te lachen. Ik wilde me aan mijn oom, die boven me uittorende vastklampen, wilde hem vastgrijpen, hem om genade smeken. Ik wilde dat hij me troostte met een kalmerende aanraking, als een dikke, goedmoedige boeddha, maar hij sloeg me plotseling met de rug van zijn hand, zoals je een lastige vlieg weg mept, zo hard in het gezicht dat ik achteruit wankelde.

'Hé! Wat...'

'Soms, niet vaak, maar soms kan vrouwelijke hysterie heel aantrekkelijk zijn. Tegen een achtergrond van prachtige muziek en mooi ten tonele gevoerd. Daarbuiten pijnigt het alleen je oren. En een hysterisch vrouwengezicht, zelfs een zogenaamd "mooi gezichtje", roept slechts walging op.'

De klap was tegen de linkerkant van mijn gezicht gekomen. Even dacht ik dat mijn jukbeen gebroken was. Verdoofd viel ik tegen de leren bank. Mijn oor suisde. Oom Jedah voer zo tegen me uit dat ik bijna het 'kostbare, onbetaalbare' Tibetaanse boeddhabeeld omver had gegooid.

Toch dacht ik nog steeds: hij houdt van me. Hij wil me beschermen.

'En nu de fruitkelder.'

Oom Jedah zwaaide de laatste sleutel voor mijn neus heen en weer.

Er was geen goede verlichting in het oude gedeelte van de kelder met de aarden vloer. Oom Jedah pakte uit het keukenkastje een lange staaflantaarn.

En zei afwezig: 'De oude kelder. Waar nooit iemand komt.'

We liepen de trap af, oom Jedah liep achter mij. Mijn gezicht gloeide en er stonden tranen in mijn ogen. Ik was geschokt door de klap in mijn gezicht, maar begreep dat het een noodzakelijke terechtwijzing was geweest, want ik had me kinderachtig gedragen. Ik dacht: als ik oom Jedah gehoorzaam, als ik hem niet erger, zal hij weer van me gaan houden. Zal hij me beschermen. Jedah pakte mijn elleboog en leidde me via de 'spelletjeskamer' – met zijn bonte verzameling stoelen en sofa's, tv, een dvd- en cd-installatie en hoogpolig tapijt op de grond – naar het oudere gedeelte van de kelder, waar het plafond lager was en de vochtige muffe geur van verrotting onze neusgaten binnendrong. Jedah deed de zaklantaarn aan en richtte hem op de oude houten deur waarachter mijn moeder zich jaren geleden verstopt had. 'Je zult niets zien wat niet door anderen al gezien is door de millennia heen. Het ritueel van de "pure opoffering" komt in alle culturen voor, hoewel soms in onterender vormen dan in onze eigen cultuur. Natuurlijk ben jij een modern, Amerikaans meisje. Jou is dit te lang bespaard gebleven.'

Oom Jedah duwde met zijn voet de deur open.

Ik zei tegen mezelf dat wat mij ook onthuld werd, ik altijd mijn ogen dicht kon doen. Ik kon niet gedwongen worden om ergens naar te kijken. Een burger is een slechte ooggetuige, had Jimson gezegd.

Ik ben een slechte ooggetuige! Daar nam ik mijn toevlucht toe.

De fruitkelder was nog verder weg. In een hoek van de oude kelder waar de aarden vloer zacht en smerig was. In het licht van de zaklantaarn zag ik dat er een hangslot op de deur zat.

Een hangslot! Op de deur naar een oude fruitkelder die niet meer gebruikt werd.

'Maak open. Hier.'

Oom Jedah drong me de sleutel op door hem tussen mijn vingers te duwen. Ik friemelde aan het hangslot, dat onder het vuil en spinrag zat. Mijn handen trilden en ik kon niet goed zien wat ik deed. Spinrag kleefde zich als speeksel aan mijn wimpers vast. De linkerkant van mijn gezicht klopte van pijn. Grommend van ongeduld wrikte oom Jedah de sleutel uit mijn hand en opende het hangslot zelf. Hij duwde de deur met zijn voet open en stootte me aan: 'Naar binnen, Merilee. Voorúít.'

Ik dacht: hij zal me hier vasthouden. Ik kom hier nooit meer levend uit.

Een vreemde loomheid, een gevoel van kalmte bijna, maakte zich van me meester.

Ik zou ooggetuige worden van mijn eigen gevangenschap. Van mijn eigen straf, die wel verdiend moest zijn.

De fruitkelder was eigenlijk niet meer dan een inloopkast, een voorraadkamer in een hoek van de oude kelder. Toen ik in het huis woonde, had niemand het gewaagd om ernaar binnen te gaan, of eraan gedacht om ernaar binnen te gaan, voorzover ik wist. Het riep herinneringen op aan de tijd voor 1960, toen zelfs welgestelde vrouwen zoals mijn vaders moeder en grootmoeder fruit inmaakten in glazen potten, een arbeidsintensief proces dat vele uren in beslag nam; deze potten, keurig van een etiket voorzien, werden daarna opgeslagen in de fruitkelder, een grotachtige ruimte, uit-gegraven uit de aarde en afgewerkt met gemetselde bak-stenen. Als het 's zomers snikheet was, bleef het in de fruit-kelder koel, koud zelfs. Ik zag dat er nu alleen nog wat blikjes fruit op de met spinrag bedekte planken stonden. De geur van verrotting was bijna overweldigend hier. Toch had iemand deze tombeachtige ruimte wat aantrekkelijker wil-len maken: op een van de planken stond een bas-reliëf in steen, die veel leek op de bas-reliëfs van copulerende mannen en vrouwen in de hindoetempel van Khajuraho; en de aarden vloer was omgespit, glad geharkt en bedekt met fijne, witte kiezels in een eenvoudig maar mooi patroon dat aan een stenen zentuin deed denken. Midden in de ruimte stond een Japanse, zwartgelakte tafel die de vorm had van een altaar en op die tafel stonden koperen kandelaars met kaarsen en een kist van bewerkt teakhout van ongeveer negentig bij een meter twintig en twintig centimeter diep. Het deksel was voorzien van een koperen sluiting. Ik dacht: de doodkist van een kind.

'Openmaken.'

'Oom Jedah, nee.'

'Ik zei: openmaken, Merilee. Doe wat ik zeg.'

Oom Jedah richtte de zaklantaarn op de sluiting. Ik probeerde met mijn verdoofde vingers de sluiting los te maken, friemelde eraan maar het lukte me niet. Snuivend van ergernis gaf oom Jedah me de zaklantaarn om de sluiting zelf los te maken. Toen hij het zware deksel omhoog deed, zag ik tot mijn verbazing alleen kranten en posters, en niets wat op menselijke resten wees. Oom Jedah haalde de kranten eruit zodat ik ze bij het licht van de zaklantaarn kon bekijken: diverse voorpagina's van de plaatselijke krant met foto's van Lilac Jimson, met koppen erboven die me bekend voorkwamen, alsof ik ze gisteren nog gezien had: 'Elfjarig meisje uit Mount Olive vermist, politie staat voor een raadsel, geen losgeld geëist in zaak kinderontvoering'. 'Lilac Jimson, elf jaar oud. Highlands Park, ravijn en rivieroevers afgezocht. Politie heeft geen aanknopingspunten'. 'Reddingswerkers blijven zoeken naar vermist kind: "We geven niet op"'. En daar was Lilacs geelomlijste, glimlachende gezicht: 'Elfjarig meisje vermist.'

'O, god.'

Ik wilde me omdraaien, maar oom Jedah hield me tegen.

Onder in de teakhouten kist lag iets wat op een bundeltje kleren leek. Meisjeskleren? Een vuile, groene korte broek, een onderbroek met kant om de pijpen? Rode haarlinten? Een lok donker, krullend haar?

Oom Jedah zei met bevende stem: 'Je mag er alleen naar kijken, Merilee, niet aankomen. Deze kleine gedenkplaats zal voorgoed dichtgemetseld worden. Zo gauw jij...'

Ik liet de zaklantaarn hard op de zijkant van Jedah Grafs hoofd neerkomen, op zijn linkerslaap, waar het bot zacht was. De klap kwam zo snel en was zo zuiver geplaatst, dat Jedah hem niet had zien aankomen en niet had kunnen afweren. Terwijl hij achteruit wankelde liet ik de zware staaflantaarn nog een keer op zijn schedel neerkomen, en daarna nog een keer. Er zat zo veel kracht achter die klappen dat het voelde alsof de botten in mijn hand kraakten. Oom Jedah viel hard op de grond en ik gooide de zaklantaarn naar hem toe, die op de vetrol tussen zijn schouderbladen terechtkwam. Hij jammerde van pijn en verbazing. Ik duwde de zwartgelakte houten kist omver en liet die boven op hem vallen. Ik rende de fruitkelder uit en smeet de deur achter me dicht.

Heel snel! Nu ik eenmaal begonnen was, was ik niet meer te stoppen.

Ik greep het hangslot, hing hem terug op zijn plek en drukte hem dicht. Mijn hart ging als een razende tekeer. 'Het was papa niet! Papa had er niets mee te maken. Jíj was het!'

Daarna rende ik naar boven en liet hem alleen achter. Zijn gedempte kreten, terwijl ik de ene na de andere deur achter me dichtsmeet.

Steeds zwakker, nauwelijks hoorbaar: Merilee, nee, Merilee, help me, of iets wat erop leek. Meer dan het bonzen van mijn eigen hart hoorde ik niet. Kalmer nu liep ik door naar de voordeur, waarbij ik om de paar meter even bleef staan om te luisteren. In de donkere woonkamer opende ik de klep van de prachtige Steinwayvleugel, waarop ik vroeger urenlang, elke week, jaar in jaar uit had moeten oefenen en bonkte met mijn vuisten op de vaal geworden ivoren toetsen, met vuisten vol akkoorden tegelijk, zoals ze in dit huis nooit eerder hadden geklonken.

'Ik haat, haat, háát je! Jij bent het steeds geweest!'

Bij de zware eiken voordeur in de hal met de marmeren vloer bleef ik weer staan om te luisteren. De geluiden uit de onderaardse gewelven, de panische smeekbedes van de man om bevrijd te worden uit zijn donkere kerker, waren nu zo zwak, dat je eraan begon te twijfelen of je een mens hoorde of het wilde gekrijs van kraaien achter het huis, op de rotsachtige, dichtbegroeide helling van het ravijn van Highlands Park.

# Het vonnis

*Hij zal nog heel lang in leven blijven. Hij kan de vieze lucht inademen, en hij kan zich te goed doen aan bedorven fruit. Hij kan zijn eigen vet verteren. Hij kan om hulp roepen, hij kan smeken. Hij kan om genade bidden. Hij kan leven in zijn eigen drek. Heel lang.*

# Ondergronds

De volgende dag maakte in een afspraak met mijn vaders notaris, meneer Weiden. Ik zag hoe hij schrok toen hij me zag. Hoewel ik in een geurig schuimbad had gelegen met zulk heet water dat het nog net te verdragen was, hoewel ik mijn haar had gewassen en geborsteld tot het glom, hoewel ik veertig minuten lang had geprobeerd mijn blauwe oog en de lelijke rode plek die zich over de linkerkant van mijn gezicht uitspreidde te verbergen of ten minste enigszins te verdoezelen, zag ik hoe meneer Weiden schrok, maar ik besloot het te negeren. Voordat hij iets kon zeggen, deelde ik hem mee dat ik een beslissing had genomen: ik zou mijn erfenis opgeven en de Dennis Graf Stichting oprichten, die dan eervolle organisaties als het Fonds voor Gehandicapte Kinderen en het Graf Studiebeurzen Fonds financieel zou ondersteunen; het huis aan Lincoln Avenue 299 was bij de schenking inbegrepen.

Een moment lang keek meneer Weiden me stomverbaasd aan. Mijn ogen waren roodomrand maar mijn stem klonk vastberaden. Ik moest de neiging onderdrukken om mijn geschonden gezicht achter mijn handen te verbergen, wat ik onderweg hiernaartoe had gedaan, en dus hield ik ze stijf tegen elkaar aan gedrukt op mijn schoot. Je kon aan me zien dat ik een definitief besluit had genomen, waar ik niet meer van af te brengen was.

'Maar Merilee, heb je dit besproken met...'

'Jedah Graf is niet langer de executeur-testamentair van mijn vaders vermogen.'

'O...? Sinds wanneer niet meer? Wat is er gebeurd?'

Meneer Weiden was nu volkomen perplex. Hij zette onhandig zijn bril af en wreef in zijn ogen, terwijl hij naar me bleef kijken.

Ik zei dat ik niet precies wist wat de aanleiding was geweest van dit plotselinge besluit van mijn oom. 'Hij belde me gisteren op met de mededeling dat hij "aan een nieuwe carrière begon, in het buitenland". Oom Jedah had geld verdiend met investeren, geloof ik. Sommige familieleden denken dat hij heel lang een dubbelleven heeft geleid, een "ondergronds" bestaan waar niemand in Mount Olive van wist.'

Ik zag dat meneer Weiden nu totaal uit het lood geslagen was. Toch lukte het hem, zoals het een echte notaris betaamt, om het verstoorde evenwicht te herstellen. Voorkomend als altijd begeleidde hij me door het kantoor van Krampf, Hodgkins, O'Nan & Weiden naar de voordeur van het oude gebouw van bruinrode zandsteen. Toen hij me bij het afscheid een hand gaf, zei hij zacht: 'Daar heb ik natuurlijk ook van gehoord. Van dat "ondergrondse" bestaan van Jedah Graf. Ja.'

# De sleutel

'Geen erfgename! Geen erfgename meer.'

Jimson kwam op bezoek. Ik had hem uitgenodigd en hij had er eerst vaag over gedaan of hij kwam of niet, maar daar was hij: hij parkeerde zijn auto langs de stoeprand. Ik had naar hem uitgekeken. Ik stond boven aan de trap op hem te wachten. Hij zou na één blik op mijn bont en blauwe gezicht meteen weten wat er gebeurd was, alleen niet onder welke omstandigheden het gebeurd was en wie de dader was. Ik omhelsde hem, kuste hem op de mond en trok hem snel het appartement binnen, zodat hij lachend zei: 'Meisje toch!' Binnen was het licht gedempt. Handgedoopte kaarsen die een aangename geur verspreidden waren aangestoken en op strategische plekken neergezet. Op het tweepits gasstel stond een grote pan chili te pruttelen, bereid naar een recept dat ik in een van Jedah Grafs kookboeken had gevonden: met gedroogde, rode kidneybonen, mager rundergehakt, rode paprika, ui, knoflook, komijn, oregano, koriander, Italiaanse tomaten, droge rode wijn (het geheime ingrediënt!) en geraspte, ongezoete chocolade. In de koelkast stonden twee sixpacks van Jimsons favoriete biermerk. Hij dacht dat we de stad in zouden gaan, maar ik had andere plannen.

Ik pakte Jimsons hand, die lekker warm en zwaar aanvoelde. Tijdens het klaarmaken van de chili had ik de droge rode wijn natuurlijk moeten voorproeven, waardoor ik nu plotseling vertederd werd door Jimsons hand, waarvan de handpalm lichter van kleur was dan de rug, een vleeskleurige tint die leek op mijn eigen huidskleur. Ik glimlachte en vroeg me af of Jimsons voetzolen dezelfde tint hadden. Ik vond hem lief en grappig. Als ik een waarzegster was geweest, zou ik het ingewikkelde lijnenspel in zijn handpalm bestudeerd hebben, en als ik zeer nauwgezet te werk had willen gaan, zou ik die lijnen bekeken hebben onder het uit glas geslepen hart (dat op mijn vensterbank lag, waar het de ochtendzon opving in glinsterende, kleine regenboogjes) maar ik wist dat Roosevelt Jimson, die voordat hij politie-agent was anderen ook altijd al gewantrouwd had, op zijn hoede was voor mij. Hij zag dat ik in een bepaalde stemming was. Hij rook aan mijn adem dat ik wijn gedronken had, en God mocht weten wat nog meer. Hij mocht me, hij mocht me graag, en hij had me, toen we een paar avonden geleden Judge's Bar & Grill verlaten hadden, zelfs heel graag gemogen, maar hij wist niet goed wat hij aan me had, wat ik van hem wilde, en erger nog, wat ik hem wilde geven. Een man deinst terug voor elk geschenk dat hem met te veel enthousiasme wordt opgedrongen; en geef hem eens ongelijk. Ik wilde heel graag Jimsons hand kussen, maar ik hield me in. Ik wilde hem niet afschrikken nu ik zulke mooie plannen met hem had. In plaats daarvan zocht ik in de achterzak van mijn spijkerbroek naar de sleutel van het hangslot. Mijn leven verliep zo chaotisch dat ik geen idee had wat ik er eigenlijk mee wilde doen, tot ik Jimsons hand openvouwde en de sleutel op zijn handpalm legde. 'Wat is dit, liefje? De sleutel tot je hart?' Jimson keek me verwonderd aan, ik was ook in zo'n vreemde stemming. Hij was nog geen twee minuten binnen en we waren nu al opgewonden en stonden op het punt om roekeloos te worden, als een stel dat in een auto op een steile afgrond af raast. Geen van tweeën wilde over de rand vliegen, of de eerste zijn die op de rem trapte.

'Gewoon iets wat ik gevonden heb, Jimson. En nu is hij van jou.'

LAUREN KELLY BIJ DE GEUS

# Neem me, neem me mee

In haar jeugd heeft Lara een botsing tussen een auto en een trein overleefd. De gebeurtenis heeft het meisje voor het leven getekend. Lange tijd heeft ze haar moeder ervan verdacht de botsing bewust te hebben veroorzaakt. Haar ontmoeting met de mysterieuze Zedrick Dewe en de relatie die daaruit ontstaat, dwingt Lara haar eigen verleden te onderzoeken. En de ware achtergrond van het auto-ongeluk te achterhalen.